Y LA **PROFECÍA** DE LA
DESTRUCCIÓN

GREGOR

Y LA PROFECÍA DE LA
DESTRUCCIÓN

SUZANNE COLLINS

TRADUCCIÓN DE ISABEL GONZÁLEZ-GALLARZA

ALFAGUARA

ALFAGUARA

Título original: *GREGOR AND THE PROPHECY OF BANE*
Publicado en español con la autorización de Scholastic Inc.,
557 Broadway, Nueva York, NY 10012, Estados Unidos

© Del texto: 2004, Suzanne Collins
© De las ilustraciones de cubierta: 2003, Daniel Craig
© Del diseño de cubierta: Dave Caplan
© De las ilustraciones de interiores: 2005, Juárez
© De la traducción: 2005, Isabel González-Gallarza

© De esta edición:
2008, Santillana USA Publishing Company, Inc.
2105 NW 86th Avenue
Miami, FL 33122, USA
www.santillanausa.com

Edición: Vanesa Pérez-Sauquillo
Dirección técnica: Víctor Benayas
Coordinación de diseño: Beatriz Rodríguez
Maquetación: Cristina Hiraldo
Cuidado de la edición para América: Isabel Mendoza

Alfaguara es un sello editorial del Grupo Santillana. Éstas son sus sedes:

ARGENTINA, BOLIVIA, CHILE, COLOMBIA, COSTA RICA, ECUADOR,
EL SALVADOR, ESPAÑA, ESTADOS UNIDOS, GUATEMALA, MÉXICO, PANAMÁ,
PARAGUAY, PERÚ, PUERTO RICO, REPÚBLICA DOMINICANA, URUGUAY
Y VENEZUELA.

Gregor y la Profecía de la Destrucción
ISBN-10: 1-60396-015-5
ISBN-13: 978-1-60393-015-1

Published in the United States of America
Printed in the USA by HCI Printing and Publishing, Inc.

15 14 13   1 2 3 4 5 6 7 8 9

Para Cap

primera parte

LA MISIÓN

CAPÍTULO PRIMERO

Cuando Gregor abrió los ojos, tuvo la clara sensación de que alguien lo estaba observando. Recorrió con la mirada su minúscula habitación, tratando de no mover un músculo. No se veía nada en el techo, ni encima de la cómoda. Y entonces la descubrió, sentada sobre el alféizar de la ventana, totalmente inmóvil excepto por el leve estremecimiento de sus antenas. Era una cucaracha.

—Te la estás jugando —le dijo Gregor en voz baja—. ¿Acaso quieres que te vea mi madre?

La cucaracha frotó sus antenas una contra la otra, pero no hizo ademán de escapar. Gregor suspiró, alargó la mano para tomar el viejo frasco de mayonesa que le servía de cubilete para los lápices, lo vació sobre la cama y, con un rápido movimiento, atrapó con él al insecto.

Ni siquiera tuvo que levantarse para hacerlo. Su habitación no era en realidad una habitación, sino más bien un espacio pensado como despensa o almacén. Su cama estaba encajonada dentro, en el extremo del pasillo, de modo que, para acostarse, Gregor sólo tenía que subirse y reptar hasta su almohada. En la pared, frente al pie de la cama, había una hornacina con el espacio justo para albergar una estrecha cómoda, aunque los cajones sólo se podían abrir unos veinte centímetros. La limpieza tenía que hacerla sentado en la cama, con una tabla de madera sobre las rodillas. Y no había puerta, pero Gregor no se quejaba. Tenía una ventana que daba a la calle, los techos eran altos y bonitos, y disfrutaba de más intimidad que el resto de su familia. Nadie solía entrar en su habitación... excepto las cucarachas.

A propósito de cucarachas, ¿qué les pasaba últimamente? Siempre había habido alguna que otra en el apartamento, pero ahora Gregor tenía la impresión de verlas por todas partes; cada vez que se daba la vuelta, ahí había una. No huían, ni trataban de esconderse. Se quedaban ahí sentadas... observándolo. Era extraño. Y Gregor no se daba abasto para salvarles la vida.

El verano pasado, cuando una cucaracha gigante sacrificó su propia vida para salvar la de Boots, su hermanita de dos años, a muchos kilómetros bajo tierra, Gregor se juró a sí mismo no volver a matar jamás a una cucaracha en su vida. Pero si su madre veía alguna, estaba perdida. Era tarea de Gregor sacarlas de casa antes de que su madre conectara su radar anticucarachas. Cuando aún hacía buen tiempo, se había limitado a atraparlas y sacarlas de casa por la escalera de incendios. Pero ahora que era diciembre, temía que los insectos se murieran de frío si los dejaba a la intemperie, por eso últimamente había optado por meterlas en el fondo del cubo de basura de la cocina. Pensaba que sería un buen lugar para ellas.

Gregor empujó a la cucaracha fuera de la orilla de la ventana, hasta conseguir que entrara en el frasco de mayonesa. Se escabulló por el pasillo, pasó por delante del cuarto de baño y el dormitorio que sus hermanas Boots y Lizzie, de siete años, compartían con su abuela, hasta llegar al salón. Su madre ya se había marchado. Le tocaba el turno del desayuno en la cafetería en la que trabajaba de camarera los fines de semana. Entre semana trabajaba todo el día como recepcionista en la consulta de un dentista, pero últimamente no les alcanzaba sólo con ese sueldo.

El padre de Gregor dormía en el sofá. Ni siquiera dormido estaba quieto. Sus dedos temblaban, y de vez en cuando tiraba de la manta que lo cubría, mientras musitaba en voz baja. Su padre. Su pobre padre...

Había quedado destrozado después de permanecer más de dos años y medio prisionero de espantosas ratas gigantes, a kilómetros bajo tierra. Durante el tiempo que pasó en las Tierras Bajas, como llamaban a ese lugar sus habitantes, las ratas le habían hecho pasar mucha hambre, lo privaron de la luz y lo maltrataron físicamente de mil maneras distintas sobre las que nunca hablaba. Sufría terribles pesadillas, y a ratos le costaba distinguir la fantasía de la realidad, incluso cuando estaba despierto. Esto empeoraba cuando tenía fiebre, lo cual sucedía a menudo, pues pese a haber acudido al médico repetidas veces, no lograba librarse de una extraña enfermedad que había contraído en las Tierras Bajas.

Antes de que Gregor cayera tras los pasos de Boots por una rejilla de ventilación que había en la lavandería, en el sótano de su edificio, él siempre había pensado que todo volvería a ser fácil una vez que su familia se reuniera de nuevo. Todo era mil veces mejor ahora que su padre había vuelto, eso Gregor lo sabía, pero fácil, desde luego, no era.

Gregor entró en la cocina sin hacer ruido y metió a la cucaracha en el cubo de la basura. Dejó el frasco en la mesa de la cocina y se dio cuenta de que estaba vacía. En la nevera sólo había medio litro de leche, una botella de jugo de manzana, en la que apenas quedaba para un vaso, y un frasco de mostaza. Gregor se armó de valor y abrió la despensa. Había media barra de pan, un poco de mantequilla de cacahuete y un paquete de cereales. Lo agitó para comprobar cuántos quedaban, y dejó escapar un suspiro de alivio. Había comida suficiente para el desayuno y el almuerzo. Y como era sábado, Gregor no tendría que comer allí, se iba a casa de la señora Cormaci, a echarle una mano.

La señora Cormaci. Era extraño cómo en los últimos meses había pasado de ser su vecina entrometida a convertirse en una especie de ángel de la guarda. Poco después de que él, Boots y su padre regresaran de las Tierras Bajas, Gregor se la encontró en la banqueta.

—Y bien, jovencito, ¿dónde has estado? —le preguntó—. Has tenido en vilo a todo el edificio. —Gregor le soltó la historia que su familia y él habían inventado para la ocasión: el día en que desaparecieron de la lavandería, había sacado a Boots a jugar un ratito al parque. Entonces se habían encontrado con su padre, que iba camino de Virginia para visitar a un tío enfermo, y había querido llevarse con él a sus hijos. Gregor creía que su padre había llamado a su madre para avisarle, y su padre pensaba que ya lo habría hecho Gregor, y ninguno de los dos se dio cuenta hasta la vuelta del lío que habían causado.

—Mmm —había dicho entonces la señora Cormaci, mirándolo muy seria—. Creía que tu padre estaba viviendo en California.

—Y lo estaba —le contestó Gregor—. Pero ahora está aquí con nosotros.

—Ya veo —dijo la señora Cormaci—. Bueno, ¿y ésta es tu historia?

Gregor asintió, consciente de que no era muy convincente.

—Mmm —volvió a decir la señora Cormaci—. Pues yo de ti lo creería un poco más. —Y dicho esto, se marchó.

Gregor pensaba que estaba enfadada con ellos, pero unos días después llamó a la puerta de su casa, con una tarta en la mano.

—Le traje una tarta a tu padre —dijo—. Es para darle la bienvenida. ¿Está en casa?

Gregor no quería dejarla pasar, pero su padre llamó desde la habitación, fingiendo alegría:

—¿Es la señora Cormaci?

Y ella se coló en casa rápidamente con su tarta. Nada más vio a su padre —esquelético, con el pelo completamente blanco, hundido en el sofá— se detuvo en seco. Si su primera intención había sido freírlo a preguntas, se olvidó de ello en ese mismo momento. En lugar de eso intercambió con él unos cuantos comentarios sobre el tiempo y se marchó.

Y entonces, unas semanas después de que empezaran de nuevo las clases, su madre volvió una noche con las siguientes noticias:

—La señora Cormaci quiere contratarte para que la ayudes los sábados —le dijo.

—¿Para que la ayude? —contestó Gregor con cautela—. A hacer ¿qué? —No quería ayudar a la señora Cormaci. Seguro le haría un montón de preguntas y querría leerle el futuro con sus cartas del tarot, y...

—Pues no lo sé. A hacer cosas en su casa. No tienes por qué aceptar si no quieres, pero me pareció que sería una buena manera de ganarte un dinerito —le había dicho su madre.

Y entonces Gregor supo que lo haría, pero nada de dinero en el bolsillo, nada de ganarse unos dólares para ir al cine o comprarse cualquier cantidad de cosas. Se gastaría el dinero en su familia. Porque aunque su padre había vuelto a casa, no podía de ninguna manera volver a trabajar como profesor de ciencias. Sólo había salido de casa unas pocas veces, y siempre para ir al médico. Los seis vivían de lo que ganaba su madre, y entre las facturas del médico, el material escolar, la ropa, la comida, el alquiler, y un sinfín de gastos más necesarios para vivir, no llegaban a fin de mes.

—¿A qué hora quiere que vaya? — preguntó Gregor.

—Me dijo que a las diez estaría bien.

Aquel primer sábado, unos meses atrás, tampoco había mucha comida en casa, de modo que Gregor se contentó con beberse un par de vasos de agua, y se había ido a casa de la señora Cormaci. Cuando ésta abrió la puerta, lo asaltó el apetitoso olor de algo maravilloso, que le hizo la boca agua al instante, por lo que tuvo que tragar antes de poder pronunciar una palabra de saludo.

—Ah, aquí estás, muy bien —dijo la señora Cormaci—. Sígueme.

Un poco apenado, Gregor la siguió hasta la cocina. Una enorme olla se calentaba sobre la estufa. En otra olla hervía la pasta para una lasaña. La mesa de la cocina estaba cubierta de montones de verduras.

—Esta noche tenemos una cena en mi parroquia para recaudar fondos, y prometí que llevaría una lasaña. No me preguntes por qué se me ocurrió algo así. —La señora Cormaci sirvió varias cucharadas de salsa en un plato, metió dentro un gran trozo de pan, lo dejó sobre la mesa con un gesto decidido, y obligó a Gregor a sentarse—. Pruébala.

Gregor la miró, sin saber muy bien qué hacer.

—¡Pruébala! Tengo que saber si la puedo servir esta noche —insistió la señora Cormaci.

Gregor mojó el pan en la salsa y probó un bocadito. Estaba tan buena que se le llenaron los ojos de lágrimas. «Caray», dijo, una vez que hubo pasado el bocado.

—No te gustó nada. Está asquerosa. Debería tirar la olla entera y comprar salsa de bote en el supermercado —dijo la vecina.

—¡No! —exclamó Gregor, asustado—. No. ¡Es la mejor salsa que he probado en mi vida!

La señora Cormaci le pasó una cuchara con un gesto resuelto.

—Entonces cómetela, y luego lávate las manos con jabón, porque me vas a ayudar a cortar verduras.

Cuando Gregor se terminó el pan con salsa, lo puso a trabajar, cortando pilas de verduras que luego ella rehogaba en el sartén con aceite de oliva. Gregor la ayudó también a mezclar huevos y especias con requesón. En tres enormes sartenes iban disponiendo capas de pasta untadas de salsa, acompañadas de queso y verduras. Luego la ayudó a lavar los trastos, y la señora Cormaci declaró que era hora de almorzar.

Se comieron unos bocadillos de atún en el salón, y mientras comían, la señora Cormaci le habló de sus tres hijos, que eran todos mayores y vivían en otros estados, y de su marido, que había fallecido hacía cinco años. Gregor guardaba un vago recuerdo de un hombre amable que de vez en cuando le daba 25 centavos, y un día le regaló un cromo de béisbol. «No pasa un solo día sin que piense en él», dijo la señora Cormaci, antes de traer una tarta enorme.

Después de comer, Gregor la ayudó a vaciar un armario y a llevar unas cuantas cajas al trastero. A las dos de la tarde le dijo que había terminado y que podía irse a casa. No le había hecho ninguna pregunta personal, salvo qué tal le iba en el colegio. Lo mandó a su casa con cuarenta dólares en el bolsillo, un abrigo que había sido de su hija cuando era pequeña, y un molde de lasaña. Cuando Gregor trató de oponerse, ella dijo: «no puedo llevar tres lasañas a la cena benéfica. La gente sólo lleva dos. Si apareces con tres, todos piensan que eres una arrogante. ¿Y qué quieres que haga con ella? ¿Que me la coma con lo mal que tengo el colesterol? Llévatela tú y cómetela. Y ahora, vete. Nos vemos el sábado que viene. —Y dicho esto, le cerró la puerta en las narices.

Era demasiado. Todo. Pero podía darle una sorpresa a su madre, y comprar comida, y tal vez también unas cuantas bombillas, pues se habían fundido varias. Lizzie necesitaba un abrigo. Y la lasaña... era casi lo mejor de todo. De repente Gregor sintió ganas de llamar a su puerta y contarle a la señora Cormaci la verdad sobre las Tierras Bajas, y todo lo que había ocurrido, y decirle que sentía haberle mentido. Pero no podía hacerlo...

El sonido ahogado de los pasos de Lizzie cuando entró en pijama en la cocina lo sacó bruscamente de sus recuerdos. Su hermana era bajita para su edad, pero su mirada de preocupación le hacía parecer mayor.

—¿Queda algo de comida para hoy? —preguntó.

—Claro, un montón —dijo Gregor, tratando de que no se notara que él también se había preocupado por lo mismo—. Mira, ustedes pueden desayunar cereal, y de comida te puedes hacer unos bocadillos de mantequilla de cacahuete. Ahora te preparo el desayuno.

A Lizzie no le estaba permitido encender la estufa, pero abrió el armarito de los trastes para ir poniendo la mesa. Sacó cuatro, y luego vaciló un momento.

—¿Vas a desayunar tú también, o...?

—No, no tengo hambre —dijo Gregor, aunque le sonara la panza—. Además me voy ahora a casa de la señora Cormaci.

—¿Después nos llevarás a montar en trineo? —le preguntó Lizzie. Su hermano asintió.

—Sí. Las llevaré a ti y a Boots a Central Park. Si papá se encuentra bien.

Junto a los contenedores de basura habían encontrado una vieja plancha de plástico para usar como trineo. Tenía una gran raja, pero su padre la había arreglado con cinta aislante. Gregor llevaba toda la semana prometiendo a sus hermanas que las llevaría a deslizarse en trineo. Pero si su padre tenía fiebre, alguien tendría que quedarse en casa con él y con la abuela, que se pasaba la mayor parte del tiempo creyendo que estaba en la granja de su familia en Virginia. Y solía ser por la tarde cuando a su padre le subía la fiebre.

—Si no se encuentra bien, me quedaré yo en casa. Tú puedes llevar a Boots —dijo Lizzie.

Gregor sabía que su hermanita se moría por ir. No tenía más que siete años. ¿Por qué la vida tenía que ser tan dura para ella?

Gregor se pasó la mañana ayudando a la señora Cormaci a preparar grandes ollas de papas gratinadas, limpiando su extraña colección de relojes antiguos, y sacando del trastero sus adornos navideños. Cuando le preguntó a Gregor qué esperaba que le regalaran en Navidad, él se limitó a encogerse de hombros.

Cuando se fue aquella tarde, con los cuarenta dólares y un enorme plato de papas gratinadas, la señora Cormaci le dio algo maravilloso: un par de botas que habían pertenecido a uno de sus hijos. Estaban un poco viejas, y le quedaban algo grandes, pero eran resistentes e impermeables, y le llegaban por encima del tobillo. Gregor sólo tenía un par de zapatos de deporte, cuya suela ya empezaba a despegarse, y a veces, cuando recorría las calles llenas de nieve y de barro de la ciudad, llegaba al colegio con los pies mojados, y ya no se le secaban en todo el día.

—¿Está segura de que su hijo no las quiere? —le preguntó Gregor.

—¿Mi hijo? Claro que las quiere. Las quiere para tenerlas muertas de risa en el armario, ocupando espacio, volver una vez al año y decir: «Mira, ahí están mis viejas botas», y luego meterlas de nuevo en el armario hasta el año siguiente. Como vuelva a tropezar con ellas al sacar la tabla de planchar, lo desheredo. ¡Llévatelas de aquí antes de que las tire por la ventana! —dijo la señora Cormaci, mirando las botas con enfado—. Hasta el sábado que viene.

Cuando Gregor volvió a casa era obvio que su padre no se encontraba bien.

—Niños, vayan a montar en trineo. Yo me quedo aquí tan ricamente con la abuela —dijo, pero le castañeaban los dientes por los escalofríos de la fiebre.

Boots bailaba por toda la habitación, con la plancha sobre la cabeza.

—¿*Vamo* a montar en *tíneo*? ¿*Vamo, Gue-go*?

—Yo me quedo —le susurró Lizzie a su hermano—. Pero antes de irte, ¿puedes ir a comprar esas pastillas para la fiebre? Se acabaron ayer.

Gregor pensó en quedarse él también, pero Boots casi nunca salía de casa, y Lizzie era demasiado pequeña para llevarla ella sola.

Bajó corriendo a la farmacia y trajo un frasco de pastillas que hacían bajar la fiebre. De camino a casa se paró ante un puesto callejero en el que un hombre vendía libros de segunda mano. Unos días antes había visto un libro de pasatiempos. Estaba un poco viejo, pero al hojearlo Gregor vio que sólo tenía hechos un par de crucigramas. El hombre se lo vendió por un dólar. Por último, compró también un par de naranjas de las más caras, las de piel muy gruesa, que eran las preferidas de Lizzie.

La carita de su hermana se iluminó cuando Gregor le dio el libro.

—¡Oh, qué bonito, voy por un lápiz! —dijo, y se fue corriendo. Le encantaban los pasatiempos de todo tipo, los de números, los de palabras, todos. Y aunque sólo tenía siete años, era capaz de hacer algunos muy difíciles, pensados para adultos. De pequeñita, cuando la llevaban de paseo y veía un letrero en la calle que decía «caso», por ejemplo, empezaba a recitar «caso, saco, cosa, asco...». Al instante tomaba las letras de las palabras y las ponía en otro orden, para formar todas las nuevas palabras que se le ocurrían. Lo hacía casi instintivamente, como si no pudiera evitarlo.

Cuando Gregor le contó todas sus peripecias en las Tierras Bajas, Lizzie soltó un gritito cuando su hermano mencionó al horrible rey de las ratas, Gorger.

—¡Gorger! ¡Es como tu nombre, Gregor! —dijo.

No se refería a que fuera el mismo nombre, sino a que si cambiabas de orden las letras de Gorger, se podía formar el nombre de Gregor. ¿Quién más se hubiera fijado en una cosa así?

Así Gregor no se sintió muy mal por irse. Su abuela estaba dormida, su padre tenía su medicina, y Lizzie estaba acurrucada en una silla, junto a él, chupando un gajo de naranja, y resolviendo encantada un criptograma.

El entusiasmo de Boots era tan contagioso que pronto Gregor también se sintió feliz. Se había puesto dos pares de calcetines, y había rellenado el espacio sobrante en sus botas con papel higiénico, para tener los pies cómodos, secos y calentitos. Su familia tenía suficientes papas gratinadas como para alimentar a todo un batallón. A su alrededor caía una ligera cortina de nieve en suaves remolinos, y habían salido a jugar con el trineo. Por el momento, todo iba bien.

Tomaron el metro hasta Central Park, donde había una gran colina por donde tirarse en trineo. Había ya mucha gente. Algunas personas tenían trineos buenos y caros, y otras, viejas planchas como la suya. Había un chico que no se había traído más que una gran bolsa de basura para deslizarse pendiente abajo. Boots gritaba de placer en cada bajada, y en cuanto llegaban al pie de la cuesta, exclamaba:

—¡Más, *Gue-go*, más!

Siguieron deslizándose hasta que se fue haciendo de noche. Cerca de una salida del parque Gregor se detuvo un momento para dejar que Boots jugara todavía un ratito más. Se apoyó en el tronco de un árbol mientras la niña, fascinada, se divertía dejando huellas sobre la nieve.

En el parque ya se respiraba ambiente de Navidad, con la gente deslizándose en trineo, los abetos, y los graciosos muñecos de nieve redondos que los niños habían hecho. De los faroles colgaban grandes estrellas brillantes. La gente deambulaba, cargada de bolsas con dibujos de renos y hojas de acebo. Gregor debería haberse sentido alegre y contento, pero en lugar de eso, la Navidad lo angustiaba.

Su familia no tenía dinero. A él eso no le importaba mucho, porque tenía once años. Pero Boots y Lizzie eran pequeñas, y para ellas las fiestas deberían ser divertidas y mágicas, con un árbol de Navidad, calcetines de Papá Noel llenos de regalos colgados en los percheros (que es donde los colgaban ellos porque no tenían chimenea), y cosas ricas de comer.

Gregor había estado tratando de ahorrar algo del dinero que le daba la señora Cormaci, pero al final siempre se lo tenía que gastar en algo, si no era en medicinas para su padre, era en leche o pañales. Boots usaba un montón de pañales. Probablemente necesitaría uno nuevo ahora, pero Gregor no se había traído ninguno, así que ya era hora de irse a casa.

—¡Boots! —llamó Gregor—. ¡Es hora de irnos! —Miró a su alrededor y vio que ya se habían encendido los faroles que bordeaban los senderos del parque. Apenas había luz natural—. ¡Boots! ¡Vámonos! —dijo. Gregor se alejó del árbol, dio una vuelta sobre sí mismo, y sintió una oleada de pánico.

En el breve instante en el que se había entretenido pensando, Boots había desaparecido.

CAPÍTULO SEGUNDO

Boots! —Gregor estaba empezando a asustarse de verdad. Su hermanita estaba ahí hacía un segundo nada más. ¿O no? ¿O acaso Gregor se había sumergido tanto en sus pensamientos que no se había percatado de cuánto tiempo había pasado en realidad?—. ¡Boots!

¿Dónde se podía haber metido? ¿Entre los árboles? ¿Habría salido a la calle? ¿Y si alguien la había raptado?

—¡Boots!

Ni siquiera había un alma a quien preguntar. Al caer la noche, el parque se había quedado vacío. Luchando por conservar la calma, Gregor trató de seguir el rastro de huellas que Boots había dejado en la nieve. ¡Pero había tantas! ¡Y no se veía nada!

De pronto Gregor oyó a un perro ladrar en las cercanías. Tal vez había encontrado a Boots, o por lo menos su dueño podía haberla visto. Atravesó corriendo la arboleda y llegó a un claro, que una farola cercana iluminaba débilmente. Un pequeño fox terrier hacía círculos alrededor de un palo, ladrando como un loco. De vez en cuando lo agarraba con los dientes, sacudiéndolo con fuerza, y luego volvía a dejarlo en el suelo, al tiempo que se ponía otra vez a ladrar frenéticamente.

Entonces apareció una hermosa mujer, vestida de sudadera.

—¡Petey! ¡Petey! ¿Qué estás haciendo? —Tomó al perrito en brazos y se alejó con él, sacudiendo la cabeza en señal de reproche, antes de decirle a Gregor—: Perdona, a veces le da por hacer locuras así.

Pero Gregor no contestó. Estaba mirando el palo, o lo que parecía un palo, que tanto había inquietado al perrito. Era negro, suave y brillante. Gregor lo tomó del suelo, y al hacerlo se dobló en dos mitades. No como se rompe un palo, sino más bien como se rompe una pata. La pata de un insecto. La pata de una cucaracha gigante...

Gregor buscó a su alrededor con la mirada como un loco. Cuando volvieron de las Tierras Bajas aquel verano, habían subido a la superficie por unos túneles que llevaban a Central Park. Habían ido a parar cerca de la calle, justo donde se encontraba él en ese momento.

Ahí, en el suelo, había una gran losa de piedra. Hacía poco que la habían movido —Gregor lo veía en las huellas que habían quedado sobre la nieve— y luego habían vuelto a dejarla en su lugar. Un pedacito de tela roja había quedado atrapado bajo la losa. Gregor tiró de él. Era uno de los guantes de Boots.

Las cucarachas gigantes de las Tierras Bajas habían idolatrado a Boots. La llamaban «la princesa», y una vez realizaron un extraño baile ritual alrededor de ella. Y ahora la habían raptado delante de sus narices.

—Boots... —llamó Gregor bajito. Pero sabía que su hermanita ya no podía oírlo.

Sacó su celular. No podían permitirse un lujo así, pero después de que tres miembros de la familia desaparecieran misteriosamente, la madre de Gregor había insistido en que se compraran un celular de todas formas. Gregor llamó a su casa, y contestó su padre.

—¿Papá? Soy Gregor. Mira, ha pasado algo. Algo malo. Estoy en Central Park, cerca del lugar en el que aparecimos cuando subimos de las Tierras Bajas. ¿Te acuerdas de las cucarachas gigantes? Pues subieron hasta aquí y se llevaron a Boots. No la estaba vigilando bien, es culpa mía... ¡Tengo que bajar ahora mismo! —Gregor sabía que tenía que darse prisa.

—Pero... Gregor... —La voz de su padre estaba cargada de confusión y de miedo—. No puedes—

—No hay más remedio, papá. Si no bajo, tal vez no volvamos a verla nunca más. Sabes lo mucho que la veneran las cucarachas. Oye, esta vez no dejes que mamá llame a la policía. No sirve de nada. Si tardo en volver, dile a la gente que tenemos gripe, o algo así, ¿de acuerdo?

—Escúchame, quédate con ellas. Voy contigo. Llegaré ahí lo antes que pueda —le dijo su padre. Gregor lo oía jadear, mientras trataba de ponerse en pie.

—¡No, papá! No, no lo conseguirías. ¡Pero si apenas puedes caminar! —protestó Gregor.

—Pero yo no... No puedo dejar que te... —Gregor oyó que su padre se echaba a llorar.

—No te preocupes. No me va a pasar nada. Al fin y al cabo, ya he estado antes ahí abajo. Pero ahora tengo que irme, papá, antes de que se alejen demasiado. —Gregor gemía, tratando de correr la losa de piedra.

—¿Gregor? ¿Tienes alguna fuente de luz? —le preguntó su padre.

—¡No! —contestó. Ese sí era un verdadero problema—. Ah, no, espera... ¡Sí tengo! —La señora Cormaci le había regalado una mini linterna por si había un apagón mientras estaba en el metro, y Gregor la había enganchado en su llavero—. Tengo una linterna, papá. Tengo que irme ya.

—Lo sé, hijo. Gregor... te quiero. —La voz de su padre sonaba temblorosa—. Pero ten cuidado, ¿bueno?

—Lo tendré. Yo también te quiero. Nos veremos muy pronto, ¿bueno? —dijo Gregor.

—Hasta pronto —susurró su padre con voz ronca.

Dicho esto, Gregor se metió por el agujero. Con una mano se guardó el celular en el bolsillo, y con la otra se sacó el llavero. Cuando encendió la linterna, le sorprendió lo potente que era. Corrió la losa para cerrar el agujero y empezó a bajar una larga y empinada escalera.

Cuando llegó al final, cerró los ojos un momento, tratando de recordar el camino que lo había llevado hasta allí el verano pasado. Entonces habían llegado volando en lomos de un gran murciélago negro llamado Ares, que era el vínculo de Gregor. En las Tierras Bajas, un hombre y un murciélago podían hacerse mutuamente la promesa de protegerse el uno al otro en cualquier situación, por muy desesperada que fuera. Entonces uno se convertía en el vínculo del otro.

Ares había llevado volando a Gregor, Boots y su padre desde las Tierras Bajas y los había dejado al pie de esa escalera, y después se había ido hacia... ¡la derecha! Gregor estaba casi seguro de que había sido hacia la derecha, de modo que corrió en esa dirección.

El túnel era frío, húmedo y desierto. Lo habían excavado hombres —normales y corrientes, no los de las Tierras Bajas, de tez pálida y ojos violetas que Gregor había conocido en las entrañas de la tierra—, pero Gregor estaba seguro de que hacía mucho tiempo que los neoyorquinos se habían olvidado de su existencia.

El haz de luz de su linterna iluminó a un ratón, y éste huyó aterrorizado. La luz nunca llegaba hasta ahí abajo. Ninguna persona llegaba nunca hasta ahí abajo. ¿Qué estaba haciendo ese chico ahí?

«No lo puedo creer», pensó Gregor. «¡No puedo creer que tenga que volver ahí abajo!». Pero ahí estaba, de vuelta en la extraña tierra oscura poblada por cucarachas, arañas, y lo peor de todo, ¡ratas gigantes! La sola idea de volver a ver a una de esas criaturas de casi dos metros, con sus largos incisivos y sus sonrisas crueles, lo llenó de pánico.

Ayayay, a su madre no le iba a gustar nada esto...

El verano pasado, cuando por fin volvieron a casa, una noche muy tarde, a su madre casi le dio un ataque. Primero sus dos hijos, que habían desaparecido, vuelven acompañados de su padre (que también había desaparecido mucho tiempo atrás), que está tan mal que apenas puede andar, y después los tres se sientan y le cuentan una historia extrañísima sobre un lugar a miles de metros bajo tierra.

Gregor era consciente de que al principio su madre no les creía. No era de extrañar, ¿quién podría creerse algo así? Pero lo que la convenció fueron las palabras de Boots.

—¡Bichos *gandes*, mamá! ¡A Boots *gutan* los bichos *gandes*! ¡Me llevan de paseo! —había contado la niña, saltando de alegría sobre el regazo de su madre—. Yo monto en *mulcélago. Gue-go tamén.*

—¿Y viste una rata, mi cielo? —le preguntó su madre en voz muy baja.

—*Lata* mala —contestó Boots, frunciendo el ceño.

Y Gregor entonces recordó que esas habían sido exactamente las palabras que las cucarachas habían utilizado para describir a las ratas. Eran malas. Muy malas. Bueno, casi todas ellas...

Le contaron la historia tres veces, y su madre les hizo mil preguntas. Le enseñaron las extrañas ropas que llevaban, tejidas por las enormes arañas que vivían en las Tierras Bajas. Y luego estaba su padre, escuálido, tembloroso, y con el pelo blanco.

Al amanecer, su madre decidió creerse su historia. Un minuto después, estaba abajo en el sótano, en la lavandería, cerrando a cal y canto —con clavos, tuercas, pegamento, lo que fuera— la rejilla por la que habían caído los tres a las Tierras Bajas. Gregor y ella la taparon luego con una máquina secadora, no del todo, para que no llamara demasiado la atención, pero lo suficiente para que nadie pudiera acercarse a abrirla de nuevo.

Acto seguido, su madre les prohibió volver a poner jamás un pie en ese sótano. De modo que, una vez a la semana, Gregor la ayudaba a cargar con toda la ropa sucia hasta la lavandería automática que había a tres manzanas de su casa.

Pero su madre no había pensado en aquella otra entrada en Central Park, como tampoco lo había hecho Gregor. Hasta ese momento.

El túnel llegó entonces a una bifurcación. Gregor vaciló un momento, y luego optó por el camino de la izquierda, esperando haber acertado. Mientras lo recorría a paso rápido, el túnel empezó a cambiar. Los ladrillos dejaron paso a unas paredes de piedra natural.

Gregor bajó una última escalera, excavada en la roca. Parecía muy antigua. Se imaginó que la habrían construido los habitantes de las Tierras Bajas hacía varios siglos, cuando iniciaron su descenso a las entrañas de la tierra para fundar allí un nuevo mundo.

Los túneles empezaron a describir curvas y recodos, y pronto Gregor se desorientó por completo. ¿Qué pasaría si se perdía en ese laberinto de túneles, y mientras tanto las cucarachas se llevaban a Boots en una dirección totalmente distinta? Tal vez se había equivocado de camino al llegar al pie de la escalera, y entonces... ¡Pero no, un momento! El haz de luz de su linterna cayó sobre una mancha roja en el suelo: era el otro guante de Boots. Siempre los andaba perdiendo. Afortunadamente.

Mientras Gregor seguía corriendo, empezó a percibir un ruidito bajo sus pies, como de algo que crujía. Al alumbrar con su linterna vio que el suelo estaba cubierto de una multitud de pequeños insectos de mil clases que huían por el túnel tan deprisa como podían.

Cuando Gregor se detuvo para investigar qué ocurría, algo pasó corriendo por encima de sus botas. Un ratón. Docenas de ratones escapaban corriendo por delante de él. Y junto a la pared del túnel también le pareció ver pasar corriendo a un animal parecido a un topo. El suelo entero estaba cubierto de criaturas que corrían hacia Gregor, en una gran estampida. No trataban de comerse unas a otras, ni luchaban. Lo único que hacían era correr. Corrían como Gregor había visto correr una vez en las noticias de la tele a unos animales que escapaban del fuego. Algo los tenía asustados. Pero, ¿qué?

Gregor alumbró con su linterna a su espalda, y ahí estaba la respuesta. A unos cincuenta metros de distancia avanzaban corriendo hacia él dos ratas. Dos ratas gigantes de las Tierras Bajas.

CAPÍTULO TERCERO

Gregor dio media vuelta y empezó a correr. «¡Oh, no!», musitó. «¿Qué están haciendo aquí?» Las cucarachas se habían llevado a Boots. Gregor había visto una de sus patas. ¿Pero qué hacían dos ratas tan cerca de la superficie?

Bueno, ésa era una cuestión sobre la que tendría que detenerse más tarde, porque por el momento tenía cosas más urgentes. Las ratas lo estaban alcanzando, y deprisa. Trató de pensar en un plan, pero no se le ocurrió nada. No podía correr más rápido que ellas, no podía trepar por las paredes para huir de ellas, y desde luego, no podía salir vencedor si se enfrentaba a sus tremendos incisivos, a sus afiladísimas garras y...

—¡Ay! —Gregor chocó de frente contra una superficie dura. Le alcanzó a la altura del estómago, dejándolo sin aliento. Se le cayó entonces la linterna, pero mientras ésta caía al vacío, Gregor reconoció la apertura circular de piedra por la que Ares había subido para devolverlos a su casa. Allá abajo, en algún lugar a muchos metros de distancia, estaba el inmenso océano de las Tierras Bajas, también llamado el Canal.

Sin pensarlo dos veces, Gregor se subió a la pared circular que rodeaba la apertura, y se dejó colgar al vacío, sujetándose con los dedos al borde de piedra. «Tal vez, metido aquí dentro, las ratas no me verán», pensó, y al instante se dio cuenta de lo estúpido de su razonamiento. Las ratas no necesitaban ver nada, se orientaban gracias a su increíble olfato. De modo que, lo que podía haber sido un escondite bastante bueno si quienes te perseguían eran humanos, pasaba a ser totalmente ineficaz si estabas tratando de huir de unas ratas.

Y en efecto, ahí estaban ya. Gregor oyó el sonido de sus garras al detenerse junto a la pared circular, después sus jadeos, y por último, su confusión.

—¿Qué está haciendo? —rugió una de las ratas.

—Ni idea —contestó la otra.

Durante unos segundos, Gregor no oyó nada más que los latidos de su propio corazón. Entonces la segunda voz balbució:

—Oh, ¿no estará escondiéndose, no?

Y entonces se echaron a reír las dos. Era una risa ronca y desagradable.

—¡Sal, sal de tu escondite, dondequiera que estés! —dijo la primera voz, y las dos ratas volvieron a soltar una carcajada. Gregor no podía verlas, pero estaba seguro de que se estaban revolcando en el suelo de risa.

Tenía dos opciones: o volver a trepar por la pared y enfrentarse a las ratas en la oscuridad más completa, o saltar al vacío que se abría por debajo de él, con la remota esperanza de que algún vigía de las Tierras Bajas lo encontrara antes de que se ahogara, o antes de que se convirtiera en la cena de algún animal.

Gregor trataba de pensar en las probabilidades que tenía de sobrevivir: de una manera u otra, eran muy escasas. De una manera u otra, sería un milagro encontrar a Boots y llevarla sana y salva a casa...

—Salta, Gregor —ronroneó una voz. Durante un segundo, pensó que habían hablado las ratas, pero no podía ser porque seguían riéndose, y además, su voz no sonaba así. Le parecía la voz de...

—Salta, Gregor —volvió a oírse, y esta vez también lo oyeron las ratas. Gregor sintió que se ponían en pie de un salto.

—¡Matémoslo! —gruñó una de las ratas, y cuando Gregor sintió su aliento caliente en las puntas de los dedos, dejó de calcular sus probabilidades de supervivencia, y se precipitó a saltar.

Hasta sus oídos llegó el sonido de las garras de las ratas arañando el mismo borde de piedra al que él se había agarrado segundos antes, junto con una serie de extrañas maldiciones de rata.

Después, la horrible sensación de estar cayendo al vacío lo consumió por completo. Ya había caído de esa manera dos veces antes: la primera cuando se precipitó al vacío por la rejilla de la lavandería, tras los pasos de Boots, y la segunda cuando saltó a un enorme precipicio mientras trataba de salvar a su padre, su hermana y sus amigos. «Esto es algo a lo que nunca voy a poder acostumbrarme», pensó.

¿Dónde estaba Ares? Porque era de Ares la voz que había oído antes, ¿no? Por espacio de un segundo,

Gregor pensó que no habían sido más que imaginaciones suyas, pero entonces recordó que también las ratas habían reaccionado a aquella voz.

—¡Ares! —llamó. La oscuridad absorbió su voz, como una toalla. ¡Ares!

—¡Huy! —exclamó Gregor, más por la sorpresa que por otra cosa, pues de pronto el murciélago estaba bajo su cuerpo, y Gregor ya no caía, sino que cabalgaba en lomos del animal.

—¡Caray, cuánto me alegro de que hayas aparecido! —dijo, agarrando con fuerza la piel del cuello del murciélago.

—Yo también me alegro de que estés aquí, Gregor —contestó Ares—. Siento no haber podido ahorrarte estos metros de caída libre, sé cuánto te incomoda esto, pero estaba recuperando tu palo de luz.

—¿Mi palo de luz? —se extrañó Gregor.

—Mira a tu espalda —contestó Ares.

Gregor se dio la vuelta y vio un pálido resplandor. Tomó su mini linterna, que brillaba sobre el manto del murciélago.

—¡Gracias!

La luz lo tranquilizó un poquito.

—¡No te imaginas lo que ha pasado! ¡Las cucarachas subieron hasta el parque y se llevaron a Boots! ¡La raptaron justo delante de mis narices! —De pronto, Gregor se sentía furioso contra las cucarachas—. ¡Pero, ¿qué les pasa?! ¿Acaso pensaban que no me iba a dar cuenta?

Ares giró hacia la derecha, sobrevolando una cordillera que flanqueaba una de las orillas del Canal.

—No, Gregor, las cucarachas...

—¿Acaso pensaban que no me iba a importar? Como si no pasara nada porque la raptaran y se van corriendo. Como si pensaran que yo iba a decir algo como: «Oh, vaya, bueno, parece que ya no voy a volver a ver a Boots nunca más, qué le vamos a hacer».

—No pensaban eso —protestó Ares.

—¿Acaso se imaginaban que yo no iría a buscarla? ¿Qué pensaban, que podrían quedarse con ella, y hacer sus bailecitos a su alrededor, y jugar a «Pinto, pinto, gorgorito»? —siguió diciendo Gregor.

—Los reptantes sabían que vendrías tras ellos —consiguió intervenir Ares, antes de que Gregor continuara.

—¡Pues claro que he ido tras ellos! Y muchacho, cuando atrape a esos bichos, será mejor que tengan una buena explicación que darme. ¿A cuánto estamos de sus tierras? —preguntó Gregor.

—A varias horas de vuelo. Pero te estoy llevando a Regalia —dijo Ares.

—¿A Regalia? ¡Pero si yo no quiero ir a Regalia! —protestó Gregor—. ¡Llévame adonde las cucarachas ahora mismo! —le ordenó.

¡Paf!

Gregor se estrelló de espaldas contra el suelo. Ares lo había dejado caer sobre la cordillera de piedra. Antes de que le diera tiempo a decir nada, el murciélago estaba sobre su pecho, enterrando sus garras en su abrigo.

La cara de Ares quedó a escasos centímetros de la de Gregor. El murciélago rugió, enseñando los dientes:

—Yo no recibo órdenes de ti. Que quede claro desde el principio. ¡Yo no recibo órdenes de ti!

—¡Ay! —exclamó Gregor, sobrecogido por la furia de Ares—. ¿Pero qué te pasa?

—Me pasa que, en este preciso instante, me estás recordando mucho a Henry —contestó el murciélago.

Era la primera vez que Gregor miraba de cerca de Ares. En las Tierras Bajas la luz era siempre muy tenue, y el animal era especialmente difícil de ver porque era completamente negro: negros eran su manto, sus ojos, su nariz, y su boca. Pero ahora que la luz de su linterna lo alumbraba de lleno, Gregor se percató de que el murciélago estaba furioso.

Ares le había salvado la vida. Gregor había impedido que desterraran al murciélago, lo cual hubiera significado una muerte segura. Se habían vinculado el uno al otro, y habían jurado defenderse mutuamente hasta la muerte. Pero nunca habían intercambiado más de un puñado de frases. Mientras el murciélago lo miraba furioso, Gregor se dio cuenta de que no sabía nada del animal.

—¿A Henry? —preguntó, porque no se le ocurría nada más que decir.

—Sí, a Henry. Mi antiguo vínculo. ¿Recuerdas? Dejé que se estrellara contra las rocas para poder darte más tiempo a ti —dijo Ares casi con sarcasmo—. Y ahora mismo me estoy preguntando si no debería haberlos dejado morir a ambos porque, como Henry, tienes la impresión de que soy tu siervo.

—¡No, qué va! —objetó Gregor—. Mira, donde yo

vivo ni siquiera tenemos siervos. ¡Yo sólo quería recuperar a mi hermana!

—Y yo estoy tratando de reunirte con tu hermana lo antes posible. Pero, al igual que Henry, tú no me escuchas —dijo Ares.

Gregor tuvo que reconocer que era verdad. No había dejado de interrumpir a Ares cada vez que este trataba de hablar. Pero no le gustaba que lo compararan con Henry. Él no era en nada como ese traidor. Aunque bueno, tal vez su comportamiento había dejado un poco que desear.

—Está bien, lo siento. Estaba furioso, y tienes razón en que tendría que haberte escuchado. Ahora quítate de encima —dijo Gregor.

—Quítate de encima, ¿qué? —contestó Ares.

—¡Quítate de encima ya! —dijo Gregor, volviéndose a enfadar.

—Prueba de nuevo —dijo el murciélago—. Porque a mi juicio, esto se sigue pareciendo mucho a una orden.

Gregor apretó los dientes y contuvo el impulso de apartar al animal de un manotazo.

—Quítate... de... encima... por... favor.

Ares consideró un segundo la petición, decidió que era satisfactoria, y se apartó de Gregor.

Éste se incorporó y se frotó el pecho. No estaba herido, pero su abrigo lucía ahora varios agujeros, allí donde las garras del animal se habían clavado.

—¡Hey! ¡A ver si tienes más cuidado con esas garras! ¡Mira lo que le hiciste a mi abrigo! —protestó el chico.

—No tiene importancia. De todos modos lo quemarán —dijo Ares con indiferencia.

Fue entonces cuando Gregor decidió que se había vinculado con un estúpido. Y estaba seguro de que Ares había llegado a la misma conclusión.

—Está bien —dijo Gregor fríamente—. De modo que tenemos que ir a Regalia. ¿Y por qué?

—Ahí es donde los reptantes están llevando a tu hermana —contestó Ares, con la misma frialdad.

—¿Y por qué motivo querrían los reptantes llevarla allí? —preguntó Gregor.

—El motivo es éste —dijo Ares—: las ratas han jurado matar a tu hermana.

CAPÍTULO CUARTO

M atarla? Pero, ¿por qué? —preguntó atónito Gregor.

—Así lo anuncia la Profecía de la Destrucción —declaró Ares.

La Profecía de la Destrucción. Gregor la recordó entonces. Al irse de las Tierras Bajas la primera vez, le dijo a Luxa que jamás regresaría, pero ella le contestó: «Eso no es lo que narra la Profecía de la Destrucción». Y cuando Gregor le trató de preguntar a Vikus sobre ella, el anciano le contestó con evasivas, lo apresuró a montar a lomos del murciélago, y a éste le había dado la orden de levantar el vuelo. De modo que Gregor se había quedado sin saber lo que significaba. Pero la primera profecía que lo menciona-ba trajo la muerte de cuatro de los miembros de una expe-dición de doce, y ocasionó una guerra que cobró la vida de innumerables criaturas más.

Entonces lo asaltó una oleada de pánico.

—¿Qué dice la profecía, Ares?

—Pregúntale a Vikus —contestó éste en tono cor-tante—. Estoy cansado de ser interrumpido.

Gregor subió a lomos del murciélago y emprendieron el vuelo camino de Regalia sin intercambiar una sola palabra más. Gregor estaba furioso con Ares, pero sobre todo consigo mismo por volver a poner a su familia en peligro. Sí, Luxa había mencionado la Profecía de la Destrucción, pero una vez que su madre y él habían tapado la rejilla que se abría en la lavandería, Gregor no había vuelto a pensar siquiera en la idea de regresar a las Tierras Bajas. «Si evito la lavandería, evito también las Tierras Bajas», había sido su razonamiento. ¿Pero cómo se le había ocurrido llevar a Boots a Central Park? ¡Sabía que allí había una entrada! ¡Sabía que había una segunda profecía! Qué estupidez por su parte pensar que estaba a salvo.

Cuando llegaron a la preciosa ciudad de piedra, todo estaba tan silencioso que Gregor se imaginó que sería de noche. Bueno, eso de «noche» era relativo, pues los habitantes de las Tierras Bajas no tenían sol ni luna, ni día ni noche, como en las Tierras Altas. Pero Gregor se imaginó que sería el momento en que la mayor parte de la ciudad dormía.

Ares se dirigió hacia el palacio y aterrizó suavemente en el Gran Salón, la espaciosa habitación sin techo con capacidad para congregar a numerosos murciélagos.

Allí, esperándolos pacientemente, estaba Vikus. El anciano seguía exactamente tal y como Gregor lo recordaba, con su cabello y su barba de un gris plateado impecablemente cortados, y sus ojos violetas rodeados de un montón de arruguitas que se acentuaban cuando sonreía. Era justamente lo que estaba haciendo ahora, mientras Gregor bajaba del murciélago.

—Hola, Vikus —lo saludó.

—Ah, ¡Gregor de las Tierras Altas! Ares te ha encontrado. Yo pensaba que lo mejor sería buscarte en las inmediaciones de la entrada que da a tu lavandería, pero él insistió en inspeccionar el Canal. Lo que significa que, como vínculos que son, comparten ya un mismo pensamiento —declaró Vikus.

Ninguno de los dos contestó. Puesto que no se dirigían la palabra el uno al otro, no tenía mucho sentido fingir que tuvieran ninguna conexión mental especial.

La mirada de Vikus se detuvo primero en uno, y luego en el otro, antes de proseguir:

—Así que, ¡bienvenido seas! Tienes buen aspecto. ¿Y cómo se encuentra tu familia?

—Bien, gracias. ¿Dónde está Boots? —le preguntó Gregor. Apreciaba a Vikus, pero toda aquella historia de que las cucarachas hubieran raptado a Boots, y la amenaza de la profecía, le habían quitado las ganas de platicar.

—Ah, los reptantes deberían estar aquí muy pronto con ella. Mareth encabeza una expedición para salir a recibirlos, y no he podido impedir que Luxa se uniera a él. Supongo que Ares ya te habrá puesto al corriente del problema en el que estamos —dijo Vikus.

—No del todo, no —contestó Gregor.

Vikus volvió a mirarlos a los dos por turnos, pero ni el murciélago ni el chico dieron más explicaciones.

—Bien, en ese caso, para empezar deberíamos examinar juntos la Profecía de la Destrucción. Tal vez recuerdes que cuando estabas a punto de abandonar las Tierras Bajas, la mencioné de pasada —dijo Vikus.

—Muy de pasada, sí —rezongó Gregor. Lo que él recordaba era que Vikus lo había apresurado para que se fuera y no le había contado nada de nada.

—Vayamos ahora mismo a la sala de las profecías. Ares, acompáñanos también, por favor —dijo Vikus, precediéndolos al interior del palacio.

Gregor lo siguió, con Ares aleteando detrás.

Vikus no retomó la conversación hasta que se hallaron frente a una sólida puerta de madera. Entonces, sacó una llave de su túnica y la hizo girar en la cerradura. La puerta se abrió.

—Encontrarás la profecía a tu derecha —declaró, y con una seña indicó a Gregor que entrara primero.

Gregor tomó una antorcha que había en un soporte junto a la puerta y avanzó al interior de la habitación. Las paredes estaban totalmente cubiertas de diminutas palabras excavadas en la roca en el siglo XVII por el fundador de la ciudad de Regalia, Bartholomew de Sandwich. Las palabras se unían para formar profecías, visiones que había tenido el fundador, y que guiaban todos los pasos de los habitantes de las Tierras Bajas. La primera vez que Gregor había estado en esa habitación, una pequeña lámpara de aceite iluminaba la pared frente a la puerta. Ahí había grabado Sandwich la Profecía del Gris. Ahora esa zona estaba a oscuras, y la lámpara alumbraba la pared que estaba a su derecha. En ella se veía lo que parecía un poema. Seguramente sería la Profecía de la Destrucción.

Gregor levantó la antorcha para verla mejor, y empezó a leer:

Si de abajo cayeron, si de arriba saltaron,
Si la vida fue muerte, y la muerte dio vida,
Algo surgirá del fondo de las tinieblas
Para hacer de las Tierras Bajas una gran tumba.

Escucha, ¿sus garras no oyes en la roca excavada?
Rata de manto blanco como la nieve olvidada,
Toda su esencia de maldad impregnada.
¿Podrá el Guerrero tu luz sofocar?

¿Qué podría al Guerrero debilitar?
¿Qué pugnan los roedores por hallar?
Una cría tan sólo, nada más,
A quien las Tierras Bajas deben su paz.

Si muere la cría, muere el Guerrero a su vez
Pues muere lo más esencial de su ser.
Y muere la paz de estas tierras también
Otorgando a los roedores la llave del poder.

Gregor entendía esta segunda profecía tan poco
como había entendido la primera. Pero su mente se para-
lizó sobre una frase que lo dejó helado: si muere la cría... si
muere la cría... si muere la cría... ¡Boots!

—Muy bien, quiero estudiar bien esta profecía
completa. Aquí y ahora —declaró Gregor, y Vikus asintió
con la cabeza.

—Sí, me parece sensato analizarla inmediatamente. No es tan críptica como la primera, pero hay cosas que

debes saber. ¿Te parece que empecemos por el principio? —se acercó a la profecía y acarició con los dedos las dos primeras líneas—. Tú te acercarás a ella con una mirada nueva, mientras que yo la he leído ya centenares de veces. Dime, Gregor, ¿cómo interpretas tú esto?

Gregor estudió las líneas con más atención...

**Si de abajo cayeron, y de arriba saltaron,
Si la vida fue muerte, y la muerte dio vida,**

... y entonces se dio cuenta de que sí entendía lo que querían decir.

—Habla de Henry y de mí. Yo soy el de arriba, porque salté. Henry es el de abajo, porque cayó al vacío. Yo viví, y él murió.

—Sí, y el rey Gorger y sus ratas también murieron, y con su muerte dieron mucha vida a las Tierras Bajas —completó Vikus.

—Oiga, ¿pero cómo no se le ocurrió hablarme antes de todo esto? ¡Así habría sabido lo que me esperaba! —protestó Gregor.

—No, Gregor, esto nos parece claro sólo ahora, tiempo después. «Abajo» podría haberse referido no sólo a Henry, sino a cualquier criatura de las Tierras Bajas, o a nuestro mundo en general. «Arriba» podría haber aludido a Boots, o a tu padre. Tu salto podría no haber sido un salto literal, sino mental, o espiritual. La caída de Henry podría haber hecho alusión a todo tipo de muerte física, o haber simbolizado una pérdida de poder, o de honor. Si tengo que decirte la verdad, muy pocos interpretaban esta referencia de forma literal, con el significado de que habría de encontrar la muerte cayendo al vacío. Henry nunca habría sospechado que pudiera llegar a morir así —explicó Vikus.

—¿Y por qué no? —quiso saber Gregor.

Vikus le lanzó una mirada a Ares y se abstuvo de responder.

—Porque habría contado conmigo para salvarlo —contestó Ares sin rodeos.

—Así es —corroboró Vikus—. Como ves, la primera profecía era francamente gris para nosotros, aunque ahora, por supuesto, nos parece tan clara como el agua. ¿Te parece que prosigamos?

Gregor leyó los siguientes versos:

**Algo surgirá del fondo de las tinieblas
Para hacer de las Tierras Bajas una gran tumba.**

—Algo malo está por llegar. Algo mortífero —interpretó Gregor.

—No es que esté por llegar. Está aquí, y desde hace algún tiempo ya. Sólo que las ratas lo han ocultado, incluso de sí mismas. Sabrás más sobre ello en la siguiente estrofa —dijo Vikus, indicándole los cuatro versos que seguían.

**Escucha, ¿sus garras no oyes en la roca excavada?
Rata de manto blanco como la nieve olvidada,
Toda su esencia de maldad impregnada.
¿Podrá el Guerrero tu luz sofocar?**

Gregor reflexionó un minuto.

—Habla de una rata. ¿Una rata blanca?

—El color de la nieve, que ya todos hemos olvidado, pues nunca nieva en las Tierras Bajas. Aunque me imagino que debe de ser algo muy hermoso —dijo Vikus, con una pizca de nostalgia en la voz.

—Sí lo es —confirmó Gregor—. Ahora todo está cubierto de nieve, y parece más bonito. —Sí, desde luego, cuando acababa de caer una nevada, la nieve cubría la suciedad y la basura, y durante un tiempo la ciudad parecía limpia y hermosa. Pero luego toda esa nieve se convertía en barro—. Bien, ¿qué hay de esta rata blanca?

—Es un personaje de leyenda. Incluso cuando aún vivía en las Tierras Altas, Sandwich había oído historias sobre la rata blanca. Según cuentan, cada pocos siglos ha de surgir una rata así, que congregará a otras muchas bajo su mando, para crear un reino de terror. Es una rata de astucia, fuerza y tamaño considerables —explicó Vikus.

—¿Tamaño? —preguntó Gregor—. ¿Quiere decir que es aún más grande que las ratas de por aquí abajo?

—Bastante más, sí, según cuentan las leyendas. Y en este momento histórico, lo único que se interpone entre esta criatura y las Tierras Bajas, eres tú. El Guerrero. Representas una amenaza para ella. Ésa es la razón por la que las ratas la han estado ocultando con tanto esmero. No quieren que la encuentres. Pero tú también tienes algo que te hace vulnerable.

Vikus indicó con el dedo la tercera estrofa, y Gregor siguió leyendo:

¿Qué podría al Guerrero debilitar?
¿Qué pugnan los roedores por hallar?
Una cría tan sólo, nada más
A quien las Tierras Bajas deben su paz

—¿Sabes a qué hace referencia la palabra «cría»? —preguntó Vikus.

—Pues será lo mismo que cachorro, que es lo que llamó Ripred una vez a Luxa y a Henry, cuando no querían obedecerlo —recordó Gregor. Y de pronto se preguntó cuánto sabría de toda esa historia la gran rata con una cicatriz en la cara que lo había ayudado a salvar a su padre.

—No cabe duda de que empleó la palabra con sarcasmo, para recordarles quién mandaba ahí. Para las ratas, una «cría» o un «cachorro» es lo que para nosotros es un bebé. Que sepamos, el único bebé que tú conoces es Boots —dijo Vikus.

Gregor sintió sus ojos irresistiblemente arrastrados hacia la última estrofa de la profecía:

Si muere la cría, muere el Guerrero a su vez
Pues muere lo más esencial de su ser.
Y muere la paz de estas tierras también
Otorgando a los roedores la llave del poder.

—Así que piensan que si —Gregor apenas era capaz de pronunciar esas palabras— matan a Boots, algo malo me ocurrirá a mí también.

—Piensan que te debilitará de alguna manera explicó Vikus—. Y si eso ocurre, las ratas podrán vencernos a nosotros también.

—Uf, casi nada —dijo Gregor, que en el fondo sentía mucho miedo—. ¿Están seguros de que en realidad se trata de Boots?

—Todo lo seguros que nos atrevemos a estar. Es de todos conocido tu amor por ella. Que te sacrificaras por ella, que preferirías saltar antes que dejar que el rey Gorger la matara nos impresionó mucho a todos. ¿Piensas que la profecía pueda hacer referencia a algún otro bebé, Gregor? —preguntó Vikus solemnemente.

Gregor negó con la cabeza. Se trataba de Boots. Y en una cosa desde luego no se equivocaban: si la mataban, algo dentro de él moriría también.

—Bueno, ¿y entonces por qué la han traído aquí abajo? ¿Por qué no la han dejado en las Tierras Altas, donde estaba a salvo?

—Porque no estaba a salvo. Y tampoco lo estabas tú. Los reptantes te vigilan noche y día, para protegerte — explicó Vikus.

Gregor recordó entonces a la cucaracha que había atrapado aquella mañana con el frasco de mayonesa.

—¿Se refiere a las cucarachas pequeñas?

—Sí, se comunican con las grandes que habitan las Tierras Bajas. Pero también las ratas te observan. Han estado vigilando los movimientos de tu familia desde poco después de que abandonaras las Tierras Bajas, aguardando la ocasión de arrebatar la vida de tu hermana —dijo Vikus—.

En tu casa no les ha sido posible. Pero hoy te aventuraste con ella muy cerca de una de las entradas a nuestro mundo.

—Fuimos a montar en trineo a Central Park —explicó Gregor. Entonces intervino Ares:

—Los roedores persiguieron a Gregor por los túneles. Tuvo que saltar al Canal para huir de ellos.

—Entonces los reptantes deben de haber rescatado a Boots justo a tiempo. Tu hermanita era hoy el blanco de las ratas, Gregor —declaró Vikus.

—¿Y por qué no se contentan con matarme a mí? —preguntó éste, aturdido.

—Nada les haría más felices. Pero te han visto saltar al vacío y vivir para contarlo, de modo que no confían del todo en poder lograrlo—contestó Vikus—. Y en este momento les preocupa más la profecía. Es matando a Boots como tienen intención de destruirte.

—Sigo pensando que estaríamos más seguros en las Tierras Altas. No iremos más a Central Park y listo. No dejaremos que Boots salga de casa... —Pero en realidad, Gregor no estaba del todo convencido de que estuvieran más seguros allí.

—Los mandaré de vuelta a casa inmediatamente, si es eso lo que deseas. Pero la encontrarán, Gregor, ahora que es el objetivo que se han marcado. En sus mentes, se trata de una carrera. Han de matar a Boots antes de que maten a la rata blanca. Sólo uno de los dos puede sobrevivir. Lo creas o no, la hemos traído a las Tierras Bajas para protegerla —declaró Vikus.

—Y para protegerse ustedes —añadió Gregor rotundamente.

—Sí, y para protegernos nosotros —corroboró Vikus—. Pero como nuestros destinos están unidos, nos parecía una misma cosa. Entonces, ¿qué decides? ¿Los llevamos de vuelta a casa, o están dispuestos a jugar esta mano con nosotros?

Gregor pensó entonces en los ruiditos como de garras que oía a veces detrás de las paredes de su casa, en Nueva York. Su madre se ponía nerviosa, aunque su padre decía que probablemente no fueran más que ratones. Pero, ¿y si en realidad eran ratas? ¿Y si no estaban más que a unos pocos centímetros de yeso, observando a Boots? Vigilándola sin tregua, e informando después a las enormes ratas de las Tierras Bajas.

Se oyó entonces un ruido de pasos que se aproximaban a la puerta. Gregor levantó la mirada y vio a Boots montada a lomos de una cucaracha gigante que tenía una antena rota.

—*¡Gue-go!* —exclamó la niña riendo—. ¡Voy de paseo! ¡Temp lleva a Boots de paseo!

Estaba tan feliz..., y era tan pequeñita... e indefensa... Gregor no podía vigilarla en todo momento, veinticuatro horas al día...; tenía que ir al colegio..., nadie más podía protegerla..., él mismo hoy había sido incapaz de hacerlo...; si volvía a ocurrir, las ratas podían acabar con ella en un minuto. O menos todavía.

—Nos quedamos —declaró Gregor—. Nos quedamos hasta que acabe todo esto.

CAPÍTULO QUINTO

amo con *Gue-go!* —le dijo Boots a Temp, golpeándole el lomo con los talones, y el insecto la llevó obedientemente hasta donde estaba su hermano. La pequeña se deslizó al suelo y corrió a abrazarse a la pierna de Gregor.

—Hola, Boots —le dijo éste, revolviéndole el pelo rizado—. ¿Dónde has estado?

—¡De paseo! ¡*Lápido,* muy *lápido!* —dijo la niña.

—¿Te acuerdas de Vikus? —le preguntó Gregor, señalando al anciano con el dedo.

—¡Hola! ¡Hola, tú! —exclamó Boots alegremente.

—Bienvenida, Boots —dijo Vikus—. Te hemos extrañado mucho.

—¡Hola, *mulcélago!* —saludó Boots a Ares con la mano, aunque Gregor no le estaba haciendo ni caso.

—Hola, Temp —le dijo Gregor a la cucaracha—. La próxima vez, ¿te importaría avisarme antes de llevarte corriendo a Boots? Me diste un gran susto.

—¿Nos odia, Tierras Altas, nos odia? —preguntó Temp con su peculiar manera de hablar.

Vaya, lo que faltaba, ahora encima había ofendido a la cucaracha. Qué susceptibles eran estos bichos, se tomaban todo tan a pecho. Bueno, más que a pecho, a caparazón.

—No. No te odio. Es sólo que me llevé un buen susto cuando te llevaste a Boots. No sabía dónde estaba —le explicó Gregor.

—Con nosotros, estaba, con nosotros —contestó Temp, que ahora se sentía muy confundido.

—Sí, eso ya lo sé. Lo sé ahora. Pero en el parque no lo sabía —le explicó Gregor—. Estaba preocupado.

—¿Nos odia, Tierras Altas, nos odia? —repitió la cucaracha.

—¡No! Sólo necesito que me avises si tienes pensado llevártela a algún lugar, eso es todo —dijo Gregor. Las antenas de Temp se doblaron hacia abajo. Así no iban a llegar a ninguna parte. Gregor decidió cambiar de táctica—. Ah, Temp, muchas gracias por salvar a Boots de las ratas. Lo hiciste muy bien.

Temp volvió a levantar las antenas.

—Rata mala —declaró, muy convencido.

—Sí —confirmó Gregor—. Rata muy mala.

En ese momento apareció Luxa en el umbral de la puerta. Su cabello de un rubio plateado había crecido un poco desde la última vez, y ella misma estaba un poco más alta, pero lo que llamó la atención de Gregor fueron las ojeras que rodeaban sus ojos violetas. Él no era el único que no estaba muy bien últimamente.

—Seas bienvenido, Gregor de las Tierras Altas —dijo Luxa, acercándose a él pero sin llegar a tocarlo.

—Hola, Luxa, ¿cómo estás? —le contestó Gregor.

La chica se llevó distraídamente la mano hasta la cinta dorada que ceñía su cabeza, como si quisiera quitársela de un manotazo.

—Bien, estoy bien.

No estaba bien. Se notaba claramente que la chica no dormía bien últimamente. Tampoco parecía feliz, aunque no había perdido su porte arrogante, ni su media sonrisa. Todavía tenía todo el aspecto de una reina.

—Así que volviste.

—No tenía mucha elección —contestó Gregor.

—No —dijo Luxa fríamente—. Parece que tú y yo nunca tenemos mucha elección. ¿Tienes hambre?

—Yo *teno hambe.* ¡*Teno hambe!* —exclamó Boots.

—Es que no hemos cenado —explicó Gregor, aunque tenía el estómago tan rígido que no sentía hambre.

—Tienen que bañarse, cenar, y luego a dormir. Solovet dice que debes empezar el entrenamiento mañana por la mañana —anunció Luxa.

—¿Eso dice? —preguntó Vikus, que parecía un poco sorprendido.

—Sí. ¿No te lo dijo? —preguntó Luxa con una mirada burlona a la que el anciano no reaccionó. Tenían una extraña relación. Vikus era su abuelo, pero como las ratas habían asesinado a sus padres, era también lo más parecido a un padre que la chica tenía. Se encargaba de supervisarla y entrenarla para asumir todas las responsabilidades que conllevaba acceder al trono de Regalia cuando cumpliera dieciséis años. Gregor pensó que no debía de ser fácil para ellos ser tantas cosas a la vez el uno para el otro.

—Gregor, Ares, los veré mañana en el campo —
dijo Luxa antes de retirarse.

Gregor y Boots fueron conducidos a los baños
por una pareja de las Tierras Bajas a la que no habían visto
nunca. La muchacha llevó a Boots a la parte del cuarto de
vestir destinada a las mujeres, y el joven precedió a Gregor
a la de los hombres.

Poco después, Gregor hizo un numerito cuan-
do salió corriendo del cuarto de baño, empapado y vestido únicamente con una toalla a la cintura, para pedirle al
joven que no quemara su ropa. Ares tenía razón, hacer ce-
nizas sus pertenencias era el procedimiento habitual, pero
Gregor sabía que resultaría muy caro reponer su vestuario,
y además no quería desprenderse de sus botas.

—Pero... tu ropa está impregnada de olor. Los roedores sabrán que estás aquí —objetó el joven, indeciso.

—Da igual. Quiero decir que eso ya lo saben.
Dos de ellos me persiguieron hasta el Canal —le explicó
Gregor—. Así que... ¿podrías, por ejemplo, dejar mi ropa
en el museo, o algo así? Todo lo que hay ahí son cosas de las
Tierras Altas, ¿no?

Aliviado por la sugerencia, el joven fue a preguntarle a Vikus.

Les ofrecieron una abundante cena compuesta por
ternera guisada, pan, champiñones, aquello que a Gregor
le recordaba a la camote pero que no lo era, y una especie de pastel. Boots comió con gusto, y Gregor recordó que
ese día la niña sólo había tomado un tazón de cereales y un
tentempié. Por lo menos, el resto de la familia cenaría esa

noche todo un platón de papas gratinadas. Si es que tenían ánimo para comer.

¡Oh, él tenía la culpa de todo lo que estaba pasando! Si no hubiera perdido de vista a Boots, las cucarachas nunca se la habrían llevado. Pero en ese caso, tal vez la hubieran alcanzado antes las ratas. Gregor se dio cuenta de que tenía que estarles muy agradecido a todos, por haber salvado a su hermana. Y por un lado lo estaba, pero por otro, les reprochaba que lo hubieran arrastrado de vuelta a su peligroso mundo. ¿Cómo era lo que había dicho Vikus? «... dado que nuestros destinos están unidos, y bla bla bla...». Gregor no quería tener nada que ver con todo ello, y sin embargo, ahí estaba. Otra vez.

Boots se quedó dormida en el instante en que su cabeza tocó la almohada, pero Gregor se sentía nervioso y preocupado. No podía dormir, pensando en su familia, en la amenaza que pesaba sobre Boots, y en la inquietante presencia de una gigantesca rata blanca, por ahí en alguna parte, acechándolo. Por fin renunció a intentar conciliar el sueño y decidió darse una vuelta por el palacio. Suponía que nadie se molestaría, al fin y al cabo esta vez no pensaba escapar, ni nada.

Los pasillos que recorrió parecían llevar a los apartamentos de la gente que vivía en el palacio. Las salas comunes, como el Gran Salón o los comedores, estaban abiertas. Pero en el piso de Gregor, unas cortinas tapaban el interior de las habitaciones. Se conoce que las puertas de piedra no debían de considerarse muy prácticas, y la única puerta de madera que Gregor había visto en las Tierras

Bajas era la que protegía la sala que albergaba las profecías de Sandwich.

Llevaba cerca de diez minutos caminando cuando oyó voces que venían de una de las habitaciones. Le llegaban un poco ahogadas por culpa de la cortina, pero audibles porque las personas estaban discutiendo. Una de ellas era Vikus...

—Deberías haberme comentado lo del entrenamiento. ¡Yo tengo voz y voto en este asunto!

¿Con quién estaría hablando Vikus?

—Sí, sí, podríamos haber discutido el tema una y otra vez, mientras buscabas la manera de protegerlo, pero no es posible. No importa lo que quieras, no es posible.

Le parecía la voz de Solovet. Era la mujer de Vikus, la abuela de Luxa, y comandante en jefe del ejército de Regalia. Normalmente su tono de voz era amable y majestuoso. Pero Gregor también la había oído gritar órdenes durante el combate. La habilidad de Solovet de pasar de esa manera de la actitud de una elegante dama a la de un soldado ponía nervioso a Gregor, porque nunca sabía con cuál de ellas lo iba a sorprender. Ahora tenía más pinta de soldado.

Gregor no quería espiar su conversación, de modo que dio media vuelta para alejarse de allí. Pero entonces oyó pronunciar su nombre, y no pudo evitar quedarse a escuchar.

—¿Y qué hay de lo que quiere Gregor? ¿Acaso no tiene voz en esto? Rechazó la espada, Solovet. No es su deseo luchar —dijo Vikus.

—Ninguno de nosotros desea luchar, Vikus —le contestó Solovet.

Vikus soltó un «mmm» que daba a entender que pensaba que en esa habitación tal vez hubiera alguien a quien sí le gustaba luchar.

—Ninguno de nosotros desea luchar —repitió Solovet con voz muy fría—, pero todos lo hacemos. Y después de todo, la profecía llama a Gregor «el Guerrero». No «el pacificador».

—Oh, las profecías suelen ser engañosas. Se le llama el Guerrero, pero tal vez sus armas no sean aquellas a las que estamos acostumbrados. La última vez se desenvolvió muy bien con armas para nosotros desconocidas —arguyó Vikus—. ¡Te digo que rechazó la espada de Sandwich!

—Sí, cuando estaba a salvo y pensaba que todo había terminado. Pero yo recuerdo que durante la expedición nos pidió una espada —contraatacó Solovet.

—Pero no la necesitó. Estaba mejor sin ella, creo yo —dijo Vikus.

—Y yo creo que si esta vez lo mandas sin armas, no haces sino garantizar su muerte —declaró Solovet.

Tras esto se hizo un silencio.

Gregor se alejó del pasillo lo más rápido que pudo y encontró el camino de vuelta a su habitación.

El escaso sueño que pudo conciliar esa noche estuvo poblado de inquietantes pesadillas.

CAPÍTULO SEXTO

A la mañana siguiente, Gregor se levantó agotado y de mal humor. Otro ciudadano de Regalia al que no había visto nunca le sirvió el desayuno. Dejó a Boots al cuidado de la mujer que la había bañado y vestido la noche anterior, y salió de la habitación. Hoy estaba previsto que empezara su entrenamiento. Quién sabe en qué consistiría aquello.

Tras recorrer unos cuantos pasillos, Gregor cayó en la cuenta de que no tenía ni idea de adónde tenía que dirigirse. Luxa había mencionado algo de un campo. ¿Se refería a esa especie de estadio de deportes? Era lo primero que había visto al llegar a Regalia, el vasto campo ovalado con gradas de piedra en el que los habitantes de las Tierras Bajas practicaban una especie de deporte de pelota montados en sus murciélagos. Estaba a unos veinte minutos a pie del palacio.

Gregor se dirigió a una salida flanqueada por dos guardias. Al otro lado de la puerta había una plataforma suspendida por dos cuerdas que servía como elevador. Cuando les pidió a los guardias que lo bajaran a tierra, éstos reaccionaron con sorpresa:

—¿No quedaste con tu volador en que te encontraría en el Gran Salón para llevarte al entrenamiento?

La noche anterior, Ares y Gregor se habían separado sin intercambiar una sola palabra.

—No, seguro a Ares se le debe de haber olvidado —les explicó.

—Ah, sí, Ares —dijo uno de los guardias, lanzándole al otro una mirada cargada de sobreentendidos.

Aunque Gregor estaba enojado con Ares, no le gustó nada esa actitud.

—A mí también se me olvidó —dijo—. Tenía que habérselo recordado.

Los guardias asintieron con la cabeza y se apartaron para que Gregor pudiera subirse a la plataforma, que luego hicieron bajar hasta el suelo, unos cincuenta metros más abajo. Aunque el descenso fue suave y sin contratiempos, Gregor no soltó ni un momento las cuerdas, a las que se agarraba con fuerza. Las Tierras Bajas no dejaban de proporcionarle ocasiones de renovar su miedo a las alturas.

El ajetreo en la ciudad era grande. Los habitantes de tez clara y ojos violetas iban de aquí para allá, ocupados en sus distintos quehaceres. Muchos se lo quedaban mirando, y cuando Gregor se cruzaba con su mirada, le hacían respetuosos gestos con la cabeza. Algunos incluso se inclinaban en una reverencia. Lo conocían, o por lo menos, sabían de él. Era el guerrero que había salvado a su ciudad de la destrucción. Durante un ratito, Gregor disfrutó de toda esa atención, hasta que cayó en la cuenta de que probablemente estarían pensando que ahora le tocaba enfrentarse a esa enorme rata blanca. Se preguntó cuántos soldados mandarían para ayudarlo a matarla. Un animal tan grande, tan malvado... ¡Tal vez hiciera falta un ejército entero!

Cuando apareció en el estadio, saltaba a la vista que llegaba tarde. Grupos de habitantes de las Tierras Bajas de todas las edades estaban desperdigados por el suelo cubierto de musgo, haciendo todo tipo de ejercicios de estiramiento y gimnasia suave. Se parecía mucho al calentamiento que hacían en su equipo de atletismo, en las Tierras Altas. Cuando Gregor miraba a su alrededor en busca de Luxa, una voz llamó su atención:

—¡Gregor! ¡Regresaste! —Y antes de que le diera tiempo de reaccionar, Mareth fue hacia él y le dio un abrazo tan fuerte que casi le rompe un par de costillas. El soldado era una de las personas a las que Gregor más apreciaba en las Tierras Bajas.

—¡Hola, Mareth! —lo saludó—. ¿Qué tal, cómo te encuentras?

—Muy bien, ahora que ya estás aquí. Ven, tienes que entrenarte conmigo —le dijo, señalándole un grupo de muchachos de su edad.

Mientras corrían alrededor del campo, pasaron por delante de un grupo de niños entrenándose con espadas. Ninguno parecía tener más de seis años. Al parecer, en las Tierras Bajas nunca era demasiado pronto para empezar a prepararse para la guerra.

Gregor descubrió a Luxa y se colocó junto a ella. Sólo tuvieron tiempo de saludarse con un gesto antes de que se reanudara la clase.

Mareth les fue indicando una serie de ejercicios de

estiramiento. Gregor no era muy ágil por naturaleza, pero Luxa en cambio era una verdadera contorsionista.

Luego le llegó el turno a una serie de ejercicios de fortalecimiento de los músculos. Lo típico: flexiones, abdominales, bicicleta, etc. Para terminar, dieron varias vueltas al campo corriendo. A Gregor le encantaba correr, tanto *sprints* como largas distancias. Le dio mucha satisfacción comprobar que era el único en su grupo capaz de mantener el ritmo de Mareth, que lo felicitó al final.

La felicidad le duró poco cuando comprobó que había llegado el momento de las volteretas. En las Tierras Altas, Gregor también tenía clases de gimnasia deportiva, y siempre estaba deseando que se terminara pronto para poder pasar al baloncesto. Era demasiado alto y desgarbado, y la mayor parte de los ejercicios los terminaba cayendo cual largo era sobre la colchoneta. Y eso mismo fue lo que sucedió allí.

Luxa se acercó a él, tratando de contener la risa.

—Cuando ruedes, no puedes estirar las rodillas hasta que tus pies hayan tocado el suelo —le dijo, ofreciéndole su ayuda para levantarse.

—Sí, sí, claro —contestó Gregor, aceptándole la sugerencia. Los gimnastas siempre te están dando útiles consejos, como por ejemplo, que puedes ganarle la batalla a la fuerza de la gravedad si te concentras lo suficiente.

Mareth la llamó para que demostrara un ejercicio al grupo, y allá se lanzó, ejecutando toda una serie de piruetas y saltos mortales, y aterrizando en el suelo con los pies juntos, como si fuera la cosa más fácil del mundo. Los demás empezaron a aplaudir espontáneamente, y Luxa les regaló una de sus escasísimas sonrisas. Luego volvió y se empleó en la vana tarea de enseñar a Gregor a hacer una voltereta lateral.

Cuando llevaba unas veinte veces explicándole la mecánica del ejercicio, algo llamó su atención, y su buen humor se evaporó.

Gregor siguió su mirada hasta la entrada del estadio, donde se encontraba un grupo de cinco chicos. Nunca los había visto antes.

—¿Quiénes son ésos? —le preguntó.

—Mis primos. Supongo que acaban de llegar a Regalia —dijo Luxa con cierta tensión en la voz.

Gregor miró al grupo, sorprendido.

—Pensaba que tus únicos primos eran Henry y esa chica tan nerviosa, ¿cómo se llamaba?

—Nerissa —dijo Luxa—. Sí, Nerissa y... Henry. —Le costó cierto esfuerzo pronunciar su nombre—. Ellos son mis únicos primos de sangre real. Nuestros padres eran hermanos, hijos de un rey.

Los otros primos vieron a Luxa y se dirigieron hacia ella. Ésta los saludó con un gesto de cabeza que no disimulaba en absoluto su antipatía.

—Con estos cinco estoy emparentada por parte materna. No son de sangre real, aunque a ellos, por supuesto, les encantaría serlo.

—No te caen muy bien que digamos, ¿eh? —le preguntó Gregor.

—Se burlan de Nerissa, de su don adivinatorio y de su fragilidad —explicó Luxa—. No, no los apreciamos..., quiero decir, no los aprecio.

Gregor comprendió que Luxa y Henry habían estado tan unidos, que incluso ahora, meses después de su muerte, para Luxa todavía estaba en sus pensamientos. Y para complicarlo todo aún más, estaba el hecho de que Henry la había traicionado totalmente, entregándola a las ratas para poder obtener más poder. Si te detenías a pensarlo, no era de extrañar que Luxa tuviera esas ojeras.

—Han venido sólo a hacernos una visita desde el Manantial. Esperemos que no se queden mucho tiempo —dijo Luxa.

Luxa y sus primos intercambiaron saludos breves y formales, y luego ella les presentó a Gregor. El mayor, Howard, tendría unos dieciséis años, y su aspecto físico hacía ver que trabajaba mucho al aire libre. Había una chica de unos trece años, llamada Stellovet, de pelo largo y rizado, de un rubio plateado, llamativamente guapa. Después venía un par de mellizos algo más jóvenes, una chica llamada Hero y un chico llamado Kent. Y por último, la más pequeña era una niña de unos cinco añitos, que no soltaba la mano de Stellovet. Su nombre le sonó a algo parecido a «Chimni», pero Gregor no estaba muy seguro de haberlo oído bien.

Les costaba apartar la mirada de Gregor. Era probablemente la primera persona de las Tierras Altas que habían visto en su vida.

—Yo te saludo, Gregor de las Tierras Altas. Hemos oído hablar mucho de tus hazañas, y te estamos agradecidos por haber regresado —dijo Howard, con mucha educación.

—Ah, de nada —contestó Gregor, como si para él lo de regresar no supusiera un gran problema.

—Oh —dijo Stellovet con una voz muy melosa—, nos alegramos tanto de que estuvieras siempre junto a Luxa para defenderla.

—Sí, ya. Bueno, de no haber sido por ella, las ratas me hubieran matado en dos o tres ocasiones, así que supongo que estamos en paz —explicó Gregor.

Stellovet frunció el ceño, pero le dedicó una sonrisa muy dulce.

—Sí, Luxa es toda una experta en ratas, ya sean de dos o de cuatro patas.

Fue un comentario horrible. Estaba claro que hablaba de Henry. Gregor conocía a muchachos así, muchachos que estaban dispuestos a tomar algún detalle malo de tu vida, y utilizarlo contra ti a la menor provocación. Y tú no te podías defender, porque lo que decían era verdad. De inmediato, sintió una profunda antipatía hacia Stellovet.

Hay que reconocer que Howard parecía un poco molesto con el comentario de su hermana. Ella y los gemelos se miraron con sonrisitas de satisfacción. La niña pequeña, Chimni o cómo se llamara, parecía perpleja, y abría unos ojos como platos. Gregor no necesitaba mirar a Luxa para imaginarse el dolor que debía de estar reflejándose en su rostro.

Gregor se quedó mirando a Stellovet un momento y luego preguntó, como quien no quiere la cosa:

—Bueno, y ustedes, ¿de dónde son?

—Vivimos en el Manantial. Nuestro padre es quien manda allí —declaró Stellovet con orgullo.

—¿Y en esa zona hay muchas ratas? —preguntó Gregor lleno de curiosidad.

—No muchas —contestó Stellovet, que ahora observaba a Gregor con más atención—. No cabe duda de que temen nuestras habilidades en la lucha.

—No tienen muchos motivos para ir hasta allí —explicó Howard, mirando a su hermana con reproche—. Tendrían que cruzar a nado por rápidos muy traicioneros, y no tenemos cosechas ni guerreros de las Tierras Altas que valga la pena destruir.

—Ah, entonces, ¿debes haber visto una rata alguna vez? —preguntó Gregor, dirigiéndose especialmente a Stellovet.

Ésta se sonrojó de pies a cabeza.

—¡Pues sí! ¡Sí he visto una rata! ¡En la orilla del río! ¡Tan cerca como estás tú ahora!

—Pero Stellovet —dijo la pequeña Chimni, jalando a su hermana de la manga—, esa rata estaba muerta.

Stellovet se puso aún más colorada, y calló a Chimni, muy enfadada.

—Eso me imaginaba yo —dijo Gregor—. Oye, Luxa, ¿no me ibas a enseñar otra vez esa serie de saltos mortales que haces?

—Si nos disculpan, primos, tenemos que retirarnos —dijo Luxa.

Ambos les dieron la espalda y se alejaron. La mirada de Gregor se cruzó con la de Luxa. El dolor todavía se reflejaba en su rostro, pero pese a todo le sonrió.

—Gracias, Gregor —le dijo bajito.

—Son unos idiotas —le contestó él, encogiéndose de hombros—. Vamos, Luxa, haz uno de esos saltos mortales que tan bien te salen. Haz el más bonito, y el más espectacular que se te ocurra.

Luxa se detuvo un momento, fijó la vista en un punto del campo, corrió y luego se elevó por los aires, describiendo toda una preciosa serie de giros, rematados por un doble mortal hacia atrás con el cuerpo totalmente en forma horizontal, que coronó aterrizando de pie. La gente aplaudió, pero Luxa se limitó a volver corriendo hacia Gregor, como si ni siquiera se hubiera enterado.

—Ahora te toca a ti —le dijo.

—Bueno, ábreme campo —contestó él, girando los brazos como para darse impulso, haciendo reír a Luxa.

Entonces Mareth los congregó a todos para empezar el entrenamiento de esgrima. Howard y Stellovet se habían unido a su grupo. Todos eligieron una espada de un gran montón que habían traído al estadio. Gregor examinó las armas, sin saber muy bien qué hacer.

—Toma, Gregor, prueba ésta —le dijo Mareth. Eligió una espada y se la entregó a Gregor sujetándola por la hoja.

Sus dedos envolvieron la empuñadura, y sintió en su mano el peso de la espada, considerable en el puño, y mucho menor en la punta de la hoja. La blandió en el aire un par de veces, y la espada produjo un sonido parecido a un siseo.

—¿Cómo te sientes con una espada en la mano? —le preguntó Mareth.

—Pues bien, supongo —contestó Gregor. Tampoco era para tanto, en realidad. Eso le quitó un buen peso de encima. Toda esa historia de ser un guerrero lo ponía nervioso. No le gustaba luchar, y se alegraba de no sentir nada especial al empuñar una espada.

Mareth dividió al grupo en dos para practicar ejercicios de esgrima, dejando aparte a Gregor, para darle él mismo su primera clase. El soldado le enseñó diferentes ataques que se podían hacer con la espada, y la manera de defenderse de ellos. Gregor no le veía mucho sentido a aquello, pues no era muy probable que tuviera que luchar contra un ser humano, pero se imaginaba que ésos eran conocimientos básicos que todo el mundo debía tener.

Un rato después pararon para descansar unos minutos, y entonces Mareth anunció que había llegado el momento de entrenarse con el cañón.

—¿Con el cañón? ¿Vamos a disparar cañones? —le preguntó Gregor a Luxa.

—Oh, no, se trata de pequeños cañones para realizar ejercicios con la espada, y mejorar la velocidad y la precisión —le explicó Luxa—. Ahora lo verás.

Empujaron rodando tres pequeños cañones hasta el centro del campo. A un lado Mareth colocó un barril lleno de unas bolitas de cera, del tamaño de una pelota de golf.

—Éstas son bolas de sangre —le indicó Luxa, sosteniendo una sobre la palma de su mano.

Cuando Gregor la tomó, notó que dentro había una especie de líquido.

—¿De qué están llenas? ¿De sangre? —preguntó, un poco asqueado.

—No, es sólo un líquido rojo que recuerda a la sangre. Así resulta más fácil ver si han impactado o no —explicó Luxa.

Los tres cañones estaban dispuestos en forma de arco, cargados con cinco bolas de sangre cada uno. Los muchachos se colocaron en círculo alrededor.

—Bien, ¿quién se atreve a ser el primero? —preguntó Mareth con una sonrisa—. ¿Por qué no tú, Howard? Recuerdo que lo hiciste bastante bien la última vez que nos visitaste.

Howard se situó entre los cañones: uno delante de él, y los otros dos a cada lado, separados todos ellos por unos seis metros de distancia. Cuando Mareth dio la orden, tres hombres empezaron a accionar unas palancas que había a los lados de los cañones, y éstos empezaron a disparar bolas de sangre hacia Howard. Éste blandía la espada en todas direcciones, tratando de cubrir todos los frentes. Siete bolas de sangre reventaron al impactar contra la hoja de su arma, pero otras ocho yacían, intactas, en el suelo a su alrededor. El ejercicio no duró más de diez segundos.

—¡Muy bien, Howard! Muy bien —lo felicitó Mareth. El muchacho parecía bastante satisfecho con su actuación.

—¿Es una buena puntuación? —le preguntó Gregor a Luxa. Ésta se encogió de hombros.

—No está mal —fue toda la alabanza que Luxa fue capaz de hacer de su primo.

Uno tras otro, todos los alumnos fueron realizando el ejercicio. Alguno sólo consiguió darle a una o dos bolas. Luxa logró siete impactos, igualando a Howard, y Stellovet salvó la honra con cinco. Cuando todos los chicos se alejaron, Mareth ordenó que colocaran los cañones en otra zona del campo.

—¿El guerrero de las Tierras Altas no va a hacer el ejercicio? —preguntó Stellovet con voz inocente.

—Éste es su primer día de entrenamiento de esgrima —dijo Mareth.

—Supongo que entonces se acobardará un poco, a pesar de sus múltiples talentos —comentó la chica.

—Dudo mucho que Gregor se acobarde ante nada —dijo Mareth con respeto—. Pero nuestras armas no le son familiares. ¿Quisieras probar, Gregor? Tan sólo como entrenamiento. Casi nadie alcanza muchas bolas en su primer intento.

—Claro, ¿por qué no? —dijo Gregor. Qué curioso, el caso es que hasta le gustaba y todo. Le parecía que era como una de esas ferias de campo a las que había ido alguna vez en Virginia, de donde era originaria su familia. Tenían unos juegos extraños, como encestar una pelota en una vieja lechera, o lanzar una moneda y conseguir que cayera sobre un plato de cristal. Parecían fáciles, pero cuando lo intentabas, veías que era casi imposible. Pero con todo, no podías evitar intentarlo.

Gregor ocupó su lugar entre los cañones. Sostuvo la espada delante de él, como había visto hacer a los demás. Sentía esa misma mezcla de nervios y emoción que cuando le tocaba batear en un partido de béisbol. Oyó que Mareth daba la orden de disparar.

Y entonces ocurrió algo extraño. Cuando la primera bola salió despedida del cañón que tenía enfrente, el estadio, la gente y todo lo que estaba a su alrededor pareció enmudecer de pronto, y las siluetas se volvieron borrosas. Gregor ya sólo era consciente de las bolas de sangre que volaban hacia él desde todas las direcciones. Su brazo se movía. Gregor oía el sonido silbante de su espada. Algo se aplastó contra su cara, y poco después el ejercicio terminó.

Entonces volvió a percibir cuanto lo rodeaba: primero las gradas del estadio, y después los rostros sobrecogidos de los habitantes de las Tierras Altas. Notaba que un líquido pegajoso rodaba por sus manos y su rostro. Los latidos de su corazón podía oírlos todo el mundo. Gregor dirigió la mirada al suelo.

A sus pies yacían quince bolas reventadas.

CAPÍTULO SÉPTIMO

Gregor abrió los dedos, y la espada cayó al suelo. La hoja brillaba, cubierta de ese líquido rojo que, si no era sangre, desde luego se le parecía mucho. Gregor se pasó la mano por encima de la camisa, dejando una gran mancha roja. De pronto sintió náuseas.

Dio media vuelta, alejándose de la espada, las bolas de sangre, y toda la gente, que se había puesto a hablar a la vez, con voces excitadas. Se debía de estar pasando la voz de lo que acababa de hacer, pues todo el mundo acudía ahora corriendo a la zona de los cañones. Gregor sentía que se arremolinaban a su alrededor, y entonces alguien, tal vez Mareth, lo llamó por su nombre. Gregor tenía dificultades para respirar.

De pronto Ares apareció a su lado.

—Conozco un lugar —fue todo lo que dijo.

Gregor se subió sobre él automáticamente, y levantaron el vuelo. Oyó que lo llamaban varias voces mientras se alejaban del estadio, pero Ares no se detuvo. No se dirigieron hacia Regalia, sino hacia los túneles que había al otro lado de la entrada a la ciudad.

—Necesitarás luz —dijo Ares, dirigiéndose hacia una hilera de antorchas dispuestas junto a la boca del túnel, y Gregor extendió la mano para tomar una. A la luz de la antorcha, vio que su mano brillaba, empapada de líquido rojo. Apartó la mirada.

Ares voló por un túnel lateral con múltiples bifurcaciones. Por fin llegaron a un pequeño lago subterráneo bordeado por docenas de cuevas. El murciélago descendió, y se metió por una cuya entrada era muy estrecha. Una vez dentro, las paredes de la cueva se abrían sobre un amplio espacio. Grandes formaciones de cristal colgaban del alto techo de la cueva. Gregor se deslizó del lomo de Ares y cayó sobre el suelo de piedra.

Apoyó la frente sobre las rodillas dobladas, y esperó hasta que su respiración recuperó un ritmo normal. ¿Qué había ocurrido en el estadio? ¿Cómo había podido alcanzar las quince bolas? Durante los ejercicios de esgrima con Mareth no había pasado nada insólito, pero cuando esas bolas de sangre habían empezado a volar hacia él...

—¿Lo viste? ¿Viste lo que hice? —le preguntó a Ares. Aquella mañana había visto a varios murciélagos sobrevolando el estadio, pero no sabía si entre ellos se encontraba Ares.

El murciélago permaneció inmóvil durante un momento, y luego contestó:

— Impactaste a todas las bolas de sangre.

—Les di a todas —dijo Gregor, que todavía trataba de recordarlo—. Pero ni siquiera sé cómo manejar una espada.

—Al parecer aprendes rápidamente —dijo Ares, y a Gregor eso le hizo gracia y se rió un poquito. Miró a su alrededor. En la cueva había provisiones, mantas y algunas antorchas apagadas.

—¿Qué es este lugar? ¿Tu escondite, o algo así? —le preguntó Gregor.

—Sí, mi escondite —contestó el animal—. Tiempo atrás también era el de Henry. Veníamos a este lugar cuando queríamos estar solos. Ahora, más que mi escondite es mi hogar.

Gregor empezó entonces a comprender lo que el murciélago estaba dando a entender.

—Entonces, ¿ya no vives con los demás murciélagos? Pensaba que cuando me vinculé a ti se habían arreglado las cosas. Me refiero a lo de Henry y todo eso.

—Me evitó el destierro oficial. Pero nadie, salvo Aurora o Luxa, me dirige ya la palabra —explicó Ares.

—¿Ni siquiera Vikus? —preguntó Gregor, olvidándose por un momento de sus propios problemas.

—Sí, bueno, también Vikus. Pero él habla con cualquiera —dijo Ares sin mucho entusiasmo.

Gregor no tenía ni idea de que las cosas se hubieran puesto tan difíciles para el murciélago. No lo habían desterrado físicamente de su mundo, pero sí socialmente. Y cuando Gregor había vuelto a aparecer, no se le había ocurrido nada mejor que hacer que darle órdenes sin parar.

—Mira, siento mucho de verdad cómo me porté ayer —le dijo—. Estaba enojado, tenía miedo por Boots, y me desquité contigo.

—Yo también estaba enojado, por muchas cosas que no tienen que ver contigo—contestó Ares.

Con esto, las cosas entre ellos se arreglaron un poco, pero Gregor seguía sintiendo que Ares era un extraño para él.

—Bueno, ¿y por qué te vinculaste a Henry? —preguntó sin poder remediarlo. Tal vez no era muy educado preguntar algo así, pero tenía mucho interés en saber.

—Henry me escogió porque yo era rebelde, y no acataba muchas de las normas de mi tierra. Yo escogí a Henry porque me sentía halagado, y porque era de la familia real y bajo su protección sabía que se me absolvería de muchas cosas —explicó Ares—. No todo era malo. Volábamos juntos, y teníamos muchos gustos en común. En muchos aspectos, encajábamos el uno con el otro. Salvo en uno.

De modo que entre los murciélagos, Ares había sido un poco como el rebelde del grupo. Por supuesto, ese era el tipo de murciélago que Henry escogería. Gregor también había elegido a Ares porque había arriesgado todo para salvarle la vida, pero ¿lo habría escogido de todos modos si las circunstancias no hubieran sido tan fuera de lo normal? Gregor no lo sabía.

Se oyó un aleteo que provenía de la entrada de la cueva, y Luxa apareció a lomos de Aurora.

—¡Sabíamos que estarían aquí! —exclamó Luxa. Saltó de su montura y atravesó la cueva casi bailando, y aplaudiendo a la vez. ¿No fue maravilloso? ¿Te fijaste? ¿Viste la expresión en el rostro de Stellovet?

—Como si tuviera la boca llena de vinagre —

ronroneó Aurora, que al parecer también estaba muy contenta.

—¿Por qué? —preguntó Gregor.

—¿Cómo que por qué? ¡Pues por lo que hiciste con las bolas de sangre! —contestó Luxa, como si Gregor fuera medio tonto. Su intención era hacerte quedar como un inútil, ¡y en lugar de eso, alcanzaste a todas las bolas! ¡Casi nadie lo ha conseguido nunca, Gregor! ¡Fue espectacular!

Por primera vez, Gregor sintió una pizca de orgullo por su hazaña. Tal vez su reacción había sido un poco exagerada, por lo de la sangre de mentira y eso. A lo mejor lo único que había pasado era que había logrado algo muy bueno y muy difícil, como meter él solo todas las bolas en una partida de billar, o conseguir batear una pelota dificilísima.

—¿En serio? —dijo.

—¡Por supuesto! ¡Y no había visto a Stellovet tan ofendida desde el picnic! —dijo Luxa, riéndose al recordar la escena.

También los murciélagos soltaron un extraño ruidito, y Gregor necesitó un par de segundos para comprender que se estaban riendo.

—Oh, Gregor, tendrías que haberlo visto. Vikus nos obligó a ir de picnic con mis primos del Manantial, porque pensó que ayudaría a que nos lleváramos mejor. Stellovet se pasó todo el tiempo fingiendo que oía ratas, para aterrorizar a Nerissa. Así que Henry la engañó para que se comiera unos capullos de gusanos de seda. Se pasó el resto de la tarde quitándose hebras de seda de entre los dientes y diciendo: «¡Nunca *te* perdonaré *esto!*» —dijo Luxa, imitando a la perfección a alguien que habla con la boca llena de seda.

—¿Y cómo consiguió engañarla para que se los comiera? —preguntó Gregor, divertido y asqueado a la vez.

—Le dijo que eran un manjar reservado exclusivamente a la realeza, y que no podía darle ni siquiera un poquito. Y por supuesto ella robó un buen puño y se lo metió entero en la boca —explicó Luxa.

—Henry sabía cómo engañarla para que hiciera todo lo que se le antojara —dijo Ares, y volvió a emitir unos cuantos ruiditos como los de antes. De pronto dejó de reír—. Sabía engañarnos a todos.

Un nubarrón negro pareció abatirse sobre Luxa y los dos murciélagos. Henry los había tratado a ellos mucho peor que a Stellovet.

—Henry se equivocaba en muchas cosas, pero tenía razón en cuanto a mis primos del Manantial —dijo Luxa con tristeza—. Especialmente en lo que tenía que ver con Stellovet. Sueña con que Nerissa y yo muramos, porque piensa que entonces reinaría Vikus, y ella, al ser su nieta, sería princesa.

Los cuatro permanecieron un momento callados, y entonces Aurora intervino para alegrar un poco las cosas:

—La hazaña de Gregor será buena para ti, Ares.

—Ya veremos —contestó éste.

—Sí que lo será. No te hará ningún daño tener un vínculo capaz de alcanzar todas las bolas de sangre —dijo Luxa—. Nadie se atreverá a marginarte ahora.

Gregor esperaba que así fuera. No le parecía que Ares llevara una vida muy fácil.

De pronto Ares y Aurora levantaron la cabeza. Luxa aguzó el oído un momento y enseguida saltó a lomos de su murciélago. Un segundo después ya no estaban allí.

A Gregor le pareció oír como una especie de cuerno que sonaba en la lejanía, con un quejido agudo y urgente.

—¿Qué se oye?

—Es una señal de aviso, Gregor. Será mejor que montes —dijo Ares.

Gregor tomó una antorcha y subió a lomos de su murciélago, que despegó al instante.

—¿Un aviso? ¿Qué tipo de aviso? —le preguntó Gregor mientras sobrevolaban el lago.

Ares habló con serenidad, pero sus músculos estaban tensos.

—Significa que las ratas han entrado en Regalia.

CAPÍTULO OCTAVO

Gregor se aferró al manto del animal e inmediatamente pensó en lo peor. Si las ratas estaban en Regalia, tenían que haber venido en busca de una sola cosa: ¡Boots!

—¡Date prisa, Ares! ¡Por favor! —exclamó Gregor con apremio.

—Sí, Gregor, me daré prisa —contestó. Sus potentes alas se movían a toda velocidad—. Y Luxa y Aurora irán directamente a proteger a tu hermana.

Sólo les llevó unos minutos, pero a Gregor se le hizo eterno el viaje hasta el estadio. Se imaginaba todo un ejército de ratas abriéndose paso por la ciudad, arrasándolo todo, con un único objetivo en mente. ¡Tal vez incluso habría venido la gigantesca rata blanca en persona para matar a su hermanita!

Cuando entraban a toda velocidad en el estadio, un centinela les gritó algo, señalándoles las puertas de piedra maciza que separaban el campo de deportes de la ciudad.

—¡Son sólo dos ratas! ¡Están ahí, junto a las puertas! ¡No avances!

Ares frenó, pero estaban lo suficientemente cerca para ver la batalla que se estaba librando en el suelo. Frente a las puertas había dos ratas luchando contra una docena de humanos montados en murciélagos. La rata más pequeña parecía capaz de dar unos saltos increíblemente altos. Pero no llegaba a meterse del todo en la batalla, porque la rata más grande le servía de escudo, llevándose ella lo peor de la pelea.

La rata grande se movía tan deprisa, que Gregor no alcanzaba a distinguirla bien. Describía círculos a toda velocidad, apoyándose primero con las patas delanteras, después con las traseras, lanzándose contra todo aquello que se acercara a sus garras o a sus dientes. Gregor veía cómo tanto humanos como murciélagos iban cayendo heridos, pero ni un solo golpe alcanzaba a la rata. Era como estar viendo una de esas películas de artes marciales, en las que nadie consigue tocarle un pelo al sensei, o maestro, o como se llame. Era como estar viendo...

—¡Oh, no! —exclamó Gregor—. ¡Es él! Sin duda, tiene que ser...

—¡Ripred! —terminó la frase Ares.

—¡Detenlos! —dijo Gregor.

Pero Ares ya se había lanzado en picado. Se abatió lateralmente sobre los contendientes, desmontando de sus murciélagos a dos jinetes que estaban en primera línea. Hizo una pirueta rasa que desorientó a unos cuantos más, y luego revoloteó formando círculos por encima de la cabeza de Ripred.

—¡Quietos! —gritó Gregor—. ¡Todos quietos! ¡Es un amigo!

Los soldados retrocedieron para evitar golpear a Ares, y empezaron a reñirle furiosos para que se apartara.

—¡No, no lo entienden! ¡Es de los nuestros! ¡Es Ripred! —gritó Gregor para hacerse oír por encima del estruendo. Al oír el nombre de Ripred, los soldados retrocedieron en silencio.

La rata grande dejó de dar vueltas y se tiró boca arriba con un gesto casi perezoso. Su rostro, marcado por una cicatriz, se contrajo en una gran sonrisa que dejaba ver sus imponentes colmillos, y el animal emitió una carcajada.

—Oh, Gregor, míralos. ¿No es esto como para morirse de risa?

A Gregor también le entraron ganas de reír, porque algunos de los soldados estaban literalmente boquiabiertos, pero reprimió el impulso.

—Ya estuvo bien —le ordenó a Ripred—. No tiene ninguna gracia.

Pero Ripred sólo se rió aún más fuerte.

—¡Claro que la tiene, bien que lo sabes! ¡Y también tú tienes ganas de reírte, reconócelo!

Era un comentario tan tonto, en medio de toda aquella tensión, que tomó desprevenido a Gregor, y no pudo evitar reírse un poquito. Se contuvo enseguida, pero ya era demasiado tarde. Todos lo habían oído.

—Cállate ya, por favor —le dijo a Ripred, pero éste no le hizo caso, y siguió riéndose encantado..

—¿Puede alguien llamar a Vikus, o a Solovet? —preguntó Gregor. Nadie le contestó, ni se movió de allí. Gregor vio que la rata más pequeña estaba agachada, apoyada en las puertas, con los ojos abiertos de par en par, jadeando. Se imaginó que sería una amiga de Ripred—. Eh, siento mucho todo esto. Yo soy Gregor. Encantado de conocerte.

La rata enseñó los dientes y lanzó un siseo amenazador, que hizo estremecerse a Gregor y a Ares.

Ripred golpeaba el suelo con la cola, muriéndose de risa.

—¡Jajaja! No intentes ser amable con ella —dijo entre carcajadas—. ¡Twitchtip odia a todo el mundo!

La rata pequeña, Twitchtip, lanzó un gruñido a Ripred. Luego, de un zarpazo, abrió un agujero en el suelo cubierto de musgo, y hundió el hocico en él.

Era, un poco rarita...

—Formación en tierra —ordenó una voz, y al darse la vuelta, Gregor vio a Solovet montada en un murciélago, preparándose para aterrizar. Los soldados aterrizaron también, formando con sus murciélagos el dibujo de un rombo. Sin hacer caso de Ripred, Solovet se paseó entre los soldados y sus monturas, disponiendo que los heridos recibieran asistencia médica, y luego ordenó a los demás que se retiraran.

Para entonces Ripred ya se había recuperado de su arranque de hilaridad, y estaba cómodamente tumbado en el suelo. Twitchtip seguía con el hocico hundido en el musgo, y respiraba por la boca, exhalando pequeñas y nerviosas bocanadas de aire.

Solovet se acercó a las ratas, y con una señal indicó a Ares que se posara en el suelo. Observó a los invasores con una mirada gélida.

—Acabo de mandar al hospital a once de mis soldados.

—Pero, si apenas los arañé. Les di un poquito de entrenamiento con una rata de verdad, y creo que ambos tenemos que reconocer que lo necesitaban —declaró Ripred con un movimiento de cabeza cargado de sobreentendidos.

—Se suponía que tenías que reunirte con una formación de escolta mañana, en Queenshead —dijo Solovet.

—¿Era mañana? Hubiera jurado que era hoy. Estábamos esperando y esperando, y la pobre Twitchtip tenía tantas ganas de ver Regalia por primera vez, que a mí se me encogía el corazón, así que decidí no alargarle más la espera. ¿Verdad, Twitchtip? —dijo Ripred, dándole un empujoncito con la punta de la cola.

Twitchtip levantó bruscamente el hocico del suelo e hizo ademán de mordérsela, pero Ripred la apartó justo a tiempo. La ratita volvió a meter el hocico en la tierra.

—¿No es encantadora? ¿No es irresistible? —dijo Ripred—. Disfruté a solas de su compañía todo el viaje desde la Tierra de la Muerte. Te puedes imaginar lo insoportable que ha sido.

Twitchtip lo miró con odio, pero no se atrevió a atacarlo de nuevo.

—¿Y por qué razón hemos de disfrutar nosotros del placer de su compañía? —preguntó Solovet, mirando a la rata de arriba abajo.

—Bueno, la traje como un regalo. Para ti, para tu pueblo, y para Gregor. Sí, especialmente para Gregor — dijo Ripred.

Gregor miró inquieto a la rata enfurecida.

—¿Para mí? ¿Es un regalo para mí?

—Bueno, no literalmente, porque no es que yo sea su dueño. Pero hice un trato con ella. Accedió a ayudarte a encontrar a la Destrucción y, si lo consigue, yo accedí a permitirle vivir con mi alegre pandilla de ratas en la Tierra de la Muerte —explicó Ripred—. Es que, ¿sabes?, hace años los roedores la desterraron, y desde entonces ha estado sobreviviendo ella solita.

—Porque está loca —dijo Solovet, como si fuera algo de lo más obvio.

—Oh, no, no, loca no. Twitchtip tiene un don. Enséñales lo que sabes hacer, Twitchtip —dijo Ripred. La rata se contentó con lanzarle una mirada asesina—. Vamos, enséñaselo, o si no ya sabes lo que te espera: seguir viviendo tú solita contigo misma.

A regañadientes, Twitchtip levantó la cabeza y se limpió el hocico de tierra y musgo. Echó la barbilla para atrás, respiró hondo, e hizo una mueca.

—La hermana del chico está ubicada en el tercer piso de una gran estructura circular, en una habitación con ocho crías más y dos adultos. Acaba de comer pastel y leche. Le está saliendo un nuevo diente. Su pañal está ya sucio, y lleva una camisa rosa —soltó Twitchtip de un tirón, antes de volver a hundir el hocico en la tierra.

Solovet arqueó las cejas.

—¿Es una vidente de olfato?

—Sí, su sentido del olfato está tan increíblemente desarrollado que hasta puede detectar colores. Sólo hay una como ella entre un millón de ratas. Es como una anomalía. Una casualidad que hace de ella una paria, porque ese don resulta muy inquietante para los de su propia especie. Pero muy, muy útil, diría yo, para ti, mi querida Solovet —dijo Ripred.

—Y tampoco debe de ser mala en la lucha, cuando ha sobrevivido sola en la Tierra de la Muerte. —Solovet sonrió entonces por primera vez—. ¿Puedes quedarte a cenar, Ripred?

—Se me puede convencer de que lo haga —contestó éste—. Ordénales que preparen ese plato de gambas, ¿quieres? Y esta vez, nada de escatimarme salsa.

—Entendido. Nada de escatimarte salsa, en lo absoluto —aseguró Solovet.

—Y dale también mucha comida a Twitchtip, pero que sea una dieta blanda. Y tóquenla lo menos posible. El olor humano le resulta repulsivo —explicó Ripred.

Solovet ordenó que llevaran a Twitchtip a una cueva remota, a las afueras de Regalia, donde los olores de la ciudad no la atormentaran tanto.

Antes de irse, Solovet volteó hacia Gregor.

—No he tenido tiempo de recibirte como se debe, Gregor. Llegó hasta mis oídos la noticia de que causaste cierto revuelo esta mañana en el entrenamiento.

—Eso parece —dijo Gregor.

—Alcanzó el total de las quince bolas —explicó Solovet a Ripred.

—¿En serio? —dijo Ripred, observándolo con interés. De repente, la cola de la rata surgió de no se sabe dónde y se abalanzó sobre Gregor. Para su sorpresa, ésta quedó atrapada entre sus dedos. Por puro reflejo, su mano la había detenido a escasos centímetros de su cara.

—Este don desde luego no se enseña —dijo Ripred, liberando su cola de la mano de Gregor.

La rata se dirigió al palacio con Solovet por un túnel secreto, para evitar sembrar el pánico en la ciudad.

Ares llevó a Gregor hasta el palacio. Los centinelas lo recibieron en el Gran Salón y, tras un segundo de vacilación, saludaron también a Ares. Tal vez Aurora tuviera razón, quizá las cosas mejoraran para el murciélago ahora que estaba vinculado a alguien que podía darle a un montón de bolas de sangre.

En el baño, Gregor se frotó enérgicamente para limpiarse toda la sangre falsa, pero la mancha no se iba de su piel. Al final desistió, con la esperanza de que se fuera borrando antes de que tuviera que volver al colegio, o antes de que muriera la rata blanca, o antes de lo que fuera.

Fue a la guardería a buscar a Boots, y allí tuvo la alegría de volver a ver a Dulcet, la chica encantadora que había cuidado a la pequeña en su primera estancia en las Tierras Bajas.

—¿Qué tal se ha portado?

—Oh, Boots se la pasó muy bien hoy. Aunque diría que para Temp, en cambio, ha sido un poquito agotador —dijo Dulcet, señalando con la cabeza una esquina de la habitación.

Gregor vio entonces a la cucaracha gigante. Un grupito de niños pequeños la estaba cubriendo de ropa de los pies a la cabeza. Cada una de sus patas estaba calzada con un zapato diferente. Su cabeza emergía de una larga falda violeta que se fruncía alrededor de su cuello. Unos lazos rosas adornaban sus antenas caídas. Boots le puso un gorro peludo en la cabeza, y los demás niños empezaron a dar saltitos de alegría, gritando encantados.

—¡Temp *tene sombero!* ¡Temp *tene sombero!* —le dijo, feliz, a su hermano cuando este se dirigió a ella para tomarla en brazos.

—Oooooh —se quejó Temp con profunda tristeza—. Ooooooh.

—Sí, ya vi —dijo Gregor—. Y le queda muy bien. Pero ya es hora de cenar, Boots. —Se agachó y le susurró al insecto al oído—: no te preocupes, amigo. Ahorita te libro de ella. —Intentando no reírse, empezó a quitarle al pobre toda la ropa que le habían puesto. Él mismo había sido objeto de los jueguecitos de Boots bastantes veces, y sabía lo que sentía la cucaracha. Probablemente llevaba horas así.

Desgraciadamente, la cena acabó siendo una especie de reunión de los participantes en la búsqueda de la Profecía del Gris, o al menos, de los que habían sobrevivido. De los ocho que aún vivían para contarlo, tan sólo faltaba el padre de Gregor. Boots, Luxa, Aurora, Ares, Temp, Gregor y Ripred estaban ahí, y Vikus y Solovet presidían la mesa. Tal vez Vikus pensara que la reunión los reconfortaría un poco, pero si los recuerdos de los muertos (las dos arañas, Gox y Treflex, la cucaracha Tick y Henry, el primo de Luxa) que suscitó eran dolorosos para Gregor, para algunos de los demás supervivientes tenían que ser insoportables.

Tampoco ayudó mucho el hecho de que fuera la primera vez que Boots se percató de la ausencia de Tick.

Cuando ésta había entregado su vida para salvarla a ella, la niña estaba dormida, aquejada de una grave fiebre, y no se había enterado de nada. Una vez de vuelta en casa, Boots siempre hablaba de Tick como si nada le hubiera ocurrido. Gregor la dejaba porque no sabía cómo explicarle a una niña de dos años que su amiga había muerto, y además, él nunca había pensado que volverían a las Tierras Bajas. Ahora, la vocecita de su hermana preguntando insistentemente «¿*None etá Tick?*, *¿None etá Tick?*» lo llenaba de tristeza.

Tras varios minutos de oír esa pregunta una y otra vez, casi todos los presentes habían dejado de comer. Sin disculparse siquiera, Ares se levantó y salió volando de la habitación, y Temp se escondió debajo de la mesa, haciendo unos ruiditos que sonaban como chasquidos, y que Gregor se imaginó que serían los sollozos de las cucarachas.

Hasta el propio Ripred arqueó las cejas al comprobar quiénes eran los comensales.

—Pero bueno, Vikus, ¿de verdad pensabas que intercambiaríamos batallitas?

—Pensé que esta cena sería útil para curar las heridas —explicó Vikus—. Que ayudaría a algunos a asumir sus pérdidas.

Al oír estas palabras, Luxa se levantó bruscamente, tirando al suelo su silla. Unos segundos después, ella y Aurora habían desaparecido.

—Y está funcionando súper bien —ironizó Ripred—. Pero bueno, mejor, más comida para mí. —La rata agarró con la pata una gran porción de gambas en salsa y la acercó a su plato. Metió toda la cara adentro y se comió el contenido de un bocado. Por lo menos esto distrajo a

Boots, que se quedó tan fascinada con sus técnicas de alimentación que al instante la imitó, metiendo ella también la cabeza en su plato.

—Mmm —se relamió Ripred, sacando el hocico lleno de salsa.

—Mmm —exclamó Boots a su vez. Soltó una risita, volvió a meter la cabeza en el plato, y sorbió la comida.

Ripred se pasó su gran lengua por los labios para limpiarse los restos de salsa.

—En la Tierra de la Muerte no tenemos nada igual. Bueno, no tenemos casi nada en realidad, desde que los humanos alejaron a los roedores de sus territorios de pesca.

—Tal vez un poco de hambre les ayude a reflexionar sobre la insensatez de atacarnos —dijo Solovet, sirviéndose una generosa ración de champiñones.

—Me cuesta creer que los roedores de verdad estén pasando tanta hambre. ¿No exageras un poco? —preguntó Vikus.

—¿Tú crees? —contestó Ripred—. Los hiciste retroceder hasta la frontera con las tierras de las hormigas. En los ríos a los que todavía pueden acceder es peligroso pescar, y bajan del territorio de los reptantes, con lo que la pesca que queda es escasa. ¿De qué piensas, Vikus, que se están alimentando?

Hubo un silencio.

Gregor trató de imaginarse cómo sería ser una rata y pasar hambre. En su experiencia, tener hambre no te hacía pensar en otra cosa que no fuera conseguir comida, o tal vez, en el caso de las ratas, en desquitarse.

—Esto no está ayudando en nada al gran proyecto. Ya tengo yo solo bastantes dificultades. Y sólo se cosecha lo que se siembra, Solovet —dijo Ripred.

—¿Es esto lo que viniste a decirme, Ripred? —preguntó Solovet sin inmutarse lo más mínimo.

—No. Tú sabes lo que haces. O por lo menos, así te gusta creerlo. Yo vine a traerte a Twitchtip y a enseñarle a Gregor otra cosa que no puede aprender de ustedes. —Ripred se metió una barra entera de pan en la boca y se levantó de la mesa—. ¿Estás preparado, muchacho?

—¿Para qué? —preguntó Gregor, mirando cómo la rata devoraba el pan, esparciendo migas por todas partes.

—Para tu primera lección —dijo Ripred, tragando ruidosamente. Empieza ahora mismo.

CAPÍTULO NOVENO

¿Ecoubicación? —preguntó Gregor sin comprender—. ¿Me vas a dar clases de ecoubicación? —Se encontraba en el interior de una cueva circular a muchos metros de profundidad de Regalia, sin nada más que su mini linterna.

Ripred estaba de pie, apoyado en la pared. Para ser una rata, tenía una presencia increíble. Cuando luchaba, era como si todos los músculos de su cuerpo se tensaran y crepitaran de energía y de fuerza. El resto del tiempo, no parecía nada del otro mundo. A Gregor le recordaba a uno de esos lanzadores de béisbol que avanzan pesadamente por el campo, con la barriga estallándoles casi los botones del uniforme. Nunca pensarías que pueden correr por las bases sin tener que pararse a recuperar el aliento. Pero cuando se trata de lanzar la bola, puedes estar seguro de que la van a mandar a la velocidad del rayo, dejando al bateador mareado.

Como si ya el simple hecho de estar apoyado en la pared fuera demasiado esfuerzo para él, Ripred se deslizó por la roca hasta tumbarse en el suelo.

—Sí, ecoubicación. Dime lo que sabes del tema.

—Sé que la utilizan los murciélagos. Y creo que también los delfines. Es como un radar, o algo así. Los animales generan un sonido, y este rebota contra algo, y así pueden ubicarlo sin necesidad de verlo —dijo Gregor—. Pero la gente no puede hacer eso. Yo no puedo hacerlo.

—Cualquiera puede hacerlo, en cierta medida. En las Tierras Altas, algunos ciegos recurren a la ecoubicación con excelentes resultados —dijo Ripred—. Los humanos de las Tierras Bajas no le prestan demasiada atención, pero hacen mal. Todas las demás criaturas la utilizamos en mayor o menor medida.

—¿Te refieres a las cucarachas, a las arañas, y...? —empezó a enumerar Gregor.

—Todos nosotros. Generaciones y generaciones en la oscuridad han contribuido a que esta habilidad se desarrollara. Pero con que consiguieras dominar los elementos más básicos, ya sería para ti una ayuda inestimable —le dijo Ripred—. Imagínate, por ejemplo, que te quedaras sin luz en una cueva con una rata.

Gregor vio abalanzarse sobre él la cola del animal, y su mano se precipitó a bloquearla, pero esta vez la rata fue más rápida. Con una de las patas traseras mandó despedida por los aires su linterna, que aterrizó a más de diez metros de distancia. El haz de luz apuntaba al suelo, dejándolos casi a oscuras por completo.

La voz de Ripred lo sobresaltó.

—Ahora estoy aquí —le dijo desde atrás. Gregor se dio la vuelta rápidamente y, desde algún lugar situado a su izquierda, Ripred susurró—: y ahora aquí.

La linterna atravesó la cueva volando y aterrizó a los pies de Gregor. Él la recogió y vio que la rata estaba de nuevo apoyada en la pared, en la otra punta de donde estaba antes la linterna.

—Pues entonces enséñame —le dijo Gregor, claramente molesto.

Ripred empezó por pedirle que cerrara los ojos e hiciera chasquear la lengua, fijándose mucho en cómo sonaba. Se suponía que el chasquido tenía que sonar de manera diferente según si lo dirigía hacia la pared de la cueva, o hacia Ripred. Luego le dijo que apagara la linterna, chasqueara la lengua, escuchara con atención, y dirigiera la luz hacia donde pensaba que estaba él.

Gregor se esforzó de verdad por seguir las indicaciones de Ripred, pero en los dos últimos días apenas había dormido más de tres horas, y entre eso, y la confusión que le causaba estar de vuelta en las Tierras Bajas, todo aquello de la profecía, el entrenamiento, y...

—¡Concéntrate, chico! ¡Esto podría salvarte la vida! —gruñó Ripred cuando Gregor calculó mal su posición por décima vez consecutiva.

—Esto es una estupidez, Ripred, ¡a mí me suena todo igual! —le señaló Gregor a su vez—. No soy capaz de hacer esto, ¿está claro?

—No, no está claro. Vas a practicar. Cada vez que tengas un rato mientras estés aquí, y cuando vuelvas a tu casa, si es que vuelves, siempre que puedas —le ordenó Ripred—. Tal vez nunca llegues a dominar la técnica, ¡pero está claro que sólo puedes mejorar!

—Muy bien. Practicaré. ¿Ya terminamos? —preguntó Gregor con cierta insolencia. Ya estaba hasta la coronilla de Ripred.

De repente el hocico de la rata se plantó a escasos centímetros de su cara. Los ojos del animal habían empequeñecido de rabia.

—Escúchame, Guerrero —dijo en tono amenazador—. Un día descubrirás que importa poco si puedes darle a tres mil bolas de sangre si no eres capaz de ubicar una sola en la oscuridad. ¿Entendido?

—Sí. —Gregor consiguió zafarse. La rata no se movió—. Está bien, practicaré —dijo—. De verdad.

—Bueno. Y ahora vamos a dormir un poco. Estamos los dos cansados —dijo Ripred.

Mientras regresaban en silencio a la ciudad, Gregor se preguntaba si Ripred lo pensaría dos veces antes de matarlo. Durante la expedición para rescatar a su padre, Ripred lo había mantenido con vida porque se necesitaban mutuamente: Gregor necesitaba a Ripred para encontrar a su padre, y éste a su vez necesitaba al chico para que lo ayudara a derrotar al Rey Gorger, y poder así convertirse algún día en el jefe de las ratas. Gregor suponía que Ripred todavía lo necesitaba para la Profecía de la Destrucción. Pero cuando dejara de ser útil para la rata, ¿sería entonces prescindible?

Gregor subía, arrastrando los pies, los escalones que lo llevaban hacia donde pensaba que estaba su habitación. Era muy tarde (probablemente la misma hora a la que había llegado a Regalia la noche anterior) y todo el mundo estaba ya dormido. Se perdió, y no encontró a nadie que pudiera indicarle el camino. Mientras daba vueltas por el palacio, buscando a un centinela, se topó con la puerta de madera que custodiaba la habitación donde estaban grabadas las profecías de Sandwich.

La puerta estaba entreabierta. A Gregor le pareció extraño, pues pensaba que la tenían siempre cerrada. Debía de haber alguien en la habitación.

Abrió un poco más la puerta y entró.

—¿Hay alguien aquí? —preguntó.

Al principio le pareció que la habitación estaba vacía. La antorcha seguía iluminando la Profecía de la Destrucción, pero no había nadie leyéndola. Entonces Gregor oyó un suave ruidito en la esquina opuesta, y alguien avanzó hasta el haz de luz.

—¡Huy! —se sobresaltó Gregor, no sólo por la sorpresa, sino también porque la repentina aparición tenía algo de sobrecogedor. Gregor sólo había visto una vez antes a Nerissa, cuando se estaba despidiendo de su hermano Henry, justo antes de partir en busca del padre de Gregor. La recordaba muy delgada y nerviosa. Entonces le dio una copia de la Profecía del Gris para que se la llevara con él durante la expedición. Luxa le había dicho que Nerissa podía adivinar el futuro, o algo así.

Si antes estaba delgada, ahora parecía esquelética. La antorcha iluminaba sus ojos, enormes y hundidos en las cuencas. Mientras que Luxa tenía ojeras violetas, las de Nerissa eran de un color mucho más oscuro, y como excavadas en la piel. Su cabello, que le llegaba por debajo de la cintura, estaba suelto y enmarañado. Aunque se había envuelto en un grueso manto, actuaba como si se estuviera congelando de frío.

—Ahí está, lo siento. No quería..., o sea, sólo estaba buscando mi perdición, digo mi habitación, es que me perdí. Perdona. —dijo Gregor, y se dirigió hacia la puerta para marcharse.

—No, espera —dijo ella con voz temblorosa—. Quédate un momento.

—Ah, está bien, cómo no —contestó Gregor, que en realidad estaba deseando irse—. Bueno, ¿cómo te ha ido, Nerissa? —Nada más terminó la frase, se arrepintió. ¿Cómo se imaginaba que le había ido a la pobre?

—No me ha ido bien —contestó con voz cansada, pero sin compadecerse de sí misma. Esto le produjo aún más tristeza a Gregor, aunque no tenía claro por qué.

—Oye, de veras siento mucho lo de tu hermano, lo de Henry —le dijo.

—Creo que su muerte fue lo mejor que pudo haber pasado —contestó Nerissa.

—¿De verdad? —preguntó Gregor, desconcertado por su franqueza.

—Sí, si consideramos las alternativas —dijo Nerissa—. Si su plan de aliarse con los roedores hubiera salido bien, ahora estaríamos todos muertos. Tú, tu hermana, tu padre, todo mi pueblo, y también Henry. Pero por supuesto, lo extraño mucho.

Bueno, tal vez estuviera destrozada, pero a Nerissa no le daba miedo mirar a la realidad de frente.

—¿Sabes por qué lo hizo? —se atrevió a preguntarle Gregor.

—Henry tenía miedo, lo sé. Y creo que, de alguna manera, él pensaba que unirse a las ratas le otorgaría la seguridad que ansiaba —explicó Nerissa.

—Se equivocaba —dijo Gregor.

—¿Eso crees? —preguntó ella, y sonrió, lo cual a Gregor le puso los pelos de punta.

—Eso me pareció entender. ¿No acabas de decir que... si se hubiera salido con la suya ahora estaríamos todos muertos? —preguntó Gregor. Tal vez, después de todo sí estaba medio loca.

—Oh, sí. Sus métodos no fueron los más adecuados, de eso no hay duda. —Nerissa perdió el interés en la conversación y se dirigió hacia la Profecía de la Destrucción. Con sus dedos huesudos recorrió las letras despacio, como si estuviera leyendo una página de Braille—. ¿Y qué hay de ti, Guerrero? ¿Estás preparado para enfrentarte a la Destrucción?

La Destrucción. Ripred había mencionado algo de la Destrucción.

—¿Te refieres a... la profecía? —preguntó Gregor, confundido.

—¿No te lo dijo Vikus? Llamamos a la rata blanca «la Destrucción» —dijo Nerissa—. ¿Sabes con qué otro nombre se le conoce?

—Pues no —reconoció Gregor.

—«El Flagelo» —dijo Nerissa.

«El flagelo». Gregor no había escuchado esa palabra en toda su vida.

—No me queda muy claro lo que es eso significa —dijo Gregor.

—Una calamidad, una aflicción —Nerissa observó el rostro del chico, para ver si la estaba entendiendo—. Algo muy malo —dijo por fin.

—Ah, ya entiendo —contestó Gregor—. Sí, ya, la rata esa. Vikus dice que soy una amenaza para ella, o algo así. Se supone que les tengo que ayudar a matarla.

Nerissa pareció quedarse absolutamente perpleja al oír aquello.

—¿Ayudarnos? Oh, no, Gregor, debes sofocar su luz. Mira, está escrito aquí. —Sus dedos recorrieron rápidamente un verso de la profecía:

¿Podrá el Guerrero tu luz sofocar?

Cuando Vikus repasó con él la profecía la noche anterior, Gregor estaba tan afectado con la idea de que las ratas querían matar a Boots, que no se había fijado mucho en ese verso, y Vikus tampoco se lo había explicado bien. Para los habitantes de las Tierras Bajas, la palabra «luz» era sinónimo de «vida». De modo que, cuando hablaban de sofocar la luz de alguien o de algo, se referían a matarlo. La misión consistía en matar a la Destrucción, eso Gregor lo sabía. Pero había dado por hecho que los de las Tierras Bajas enviarían con él a un montón de soldados. Soldados bien entrenados.

El verso resonaba una y otra vez en su cabeza:

¿Podrá el Guerrero tu luz sofocar?

Le daba muy mala espina.

—Ay, mamá... —dijo—. ¿Quieres decir que anda por ahí una rata gigante... y esperas que yo la..., que sin ayuda de nadie yo la..., o sea, se supone que tengo que...?

—Matarla, Gregor —dijo Nerissa—. La Destrucción debe morir a manos del Guerrero, y de nadie más.

segunda parte

LA CAZA

CAPÍTULO DÉCIMO

Tal vez en realidad no fuera necesario dormir. Tal vez fuera algo que la gente se había acostumbrado a hacer, pensando que lo necesitaba, pero era algo completamente prescindible. Así lo esperaba Gregor, porque pese a encontrarse completamente agotado, se había pasado toda la noche en vela.

La mayor parte del tiempo había estado tratando de imaginarse a la gran rata blanca a la que se suponía que tenía que matar sin ayuda de nadie. Una rata mucho más grande y fuerte que Ripred, por lo que Gregor calculó que la Destrucción mediría el doble que él y pesaría unas nueve o diez veces más que él. ¿Qué más daba que Gregor pudiera darle a un puñado de bolas de sangre? Esa cosa lo aplastaría como a una mosca.

Por supuesto, Vikus no había entrado en detalles con respecto a la rata. De la misma manera que tampoco se había detenido demasiado sobre el hecho de que cuatro de los participantes en la primera expedición tenían que morir para que se cumpliera la Profecía del Gris. Tenía esa manía de dejar de lado los asuntos que pensaba que Gregor no podía afrontar bien. ¿Cuánto tiempo habría seguido ocultándole que tenía que matar él mismo a la Destrucción? El mayor tiempo posible. Gregor se imaginó a sí mismo mirando aterrorizado a la gigantesca rata blanca, mientras Vikus le daba una palmadita en la espalda, diciéndole: «ah, sí, por cierto, según Sandwich tienes que matarla tu solito, sin ayuda de nadie. Así que, ¡vamos, ánimo!»

Gregor se acordó entonces de que hacía apenas un día, estaba aún en Central Park, y su mayor preocupación era cómo se las iban a arreglar para comprar regalos de Navidad. No había nada como una profecía de Sandwich para obligarte a relativizar las cosas...

Gregor apoyó la barbilla en la otra mano y trató de concentrarse en el murmullo de voces a su alrededor. Vikus había convocado una reunión del Consejo para debatir la expedición de búsqueda y aniquilación de la Destrucción. El Consejo, compuesto por un grupo de ancianos de las Tierras Bajas, gobernaba Regalia hasta que Luxa cumpliera dieciséis años, la edad necesaria para acceder al trono.

Lo único en lo que se mostraron todos de acuerdo fue en que Gregor tenía que salir lo antes posible. Puesto que las ratas sabían que él y Boots estaban de nuevo en las Tierras Bajas, sin duda se esforzarían al máximo por ocultar a la Destrucción y capturar a Boots.

Al parecer, los espías de Regalia también disponían de información de última hora: habían delimitado una zona en la que pensaban que podría estar escondida la gran rata. Aunque ninguno de ellos había visto a la criatura con sus propios ojos, sus fuentes indicaban que se encontraba en un lugar llamado el Dédalo. A Gregor esa palabra no le decía nada, pero Ares le susurró que un dédalo era como un laberinto. Se acordó entonces de Lizzie y su libro de pasatiempos. A ella se le daría muchísimo mejor que a él orientarse en un laberinto. Al pensar en Lizzie se acordó también del resto de su familia, que lo estarían esperando angustiados en la superficie. Esa idea le resultaba insoportable.

—Sí, está bien, vamos a movernos ya. ¡Cuanto antes mejor! —dijo Gregor, y todos se lo quedaron viendo sorprendidos, pues era la primera cosa que había dicho en toda la mañana, y el Consejo ya había pasado a hablar de cómo llegar hasta el Dédalo.

Consideraron varias opciones, pero todas las rutas que atravesaban la maraña de túneles de las Tierras Bajas les parecían demasiado peligrosas. Aunque los humanos controlaban ahora un territorio mucho más amplio que antes de la guerra, el Dédalo estaba situado en un rincón remoto de la tierra de las ratas. Tanto, que la mayoría de ellas nunca iba por allí. Pero si era ahí donde tenían a la Destrucción, no cabía duda de que estaría bien vigilada.

—Eso nos deja la opción del Canal —dijo Vikus, con el ceño fruncido—. No es lo ideal, pero es el camino menos traicionero.

—¿Qué hay de las serpientes? ¡Se aproxima su época de apareamiento! —dijo Howard. Gregor no sabía por qué habían permitido al primo de Luxa asistir a la reunión. Se suponía que sólo estaba visitando a la familia.

—Una buena objeción —aprobó Vikus—. Sin embargo no es más que una buena razón para iniciar el viaje cuanto antes. Tal vez la expedición pueda pasar antes de que despierten de su hibernación.

«Lo que faltaba, serpientes», pensó Gregor, y entonces recordó aquella cola de cinco o seis metros que había visto emerger de las aguas del Canal cuando Ares los llevaba de vuelta a las Tierras Altas. Se preguntó cómo sería el resto del cuerpo que iba unido a esa cola.

—Y ahora, Gregor, vamos a discutir un asunto contigo —dijo Vikus—. Es opinión del Consejo que Boots debería permanecer custodiada en Regalia mientras tú cazas a la Destrucción.

Gregor ya se había imaginado que se plantearía esa cuestión. Sería muy peligroso volver a llevarse a Boots a una expedición por las Tierras Bajas. Pero, ¿cómo podía dejarla ahí cuando había visto la facilidad con la que Ripred y Twitchtip habían entrado en el estadio? Sí, era cierto que Ripred era listísimo, pero ninguna de las demás ratas parecía muy estúpida que digamos. Él y Boots permanecerían juntos, tal y como su madre siempre les había dicho que hicieran.

—Ella viene conmigo o yo no voy. Fin de la discusión —declaró Gregor. Sabía que sus palabras sonaban algo arrogantes, pero a esas alturas estaba demasiado cansado como para que pudiera importarle.

Hubo una pausa durante la cual todos se miraron unos a otros, dando a entender que les había parecido fuera de lugar. Pero a ver, ¿qué podían hacer al respecto?

Vikus le ordenó que fuera a prepararse para el viaje. Gregor se dirigió al museo para buscar fuentes de luz. El museo estaba lleno de objetos que habían caído del mundo de Gregor, las Tierras Altas. Había un montón de cosas antiguas muy interesantes, como la rueda de un coche de caballos, una caja llena de flechas, un cáliz de plata, un reloj de cuco y un sombrero de copa. También había expuestos en hilera objetos más recientes, como carteras, joyas, y relojes. Había buenas linternas, probablemente porque los trabajadores que habían estado en los túneles de Nueva York las necesitaban. Gregor eligió cuatro y recopiló un buen montón de pilas.

También le llamó la atención un par de chalecos salvavidas, y se los llevó. La última vez habían estado viajando por túneles de piedra, pero esta vez se imaginó que sobrevolarían el Canal. Boots era muy pequeña y aún no sabía nadar. Añadió a su equipamiento un rollo de cinta aislante y un par de chocolates que no parecían muy viejos.

Cuando ya salía del museo, vio su ropa y la de Boots doblada y apilada junto a la puerta. Vikus debía haber considerado que no era peligroso conservarla. A Gregor le tenía sin cuidado si olían o no; estaba decidido a llevarse sus botas.

Cuando se acercó a la guardería para recoger a Boots, le dijeron que Dulcet ya se la había llevado al río, su punto de partida.

Gregor pensó que era lo más lógico, pues sobrevolar el río tenía que ser la manera más rápida de alcanzar el Canal. Pero cuando llegó a los muelles vio a un grupo de hombres cargando dos canoas sujetas por amarras. Eran canoas largas y estrechas que le recordaron a las piraguas que utilizaban hace siglos los indios americanos, y que había visto en los museos en Nueva York. Pero éstas tenían

enganchada en el casco una gran aleta gris y triangular —
una aleta de un pez de verdad— que habrían sacado de un
enorme pez espada o algo así. Fijadas a lo largo de los lados
de las canoas había más aletas que podían extenderse o re-
plegarse horizontalmente según las necesidades del viaje.
Enganchado a la popa de cada canoa había también un gran
hueso curvo que servía de timón.

—¿Para qué son esas canoas? —le preguntó a
Vikus, que estaba supervisando la operación de carga—.
¿No vamos con los murciélagos?

—Ah, sí, pero el Canal es vasto y proporciona
pocos lugares seguros para descansar. Ningún murciélago
tendría la energía suficiente para cruzarlo sin posarse a reponer fuerzas, por lo que realizaremos la mayor parte del
viaje por el agua —le explicó Vikus.

Justo en ese momento apareció Twitchtip en el
muelle. «Vaya, perfecto», pensó Gregor, «apuesto a que me
toca a mí compartir la canoa con la rata loca».

Dulcet ayudó a Boots a ponerse el chaleco salvavidas. Le quedaba demasiado grande, pero se lo ajustó lo
mejor posible. Gregor no sabía muy bien qué hacer con
el otro chaleco (él era muy buen nadador) hasta que vio
a Temp temblando al borde del muelle, contemplando las
agitadas aguas del río.

—Hola, Temp, ¿vas a venir con nosotros, verdad?
—le preguntó.

—Vikus dice que puedo, que puedo, dice —contestó Temp, así que Gregor le puso al insecto el otro chaleco
salvavidas. La cucaracha se dejó porque también la princesa

llevaba uno, y porque Gregor consiguió hacerle entender que le ayudaría a mantenerse a flote.

Cuando se incorporó después de atarle el chaleco, Gregor vio a Luxa, Solovet, Mareth y Howard salir del palacio. Luxa y Solovet vestían falda, y no los pantalones largos que llevaban en la última expedición.

—Un momento, tú vienes con nosotros, ¿no? —le preguntó a Luxa.

—No, Gregor, no puedo. Sólo me permitieron acompañarlos en la primera expedición porque así lo dictaba la Profecía del Gris. Piensan que esto es muy peligroso para una reina —dijo Luxa, mirando a Vikus.

Gregor pensó que por lo menos Luxa podía haber tratado de discutir esa orden. Tal vez ni siquiera a ella le atrajera la idea de perseguir a la Destrucción. Pero aun así, a Gregor le molestó bastante.

—Y entonces, ¿quién viene? —preguntó.

—Bueno, primero debes saber que no hubo escasez de voluntarios —dijo Vikus, como para tranquilizar a Gregor dándole a entender que estaría bien acompañado en esta expedición—. Pero las plazas eran muy limitadas. Aparte de ti, Ares, Boots, Temp y Twitchtip, también enviaremos a Mareth, a Howard y a sus murciélagos.

—¿A Howard? —preguntó Gregor. Apreciaba mucho a Mareth, pero no quería que los acompañara el primo de Luxa. Howard vivía en el Manantial, y ni siquiera sabía si había visto a una rata en toda su vida. A una rata que no fuera aquel animal muerto que encontraron junto a la orilla del río, se entiende.

—Aparte de ser un experimentado luchador, domina las artes de la navegación —explicó Solovet—. Es una gran suerte que su visita coincidiera con la tuya.

—Ah, ya —contestó Gregor—. Y entonces, ¿tampoco viene Ripred? —Nadie le hacía sentir más seguro y a salvo que Ripred..., cuando no se preguntaba si la rata dudaría un segundo en matarlo, claro.

—Regresó esta mañana a la Tierra de la Muerte —dijo Vikus—. ¡Ah, creo que ya están cargadas las canoas! ¡Será mejor que partas enseguida!

Ares aterrizó junto a ellos.

—El río es demasiado peligroso. Volaremos hasta el Canal, y luego embarcaremos.

—Bueno, me alegro de que tú sí vengas —refunfuñó Gregor, mirando con reproche a Luxa, y ya en ésas, también a Vikus, antes de montar a lomos del murciélago.

Entonces, Dulcet le pasó a Boots, con un tenue suspiro de esfuerzo.

—¡Oh, Boots, has crecido bastante!

—¡Soy *gande!* ¡Monto en *mulcélago!* ¡Monto en *mulcélago!* —exclamó Boots feliz, dando saltitos. En la primera expedición, Gregor la había llevado en una mochila en la espalda, pero ahora era ya demasiado grande para eso, especialmente con el chaleco puesto.

—¡Temp *tamén* monta! —dijo Boots. La cucaracha se subió a lomos del murciélago con cierto esfuerzo, pues el chaleco limitaba bastante sus movimientos.

Twitchtip se metió en una de las canoas, y se tiró en el suelo. Asomaba el hocico por la borda para captar la brisa que subía del río. Gregor sintió un poquito de simpatía por la rata. Tal vez era la única criatura a la que el viaje le molestaba más que a Gregor.

Cuadrillas de murciélagos levantaron las canoas y su cargamento mediante cuerdas y emprendieron el vuelo río abajo. Cuando Ares levantó el vuelo, Gregor agarró fuerte a Boots. El paisaje ya le iba resultando familiar: las luces de Regalia alejándose a su espalda, el resplandor de la playa de arenas de cristal donde había tenido su primer encuentro con las ratas, y por fin la vasta extensión acuática del Canal.

Siguieron volando unos kilómetros más por encima antes de que la cuadrilla de murciélagos depositara las canoas en el agua y regresara a Regalia. El murciélago de Howard aterrizó en la canoa donde ya estaba instalada Twitchtip, y Ares y el animal de Mareth optaron por la otra embarcación.

—Ésta es Andrómeda, mi vínculo —dijo Mareth, tocando el ala de su murciélago dorado con motas negras. Gregor recordó que era el animal que montaba Mareth durante la batalla que habían librado contra las ratas en la playa de cristal. El murciélago había recibido heridas tan graves que no había podido acompañarlos en el viaje de la Profecía del Gris. Gregor seguía sintiéndose un poco responsable de aquel enfrentamiento, pues ocurrió porque él trataba de escapar.

—Hola, encantado de conocerte —dijo. ¿Le guardaría aún rencor el murciélago por lo de aquella noche?

—Para mí también es un honor conocerte, Gregor de las Tierras Altas —contestó el murciélago. Tal vez, como Mareth, ya lo había perdonado.

Mareth también le presentó al vínculo de Howard, Pandora, un elegante animal con un precioso manto de color rojo, que se limitó a saludarlo.

Vikus había volado con ellos para despedirse.

—Gregor, olvidé entregarte esto —dijo. Su gran murciélago gris descendió en picado y algo cayó junto a Ares. Gregor se agachó y recogió del suelo un pergamino enrollado: en él Nerissa había copiado con su letra elegante la Profecía de la Destrucción.

—¡Vuela alto! —dijo Vikus con un gesto de ánimo, antes de regresar a Regalia. Gregor apenas fue capaz de contestarle con un simple gesto de cabeza.

Boots trataba de zafarse de los brazos de Gregor. Dejarla libre en la canoa lo ponía nervioso, pero sabía que no podría pasarse todo el viaje abrazado a ella. La sentó en el suelo con estrictas instrucciones de que no se moviera de la canoa.

Por suerte la canoa era tan profunda que no había forma de que la niña se saliera. Si Gregor se colocaba en el centro, la borda le llegaba a la altura de los hombros. Tenía unos seis metros de largo, y estaba hecha con la piel de algún animal extendida sobre una estructura de hueso. En el centro el suelo de la canoa era plano, y medía unos sesenta centímetros de ancho. A unos metros de la proa del barco Mareth izó un mástil, fijándolo al suelo de la embarcación. Era el segundo objeto de madera que Gregor veía en las Tierras Bajas. El primero había sido la puerta de la habitación donde se custodiaban las profecías de Sandwich. La canoa tenía también varios asientos realizados en cuero, y mucho equipamiento, especialmente comida.

—¿De verdad nos vamos a comer todo esto? —preguntó Gregor.

—Nosotros solos, no. Pero los iluminadores necesitarán mucho alimento —dijo Mareth.

—¿Los iluminadores? —preguntó Gregor.

—¿No te habló de ellos Vikus? —le preguntó Mareth extrañado.

Gregor se preguntó cuántas veces tendría que oír eso en los días sucesivos.

—En viajes largos no podemos llevar combustible suficiente para abastecernos de luz, de modo que empleamos a iluminadores para que nos ayuden —explicó Mareth—. Ya pronto deberían estar aquí. Sí, ¿los ves allá a lo lejos...? Vienen hacia aquí.

Gregor dirigió la mirada hacia la oscuridad y descubrió dos puntitos de luz. Se apagaron, y cuando volvieron a encenderse, estaban un poco más cerca. Mientras las luces intermitentes seguían aproximándose, Gregor alcanzó a distinguir las siluetas de dos insectos voladores. Cuando ambos aterrizaron por fin sobre las canoas, Gregor ya los había identificado.

—¡Pero si son luciérnagas! —exclamó. En la granja que la familia de su padre tenía en Virginia, volaban por la noche en las lindes de los bosques. Sus lucecitas parpadeantes daban a la zona un aspecto casi mágico. Las versiones gigantes de los insectos que estaban ahora posados en la borda no eran encantadoras. Pero Gregor tenía que reconocer que cuando se encendían, proporcionaban una luz considerable.

—Saludos, iluminadores —dijo Mareth haciendo una reverencia.

—Saludos —dijo uno de los insectos con una voz increíblemente aguda y lastimera—. Yo soy el llamado Fotos Luz-luz, y ella es la llamada Zap.

—Me tocaba a mí presentarnos —lloriqueó Zap—. Fotos Luz-luz ya lo hizo la última vez.

—Pero ambos sabemos que yo, por ser el macho, soy el más agradable visualmente para los humanos —dijo, con la parte trasera de su cuerpo iluminada de distintos colores—. Zap sólo puede producir un color, el amarillo.

—¡Te odio! —aulló Zap.

Y Gregor supo entonces que iba a ser el viaje más largo de su vida.

CAPÍTULO UNDÉCIMO

Gregor nunca se había mordido las uñas, pero empezó a hacerlo cinco minutos después de que llegaran las luciérnagas. ¡Eran insoportables! Se peleaban por dónde sentarse, por quién debía empezar a iluminar, y llegaron incluso a pelearse por determinar a quién tenía que servir Temp, puesto que obviamente no era más que un reptante que no valía nada. Pero entonces la cucaracha se hizo oír con una fuerza del todo inusual:

—Sólo a la princesa, Temp sirve sólo a la princesa.

Mareth probó con darles de comer para distraerlas, pero se limitaron a discutir de nuevo sobre quién tenía peores modales.

—¿Tienes que hablar con la boca llena, Zap? —preguntó Fotos Luz-luz—. Me quita el apetito.

—Mira quién habla, el que se acaba de sentar sobre su comida —contestó, y al parecer tenía razón, porque el trasero de su compañero se puso rojo brillante de rabia, y durante por lo menos treinta segundos se concentró en comerse un champiñón en silencio.

—¿Son siempre así? —le preguntó Gregor a Mareth en un susurro.

—Si tengo que decirte la verdad, he viajado con iluminadores aún peores —le contestó Mareth también en voz baja—. Una vez vi a una pareja tratando de luchar a muerte por un pedazo de pastel.

—¿Tratando de luchar? —se extrañó Gregor.

—No son muy buenos luchadores, y se cansan rápidamente.

De modo que al final terminaron acusándose mutuamente de hacer trampas, y tiraron la toalla. Luego estuvieron de mal humor durante varios días.

—¿De verdad los necesitamos? —preguntó Gregor con incredulidad.

—Desgraciadamente, sí —fue la respuesta rotunda de Mareth.

Incluso Boots, que se había instalado en el suelo de la canoa para jugar a la pelota con Temp, parecía molesta con los recién llegados.

—¡Fofó, no *guites!* —le dijo, tirándole de un ala—. ¡Cállate, Fofó!

—¿Fofó? ¿Fofó? ¡Yo soy el llamado Fotos Luz-luz y no responderé a ningún otro nombre! —se indignó la luciérnaga.

—Es una niña pequeña, no sabe decir Fotos Luz-luz —explicó Gregor.

—¡Bueno, pues entonces no la entiendo! —se obstinó la luciérnaga.

—Permíteme que te lo traduzca —dijo Twitchtip sin dignarse siquiera a moverse de su sitio—. Dijo que si no te callas de una vez, la gran rata sentada en la canoa de al lado te arrancará la cabeza de un bocado.

A estas palabras siguió un silencio delicioso. Gregor apreciaba ahora mucho más a la rata, y decidió que ya no le importaría en absoluto tener que ir en la misma canoa que ella.

Estaban ya en lo profundo del canal. Habían apagado las antorchas cuando llegaron los iluminadores, cuyo resplandor sólo alumbraba un perímetro limitado. Gregor encendió un momento su mejor linterna y apuntó con ella a su alrededor. No se veía nada más que agua por todas partes.

Ahora también había olas, y una buena brisa. Mareth y Howard izaron unas velas de seda, y se concentraron en llevar el timón de ambas embarcaciones. Sus murciélagos se instalaron cómodamente juntos y se quedaron dormidos. Gregor se dio cuenta de que Ares no se unía a ellos. Durante la primera expedición, todos los murciélagos se acurrucaban juntos para dormir después de volar. Pero tal vez Ares ya no fuera bienvenido.

—Oye, Ares, ¿sabes cuánto tiempo tardaremos en llegar al Dédalo en esta canoa? —le preguntó Gregor.

—Cinco días por lo menos —contestó Ares—. Si fuéramos volando, llegaríamos en menos tiempo, pero se cree que muy pocos murciélagos podrían llevar a cabo un viaje así. Nadie lo ha intentado nunca.

—Apuesto a que tú sí lo conseguirías —le dijo Gregor, y lo decía en serio. Henry no había elegido a Ares sólo porque fuera un rebelde; el murciélago era también muy fuerte y veloz.

—He pensado en intentarlo algún día, para ver si soy capaz de lograrlo —reconoció Ares.

—Como Lindbergh. Fue el primero en cruzar volando él solo el Océano Atlántico —dijo Gregor.

—¿Tenía alas? —quiso saber Ares.

—Bueno, alas mecánicas. Era una persona, y tenía un avión. Un avión es una máquina que vuela. Ahora la gente cruza el Atlántico todo el tiempo en grandes aviones, pero no en la época de Lindbergh —explicó Gregor.

—¿Es famoso Lindbergh en las Tierras Altas?

—Sí. Bueno, quiero decir que lo era. Ahora ya está muerto, pero antes era súper famoso. Aunque la gente no lo quería mucho, por no sé qué de una guerra —dijo Gregor, un poco inseguro porque esa parte de la historia no se la sabía muy bien. También había algo triste que tenía que ver con un bebé, pero Gregor tampoco recordaba qué exactamente.

Tomó el pergamino con la Profecía de la Destrucción y lo desenrolló.

**Si muere la cría, muere el Guerrero a su vez
Pues con ella muere lo más esencial de su ser.**

Gregor dejó que el pergamino volviera a enrollarse solo. Miró a Boots, que estaba tan tranquilita cantando a la vez que llevaba el compás tamborileando sobre el caparazón de Temp. Boots era tan perfecta, como lo son todos los niños pequeños. Era tan inocente. ¿Cómo podía alguien pensar que fuera a solucionar algo matándola? Y sin embargo, Gregor sabía que en ese mismo momento había batallones de ratas recorriendo las Tierras Bajas con el único objetivo de matarla.

—¿Saben nadar las ratas? —preguntó Gregor observando el agua.

—Sí, pero no aguantan mucho. Las ratas no pueden alcanzarla aquí —contestó Ares, adivinando sus pensamientos.

Pero al final, en algún momento tendrían que desembarcar. Y ahí los estaría esperando la Destrucción.

—¿Alguna vez has matado a una rata? —le preguntó Gregor.

—Yo solo, no, pero con Henry, sí. Yo volaba mientras él sostenía la espada —explicó Ares.

Entonces Gregor recordó que había visto morir a la rata Fangor a manos de Henry, aquella noche en la playa de cristal. Pero no lo recordaba muy bien.

—¿Cómo hay que hacerlo? Quiero decir, ¿cuál es el mejor lugar para...? ¿Dónde hay que clavar la espada? —Gregor se sintió extraño pronunciando esas palabras.

—El cuello es vulnerable. El corazón también, pero hay que atravesar las costillas. También entre los ojos, hasta llegar al cerebro. Debajo de la pata delantera hay una vena que sangra abundantemente. Si le alcanzas la panza, tal vez no la mates instantáneamente, pero es probable que muera en unos días por alguna infección —explicó Ares.

—Ya veo —contestó Gregor. Pero no era así. Es decir, no se veía a sí mismo haciendo nada de eso, matando a la rata blanca gigante. Se le antojaba algo fuera de lo común.

—¿Podré hacerlo montado sobre ti? ¿O tengo que hacerlo desde el suelo? —quiso saber Gregor.

—Estaré allí, si es posible —le dijo Ares.

—Gracias. Siento haberte metido en todo este lío.

—También me salvaste de otro —contestó Ares, y con eso el asunto quedó resuelto.

Mareth dijo que era hora de cenar, y repartió la comida. Las luciérnagas comieron con apetito, aunque llevaban muy poco tiempo en ayunas.

Cuando todo el mundo terminó, Mareth soltó las velas de su embarcación y enganchó la proa a la popa de la de Howard con una cuerda para que la remolcara.

—Howard y yo nos turnaremos para llevar el timón de la embarcación principal mientras los demás duermen. Pero necesitamos que alguien haga guardia, y a un iluminador en acción en todo momento.

—Zap se encargará del primer turno —declaró Fotos Luz-luz—. Mi luz requiere más energía.

—¡Eso es mentira! —chilló Zap—. Yo sólo puedo producir un color, pero el esfuerzo es el mismo. ¡Sólo lo dice para trabajar menos y para que le den más comida!

—Fotos Luz-luz hará el primer turno —decretó Twitchtip—, o le haré trizas las alas. —Con esto, el asunto quedó resuelto-. ¿Quién quiere hacer guardia con él?

—Somos muchos y podemos turnarnos cada dos horas o algo así —dijo Mareth.

Gregor estaba agotado, pero no soportaba la idea de que lo despertaran después de haber dormido sólo un par de horas para que hiciera guardia, así que se ofreció voluntario para encargarse del primer turno.

En la embarcación de cabeza, Howard tomó asiento junto al timón. Su murciélago plegó las alas para dormir. Twitchtip, que apenas se había movido desde que habían dejado Regalia, cerró los ojos. La tenue luz de Zap se apagó, y el insecto empezó a roncar.

Gregor le quitó a Boots el chaleco salvavidas, la envolvió en una manta, y la colocó junto a Temp en la popa del barco. Ares se ubicó junto a ellos. Mareth se tumbó en el suelo, al lado de Andrómeda. Fotos Luz-luz ajustó su luz hasta producir un resplandor naranja continuo y se situó a unos pasos por delante de Mareth, iluminando el espacio entre ambas canoas.

Gregor se sentó sobre un montón de equipamiento, y apoyó el antebrazo en uno de los lados de la embarcación. Sólo se oía el sonido de las olas golpeando contra el casco, la respiración acompasada de los que dormían, y los ronquidos de la luciérnaga. El balanceo del barco tenía un efecto hipnótico sobre Gregor, que sentía que le pesaban los párpados.

Apenas había dormido un poco en estos últimos días..., las ratas perseguían a Boots..., tal vez pudiera apoyar un poco la cabeza en el hombro..., tenía que matar a Ripred..., no, a la Destrucción..., tenía que matar a la Destrucción..., ¿cuántas noches llevaba ya allí abajo?..., tenía que matar a alguien...

La manita fría de Boots se agarró a su muñeca.

—¿Qué pasa, Boots? —murmuró Gregor. La niña lo apretaba con fuerza—. ¿Qué pasa? ¿Quieres una manta?

Trató de liberar el brazo. Los dedos de la niña se clavaron con más fuerza, lastimándolo. Gregor abrió los ojos. Boots dormía plácidamente junto a Temp, a varios metros de distancia. Gregor giró la cabeza hacia el otro lado.

Entonces vio, enroscado alrededor de su brazo, un enorme tentáculo viscoso y rojo.

CAPÍTULO DUODÉCIMO

Aaaay!

Gregor tuvo apenas tiempo de gritar antes de que el tentáculo lo halara con una fuerza descomunal. Salió volando por la borda de la canoa, y hubiera caído al agua si no se le llega a enganchar una bota.

—¡Ares!

Un segundo tirón lo sumergió en el agua de cabeza hasta la cintura. Consiguió aspirar una buena bocanada de aire antes de hundirse. Sus piernas ya estaban entrando también en el agua, Gregor sentía que el frío del Canal subía por sus caderas, sus rodillas, sus tobillos, hasta que... ¡oh! ¡Alguien lo había tomado de los pies y tiraba de él hacia arriba!

Entonces empezó un tira y afloja, en el que Gregor parecía una cuerda. Durante un momento, la situación estuvo muy crítica, el monstruo lo hundía cada vez más en el agua. Gregor trataba de golpear el tentáculo con la mano que tenía libre, pero no parecía surtir mucho efecto. Por fin acercó la boca a su brazo e hincó los dientes en el tentáculo con todas sus fuerzas. No sabía si le había lastimado al monstruo, pero desde luego lo sorprendió lo suficiente para que el animal por lo menos lo soltara. Justo en ese momento Ares tiró de él con fuerza y lo sacó del agua. Gregor tosía y trataba de tomar aire. Durante unos segundos permaneció de cabeza, colgando de las garras del murciélago, antes de que lo dejara caer sobre el suelo de la embarcación. Le dio náuseas, y un gran chorro de agua salió de su boca como un surtidor. Percibió vagamente que estaba salada, como la del mar.

—¡Gregor! —oyó gritar a Mareth—. ¿Puedes luchar, Gregor?

¿Luchar? Gregor se levantó del suelo con esfuerzo, y por primera vez comprendió la gravedad de la situación.

A ambos lados de la canoa emergían del agua grandes tentáculos rematados por ventosas que se lanzaban sobre todo aquello que entrara en contacto con ellas. Los miembros de la expedición se defendían con lo que podían —espadas, dientes, garras, pinzas—, tratando de cortar los apéndices de las espantosas criaturas que los acechaban desde las profundidades.

—¡Agárrala! —oyó que le gritaba Mareth, mientras le lanzaba una espada. Gregor la atrapó en el aire por la empuñadura justo a tiempo de rebanar un tentáculo que se le había agarrado al tobillo.

Fotos Luz-luz y Zap iluminaban con toda su energía, pero aun sin ellos, Gregor habría podido ver la escena gracias a la luz del agua, que brillaba con un verde fosforescente que no parecía de este mundo.

—¡Un calamar! ¡Es un calamar o algo así! —gritó.

Los tres murciélagos estaban en el aire, lanzándose en picado sobre el monstruo para lacerar su carne con sus garras. Mareth y Howard hacían lo mismo con sendas espadas, y Twitchtip mordía a diestra y siniestra con una velocidad pasmosa.

—¡Gregor, tu hermana! —oyó que le avisaba Ares.

Gregor se dio la vuelta y vio a Temp protegiendo a la niña con su cuerpo. Las mandíbulas de la cucaracha se abrían y se cerraban sobre el intruso, cercenando varios tentáculos, pero siempre llegaban otros. Tres de éstos agarraron al insecto por el chaleco salvavidas y lo tiraron al agua, dejando a Boots totalmente desprotegida. Cuando Ares se lanzó en picado para defender a Temp, un tentáculo especialmente grande se abatió sobre la popa de la embarcación.

Cuando Gregor vio que las ventosas apuntaban a la mantita de Boots, volvió a ocurrir el extraño fenómeno que se había apoderado de él durante el ejercicio con las bolas de sangre. El mundo que lo rodeaba se difuminó, y era como si no existiera nada más que él y los tentáculos del monstruo. En algún lugar a su alrededor se oían voces y golpes ahogados, y las aguas verdes fosforescentes se agitaban en remolinos de espuma, pero lo único de lo que Gregor era verdaderamente consciente era el monstruo. Su espada empezó a moverse, no de manera premeditada, sino con una precisión instintiva y una fuerza totalmente fuera de su control. Gregor cercenaba tentáculo tras tentáculo tras tentáculo y...

—¡Gregor! —oyó que le gritaba Mareth—. ¡Gregor, ya es suficiente! —Pero Gregor no se detuvo.

—¡*Gue-go,* no se pega! ¡No se pega! —oyó. Boots estaba llorando.

Gregor volvió a tomar conciencia de cuanto lo rodeaba. Estaba de pie en el centro de la embarcación, en medio de montones de tentáculos que aún se agitaban. Poco a poco fue recuperando la respiración. El aire llegaba hasta sus pulmones en bocanadas cortas y ásperas.

Mareth lo agarró por los hombros y lo sacudió.

—Ya se alejan. Todo terminó.

A Gregor le dolía el brazo, no el que sostenía la espada, sino del que se había agarrado el calamar. Cuatro círculos de un rojo intenso, las marcas de las ventosas, se inflamaban por segundos en su antebrazo. Estaba empapado de sudor, agua y baba de calamar.

—¡*Gue-go*, no se pega! ¡A casa! ¡Boots *quere* ir a casa! —oyó a su espalda.

Gregor se zafó del brazo de Mareth y vio a su hermanita sentada llorando, envuelta aún en su manta, pero ilesa. También ella estaba cubierta de babas de calamar. A su lado seguía Temp, que había perdido dos patas en la refriega.

Gregor tiró al suelo la espada, se acercó a Boots, y la abrazó con fuerza.

—Tranquila, bonita, no ha pasado nada, no llores, no ha pasado nada.

—*Gue-go*, Boots a casa. Con mamá —lloriqueó la niña—. ¡Mamá! ¡Ma-má!

Ése era su lamento supremo de desesperación, cuando estaba triste y nadie más podía consolarla.

—¡Ma-máaaaaa!

Gregor se dejó caer sobre un asiento y acunó a su hermanita, dándole palmaditas en la espalda, tratando de apaciguarla con palabras. ¿Cuánto habría visto la niña? ¿Y qué le había visto hacer? Mientras la consolaba en su regazo, Howard se acercó con un cubo de agua y empezó a limpiarla, distrayéndola con una cancioncita simpática que decía algo de lavarse los dedos de los pies.

Estos dos piececitos
Y sus diez deditos
Están muy sucitos y huelen muy... ¡maaaaaal!

En ese punto de la canción, Howard se llevaba el pie de la niña hasta la nariz, olía los deditos, y soltaba un sonoro «¡guácala!», como si el olor lo dejara fuera de combate.

Qué mal huelen
Los diez deditos
Hay que lavarlos para que estén bien limpitos.

Boots empezó a reír entre sollozos, sobre todo cada vez que Howard exclamaba «¡guácala!», y enseguida se metió en la cancioncita, tratando de memorizarla. Gregor había pasado mucho tiempo divirtiendo a sus hermanitas, y sabía reconocer a quien tenía buena mano con los niños.

—¿Eso lo inventaste tú? —le preguntó a Howard.

—Sí, para Chim. Era siempre muy difícil convencerla de que tenía que bañarse —contestó Howard, esquivando su mirada. Gregor pensó entonces por un segundo que no se había mostrado muy amable con él. Lo había metido en el mismo saco que a Stellovet y al resto de los primos, pero al chico no le había gustado lo que le había dicho su hermana a Luxa a propósito de Henry, y no había presumido que su padre era el jefe del Manantial.

Vistieron a Boots con ropa limpia y le dieron una galleta. La niña se alejó dando saltitos para enseñarle la cancioncita a Temp, quien no sólo no tenía dedos de los pies, sino que ni siquiera tenía patas.

—Temp, ¿necesitas vendas, o medicinas? —le preguntó Gregor.

—No. Más piernas, crecerán, más piernas —contestó la cucaracha. No parecía muy afectado por la pérdida de sus extremidades.

Fotos Luz-luz y Zap habían salido ilesos, y estaban encantados con el festín de fragmentos de tentáculo que cubría el suelo de la embarcación. Al parecer, el calamar era un verdadero manjar para las luciérnagas y no tuvieron tiempo de pelearse pues se lanzaron como locos, en una lucha por ver quién conseguía devorar más.

Andrómeda y Twitchtip tenían alguna que otra marca de ventosa, pero las de Gregor eran las más graves, pues el calamar se había ensañado con él, y no tenía pelaje que protegiera su piel. Mientras todos se limpiaban las babas del calamar, Gregor vio que de sus heridas empezaba a brotar pus. Sentía que todo su cuerpo estaba caliente y tembloroso.

—Este calamar me debe haber metido algún veneno en el cuerpo, o algo así —dijo, y de repente las piernas dejaron de sostenerlo y cayó al suelo. Todo daba vueltas a su alrededor. Alguien le puso algo en la boca y le ordenó que tragara. Logró tragar justo antes de perder el sentido.

Después lo atacó un sueño intranquilo. Soñó que estaba sumergido en unas aguas verdes y fosforescentes, luchando contra tentáculos que se retorcían, mientras unos peces espantosos hundían sus colmillos en su brazo una y otra vez. Toda su familia contemplaba la escena desde un barco, extendiendo los brazos hacia él, en un intento por salvarlo del peligro. Gregor gritaba sin cesar a Boots que se apartara, pero ella seguía ajena a todo, cantando su cancioncita sobre los dedos de los pies. Temp apareció a su lado, balanceándose en el agua con su chaleco salvavidas. Se arrancó las piernas, y se las ofreció a Gregor. Afortunadamente, el sueño se desvaneció, y la mente de Gregor se sumergió en la nada..

Cuando volvió en sí, sabía que había transcurrido mucho tiempo. El brazo vendado le dolía mucho, y ni siquiera podía abrir los ojos.

Cuando por fin pudo abrirlos, tuvo un momento de confusión.

Allí, sentada en la proa de la embarcación y mirándolo sonriente, estaba Luxa.

CAPÍTULO DECIMOTERCERO

Te dejo solo un día, y mira en qué aprieto te metiste —le dijo Luxa.

—Alguien que yo sé también debe estar en un aprieto... —consiguió articular Gregor con una sonrisa.

—Un aprieto bien grave —oyó a Mareth decir a su espalda. Gregor no necesitaba darse la vuelta para adivinar la expresión en el rostro del soldado. Estaba enojado.

—No puedo regresar —dijo Luxa con satisfacción—. Regalia está ya muy lejos, y Aurora y yo seguramente pereceríamos en el intento.

—Claro, sí lo calculaste muy bien —dijo Mareth.

—Lo sé —contestó Luxa.

—Sé que lo sabes. Todos sabrán que lo sabías, si es que vuelves a casa sana y salva para contarlo —le dijo Mareth. Gregor nunca se había parado a pensar en la relación que había entre Luxa y Mareth. Ella era su reina, o lo sería cuando cumpliera dieciséis años, pero además había otra cosa de la que Gregor se había dado cuenta el día de las bolas de sangre. Mareth era su entrenador, y no tenía reparos en regañarla.

—¡Oh, Mareth! ¿Cuánto tiempo vas a seguir

disgustado conmigo? —le preguntó Luxa—. Ya pasó casi un día entero. Nadie te va a culpar de mi desobediencia.

—¡No es esa la cuestión, Luxa! —contestó enojado Mareth—. Esta empresa es extremadamente peligrosa, ¿qué ocurrirá si mueres en ella? Dejas a Regalia con Nerissa como gobernante, y ella ya tiene edad para reinar. ¿Puedes imaginarte lo que ocurriría entonces? ¿Lo que le ocurriría a Regalia? ¿Y a Nerissa?

—Tendrá que abdicar —dijo Howard desde algún lugar de la otra embarcación.

—No hará tal cosa. Ella reinará si yo muero, y no Vikus, ¡y jamás tú, ni tu horrible hermana! —dijo molesta Luxa.

A esto siguió un silencio incómodo, que terminó por romper Howard.

—¿Es eso lo que piensas? ¿Que quiero ser rey? Creo que me confundes con otro primo tuyo.

Huy, otra alusión a Henry. Pero esta vez, Gregor pensó que tal vez Luxa lo tenía merecido.

—Y no me juzgues a mí por cómo es mi hermana. Es horrible, lo reconozco. ¡Pero yo tengo el mismo control sobre ella que tenías tú sobre Henry! —lanzó Howard.

—Si piensas que te voy a considerar inocente, te equivocas, porque no lo haré. Te he visto atormentar a Nerissa —refutó Luxa.

—¿Cuándo? ¿Cuándo hice yo tal cosa? ¡Pero si como mucho habré pasado cinco minutos con ella en toda mi vida! —protestó Howard.

—En el festival. ¡Cuando le soltaste el lagarto! —dijo Luxa.

—¿Que yo le solté un lagarto? ¡Yo no le solté nada! ¡Era un ejemplar que cambiaba de color, y pensé que le divertiría verlo! —se defendió Howard.

—¡Pero Henry dijo que te había visto...! —empezó a decir Luxa.

—¿Henry dijo? Con que Henry dijo, ¿eh? ¡No puedo creer que ni siquiera ahora te cuestiones las cosas que pudo haber dicho Henry, Luxa! ¿Es él quien te dijo que yo codiciaba tu corona? —En su frustración, Howard levantó la voz—. ¡Henry dijo, Henry dijo!

—Shh. No *guítes. Eles* como Fofó —dijo Boots.

—¡Mi nombre es Fotos Luz-luz! —protestó una voz ofendida desde la otra canoa.

—Oh, cállate, Fofó —dijo Twitchtip, y Gregor tuvo que hacer como que tosía para disimular su risa.

Los piececitos de Boots se abrieron paso hasta la cabeza de Gregor. Se inclinó, mirándolo desde arriba.

—¡Hola, tú!

—Hola, tú —le dijo Gregor—. ¿Cómo estás, Boots?

—Canto deditos. ¡Guácala! *Esayuné.* Dos veces —dijo Boots, blandiendo cuatro dedos. Se agachó y apoyó la nariz sobre la frente de su hermano, de modo que sus ojos y los de él quedaron frente a frente—. Te veo —le dijo.

—Yo también te veo —contestó Gregor.

—Adiós —dijo Boots, y se alejó trotando hasta la otra punta de la canoa.

Gregor luchó por incorporarse. Le dolía todo el cuerpo, como si tuviera gripe. Apoyó la espalda contra un lado de la canoa y se miró el brazo vendado.

—Bueno, ¿qué pinta tiene la herida debajo de este vendaje?

—No es algo apto para los débiles de corazón —dijo Mareth—. Tienes que agradecer a Howard que aún conserves el brazo.

—¿Conservar? ¿Me lo ibas a amputar? —preguntó Gregor, acercándose instintivamente el brazo al cuerpo.

—No hubiéramos tenido otra opción si el veneno se extendía, pero Howard logró chuparlo y extraerlo de las heridas —explicó Mareth.

—Huy, gracias, Howard —dijo Gregor, flexionando los dedos con cuidado. Luxa lo miró enfadada—. ¿Qué pasa? ¡Me chupó el veneno del brazo! No voy a poder darle las gracias, ¿o qué?

—Estoy entrenado para el auxilio en las aguas. He jurado salvar a toda persona que estuviera en peligro en el agua —explicó Howard.

—Si mi primo hubiera puesto atención aquella noche, ahora no tendrías necesidad de mostrarte tan agradecido —dijo Luxa.

Gregor recordó cómo se había despertado aquella noche, y había visto el tentáculo...

—No, fue culpa mía. Se supone que tenía que estar de guardia y... me quedé dormido. —Gregor se avergonzaba de tener que admitirlo, pero no era justo que culparan a Howard.

Todo el mundo se quedó callado un momento, y luego habló Mareth.

—Probablemente nos habrían atacado de todas formas. Pero es crucial mantenerse despierto cuando se está de guardia. No sólo nuestra supervivencia, sino la de muchos, depende de este viaje.

Entonces era aún más grave de lo que se había imaginado Gregor.

—Lo siento. Estaba cansado, pero pensé que lograría mantenerme despierto.

—Aguantar una guardia es algo que se aprende. Hay trucos para mantener la mente alerta. Ya los conocerás —le aseguró Howard. Pero Luxa y Mareth no dijeron nada, y Gregor supo que, para ellos, lo que había hecho era imperdonable. Howard provenía del Manantial, y allí la vida no era tan peligrosa. Luxa y Mareth se habían tenido que enfrentar a muchas ratas como para poder hacerselos de la vista gorda.

Mareth decretó que era hora de hacer un descanso para cenar. Gregor estaba hambriento. Se metió mucha comida en la boca, se atragantó, y tuvo que sacarse un trozo de pan.

—Lo siento, es que creo que no he comido nada desde anoche.

—Desde hace dos noches —precisó Howard—. Perdiste el conocimiento durante casi dos días.

—¡Dos días! —exclamó Gregor. Nunca había perdido el conocimiento tanto tiempo seguido. Dos días, más el que llevaban de viaje, ya debían de estar a medio camino de la Destrucción, y no se sentía más preparado para enfrentarse a ella que cuando habían salido de Regalia. ¡Tenía que hacer algo! Pensó en pedirle a Mareth que le diera alguna que otra lección más de manejo de la espada, pero estaba tan agotado por el efecto del veneno del calamar, que dudaba mucho de poder sostener siquiera el arma.

Además, golpear cosas con una espada no parecía ser ningún problema para él. De hecho, más bien parecía que, cuando empezaba a hacerlo, no podía parar. Era como si algo se apoderara de todo su ser, algo que escapaba a su control.

En un débil intento por aumentar sus probabilidades de derrotar a la Destrucción, Gregor se tumbó un ratito boca arriba para practicar la ecoubicación. «Clac», chasqueaba la lengua, pero su mente se empeñaba una y otra vez en recordar la escena del calamar, y cómo no había sido capaz de dejar de atacarlo con la espada. Ni siquiera se recordaba a sí mismo manejando el arma, de la misma manera que tampoco recordaba bien cómo había alcanzado a las quince bolas. «Clac», eso le pasaba a veces a las personas que se volvían locas... Tenían lagunas en la memoria, momentos en los que no recordaban haber ido a ningún sitio, ni lo que habían hecho allí. «Clac», ah, y luego estaba esa película de un hombre—lobo, al que le pasaba eso mismo. Se despertaba todo ensangrentado, preguntándose qué le había pasado a su ropa. «Clac», Gregor sabía que los hombre lobo no existían en realidad. «Clac», sí, pero, ¿cómo podía estar tan seguro? Si alguien le hubiera preguntado hace seis meses, ¡habría dicho que las ratas gigantes que hablan tampoco existen!

«¡Clac, Clac, Clac!»

No estaba mejorando en nada en esto de la ecoubicación. Tal vez Ripred tuviera razón, tenía que concentrarse. ¿Pero quién podía concentrarse en medio de un mar subterráneo lleno de calamares venenosos, camino a matar a una monstruosa rata blanca? Él, desde luego, no.

Gregor volvió a incorporarse y vio a Luxa sentada junto a él, afilando la hoja de su espada con una piedra.

—¿Cómo estás? —le preguntó.

—Pues mucho mejor ahora que comí un poco —le contestó Gregor.

Luxa probó la hoja de su espada cortando un trozo de cuerda. Frunció el ceño pues el resultado no le satisfacía, y siguió afilando su arma.

—A mí me parece que ya está bastante afilada —opinó Gregor.

—No lo suficiente para lo que nos aguarda —contestó Luxa—. Dudo que muchos de nosotros sobrevivamos.

—¿Entonces por qué viniste? —quiso saber Gregor.

—Pensé que podrías necesitar mi ayuda. Otras veces has dependido de ella —explicó—. Y Aurora y yo también tenemos que pensar en Ares.

Todo eso podía ser cierto, sí, pero Gregor tenía la sensación de que Luxa le ocultaba algo.

—¿Eso es todo?

—¿Acaso no es suficiente? —preguntó, eludiendo su mirada.

—Sí, claro, sólo que pensaba que tal vez tuviera algo que ver con... —Gregor se detuvo.

—¿Con qué? —preguntó Luxa.

—Con nada. Olvídalo.

—Ahora ya no puedo olvidarlo —protestó Luxa—. ¿Por qué otro motivo vendría?

—Por Henry. O sea, quiero decir, si yo fuera tú, tal vez vendría para demostrarle a la gente que no soy como él. Tal vez vendría para taparle la boca a Stellovet —dijo Gregor.

Luxa no reconoció que Gregor tuviera razón, pero tampoco lo negó.

—Bueno, y entonces, ¿cómo es eso de quién terminará reinando en Regalia? —preguntó Gregor pasado un ratito.

—La familia de mi padre ha reinado durante bastante tiempo. Como hija única que soy, me corresponde a mí reinar ahora. Si tengo hijos, el mayor de todos me sucederá en el trono —explicó Luxa.

—¿Aunque la mayor sea una niña y tenga más hermanos? —Gregor pensaba que las chicas sólo podían reinar si no había varones en la familia.

—Sí, claro. Las mujeres tienen el mismo derecho al trono que los varones —explicó Luxa—. Si yo no tengo hijos, la corona será para Nerissa. Pero ella es la última de nuestra línea, de modo que si muere, o abdica sin descendencia, Regalia tendrá que elegir una nueva familia real.

—Y Stellovet piensa que la elegida será la suya —concluyó Gregor.

—Probablemente tenga razón. Lo más seguro es que elijan a Vikus y a Solovet. A ellos les sucedería su hija mayor, mi tía Susana. Y después de ella, sus hijos, mis primos del Manantial. Howard es el mayor —explicó Luxa.

—Pues a mí me parece que Stellovet está muy lejos todavía de ser reina —dijo Gregor.

—No tan lejos como piensas. No en las Tierras Bajas —concluyó Luxa.

Los murciélagos, que habían estado volando un poco, volvieron a las canoas para dormir. Mareth puso de guardia a Ares y a Pandora, el murciélago rojo de Howard. Gregor tenía la sensación de que tardarían en volverle a encargar esa tarea.

Twitchtip estaba inquieta.

—Hay algo que no está bien —dijo. Levantó el hocico para olisquear el aire, y su cabeza hizo un movimiento brusco e involuntario hacia un lado.

—¿Más calamares? —preguntó Gregor, inspeccionando las profundidades marinas.

—No, no se trata de un animal. Pero hay algo que no está bien —repitió la rata.

—¿En qué sentido? —preguntó Ares.

—Algo que tiene que ver con el agua —explicó Twitchtip con gran esfuerzo.

—¿Está teñida? ¿Gélida? ¿Llena de escombros? —preguntó Howard.

—No —dijo Twitchtip—. Esas cosas las reconocería. Es algo para lo que no tengo palabras. —Pero no fue capaz de explicarles nada más, de modo que lo único que podían hacer era tratar de dormir a pesar de la inquietud.

Unas horas después, Gregor se despertó por el sonido del agua y la angustiada voz de Howard que gritaba la palabra que Twitchtip no conocía:

—¡Un remolino!

CAPÍTULO DECIMOCUARTO

¿Remolino? A Gregor lo único que le evocaba esa palabra era el juego al que se divertía con sus primos en una vieja piscina: todos los niños se ponían a dar vueltas dentro del agua, hasta formar un gran remolino en el centro. Sabía que en el mar también se formaban remolinos así, pero nunca había visto una foto de ellos.

Gregor se levantó de un salto y trató de comprender la situación. Todos los demás estaban de pie, pero confundidos también. Los habitantes de las Tierras Bajas solían enfrentar emergencias con precisión, como si hubieran practicado mil veces la respuesta necesaria. A Gregor le daba la impresión de que tampoco ellos se habían enfrentado nunca con un remolino... y que no tenían una respuesta preparada.

Fotos Luz-luz y Zap iluminaban a plena potencia, pero a pesar de ello su luz no bastaba para divisar el horizonte de agua. Gregor tomó la linterna más grande que tenía, una con un enorme haz de luz, y la encendió. Lo que vio le cortó la respiración.

Las canoas estaban en el borde exterior de un enorme vórtice. El remolino tendría una anchura de cien metros por lo menos. El agua giraba a una velocidad de vértigo, arrastrando a su paso cuanto se pusiera a su alcance, haciéndolo dar vueltas y vueltas hasta que desaparecía en un enorme agujero negro en el centro.

Howard y Mareth se hablaban a gritos de una canoa a otra.

—¡Voy a soltarnos! —gritó Howard, mientras empezaba a cortar con su espada la cuerda que unía las dos canoas.

—¡No! —gritó a su vez Mareth—. ¡Los voladores nos sacarán de aquí!

—¡Sólo pueden levantar una canoa! ¡Hazlo, Mareth! ¡Pandora volverá a buscarme! —gritó Howard, y la cuerda cedió ante los cortes de su espada. Justo a tiempo. La canoa que iba a la cabeza, con Howard, Pandora, Twitchtip y Zap a bordo, fue atrapada por el remolino, y arrastrada hacia el centro de la vorágine.

En pocos segundos, la otra canoa seguiría el mismo camino. Gregor se lanzó hacia la popa para tomar a Boots, que estaba medio dormida, y volverle a poner el chaleco salvavidas. Antes se lo había quitado para que pudiera dormir más cómodamente. Era obvio que no había sido una buena decisión. Gregor trató de desenredar las correas del chaleco.

De repente, la canoa se inclinó hacia un lado.

—¡Nos alcanzó! —gritó.

Pero entonces sintieron un tirón hacia arriba. Gregor cayó de bruces, aplastando por poco a Boots, y vio que se elevaban por los aires, por encima del agua. ¡Los murciélagos! Estaban levantando la canoa, cogiéndola por las cuerdas que colgaban de ambos lados. Aurora y Andrómeda iban delante, y Ares y Pandora, detrás.

—¡Ve con Howard, Pandora! ¡Ares puede solo! —ordenó Mareth.

Ares estiró las patas, cogiendo con una garra su cabo de cuerda, y con la otra el de Pandora. La canoa se inclinó hacia atrás un poquito, pero pronto el murciélago recuperó el control de la maniobra. «Caray, qué fuerte es», pensó Gregor.

Pandora permaneció junto a él un momento, para asegurarse de que Ares no la necesitaba, y luego se lanzó en picado hacia el agua. Gregor se asomó por la borda del barco para seguir los acontecimientos.

Ahora estaban a unos quince metros por encima de las aguas, a salvo de las garras del temible remolino, pero por debajo de ellos el peligro no había cesado. La canoa con Howard y Twitchtip a bordo, aferrados al mástil, daba vueltas sin remedio, atrapada por el remolino. La fuerza de las aguas estaba destrozando la embarcación. Excepto por la luz que despedía la linterna de Gregor, la oscuridad era total.

—Desde luego, vaya inconveniente —se quejó una voz lastimera. Gregor se dio la vuelta y descubrió a Zap sentada en un rollo de cuerdas—. Me tocaba a mí dormir. Espero que Fotos Luz-luz no piense que me voy a tragar su próximo turno.

—¡Zap! ¿Qué estás haciendo? ¡Baja a la otra canoa para que puedan ver algo! —le dijo Gregor.

—Oh, no. Nuestro contrato nunca incluye situaciones peligrosas. No se nos alimenta lo suficiente para eso

—objetó Fotos Luz-luz, y no contento con eso, hasta bostezó. Gregor dio la vuelta para mirar el remolino, justo a tiempo de ver a Howard lanzarse al agua, con los brazos extendidos a ambos lados del cuerpo. Pandora lo atrapó por las axilas, y lo sacó volando de allí. Luego lo dejó caer sobre el suelo de la canoa, antes de retomar su puesto al lado de Ares, que le devolvió su extremo de cuerda.

Abajo, en el agua, Twitchtip seguía aferrándose desesperadamente al mástil. La canoa se acercaba rápidamente al agujero negro en el centro del remolino.

—¡Espera un momento! —exclamó Gregor—. ¿No vas a rescatar a Twitchtip?

No hubo respuesta. Gregor miró a Mareth, a Luxa, y a Howard, que seguía jadeando, empapado, en el suelo de la canoa. Algo en la expresión de sus rostros le heló las entrañas.

—¡Saben que se va a ahogar! ¡Tenemos que bajar a salvarla ya mismo!

—No es posible, Gregor —dijo Mareth—. No podemos llegar hasta ella en canoa. Un volador solo no bastaría para rescatarla. No es posible.

—¿Luxa? —dijo Gregor. Era la reina, seguro que podía obligarlos a hacerlo.

—Opino que Mareth tiene razón. Arriesgaríamos más pérdidas en el intento, y las probabilidades de éxito son casi inexistentes —dijo Luxa.

—¡Pero la necesitamos! ¡La necesitamos para orientarnos en el Dédalo! —protestó Gregor. ¿Qué hacían ahí parados sin mover un dedo?

—Nos bastará con los murciélagos para orientarnos. Y en ellos se puede confiar —dijo Mareth.

Así que de eso se trataba. Gregor lo entendía todo ahora.

—Es porque es una rata —dijo—. Piensan quedarse ahí sentados viendo cómo se ahoga porque es una rata, ¿no es eso? Si se tratara de Howard, o de Andrómeda, o incluso de Temp, claro que bajarían, ¡pero no por una rata! ¡Y probablemente ya la habrían matado si hubieran podido!

Por debajo de ellos, la canoa de Twitchtip se partió en dos. Durante unos segundos, la rata consiguió aferrarse a los restos del naufragio, pero enseguida la fuerza del agua se los arrebató. La rata se agitaba en el agua, tratando de permanecer a flote, pero no podría aguantar mucho tiempo.

El chaleco salvavidas estaba en el suelo junto a Boots. Gregor se lo puso, y se enganchó las correas con manos temblorosas. Tenía en el bolsillo la mini linterna, la que le había regalado la señora Cormaci. Gregor la encendió. Tal vez podría sujetarla con las dientes.

Mientras se encaramaba a la borda del barco, sintió que unas manos trataban de retenerlo.

—Estás loco, Gregor —le dijo Howard—. ¡No puedes ayudarla!

—¡Tú me das asco más que nadie! —le dijo Gregor—. Hace un rato tú estabas también ahí abajo. ¡Y a ti te rescataron! ¿Y qué hay de tu juramento? ¡Juraste que salvarías a todo el que estuviera en peligro en el agua! ¿Qué hay de lo que juraste, eh?

Howard se puso colorado. Gregor le había dado ahí donde dolía.

—¡Gregor! —Luxa lo tomó de la mano—. ¡Te prohibo que vayas, Gregor! No sobrevivirás.

—¡Si dependo de ustedes, desde luego que no! —contestó Gregor. Estaba tan furioso que hubiera podido tirarla por la borda. A ver si le gustaba estar ahí abajo—. Ripred trajo a Twitchtip para mí. ¡La trajo para ayudarme, para que yo los pudiera ayudar a ustedes y a tu estúpido reino! —protestó—. Por eso estamos aquí ahora, ¿no?

Gregor se puso de pie sobre la borda y alumbró con su linterna el agua allá abajo. ¡Caray! ¿De verdad iba a saltar a ese horrible remolino? Tenían razón, era una locura. Ni aunque fuera el mejor nadador de los Juegos Olímpicos, nunca podría escapar a nado de algo así, y menos aún tirando de una rata gigantesca. Pero Gregor también sabía que los de las Tierras Bajas lo necesitaban vivo a toda costa. Si se lanzaba al remolino, irían por él para sacarlo de allí. Y si conseguía agarrar a Twitchtip, tendrían que salvarlos a los dos.

Howard empezó a atar algo alrededor del cuerpo de Gregor.

—¡Desátame! —dijo Gregor, intentando pegarle un puñetazo.

—¡Es una cuerda de salvamento! —dijo Howard, esquivando el golpe—. ¡Jalaremos de ella desde la canoa!

—¿De verdad? —se aseguró Gregor.

—No luches contra la corriente. No serviría de nada. ¡Déjate llevar por ella como mejor puedas! —le aconsejó Howard.

Gregor se mantuvo en equilibrio sobre la borda del barco durante un momento, agarró la linterna con los dientes, se armó de valor, tratando de olvidar cuánto odiaba las alturas, y saltó.

El impacto del agua helada lo distrajo durante una milésima de segundo antes de que toda su atención se centrara en la corriente. Él no era nada, una ramita, un envoltorio de caramelo, una hormiga arrastrada por la inmensa fuerza del remolino. Sintió que la cuerda tiraba de él hacia arriba. Lo estaban sujetando desde la canoa.

Lo levantaron en el aire, justo encima del agujero negro del centro del remolino. Durante un momento, a Gregor le pasó por la cabeza la loca idea de que su intención era dejarlo caer en pleno vórtice, pero un segundo después lo entendió todo. Twitchtip estaba muy cerca del agujero negro. Tan sólo un par de vueltas más, y se la tragaría el agua.

Mientras tiraban de la cuerda para acercarlo a ella, Gregor trataba de pensar en la mejor manera de agarrar a la rata. No había tiempo de planear una estrategia. Mientras se acercaba al animal, hizo lo único que se le ocurrió naturalmente: abrió los brazos. Chocaron el uno contra el otro, el pecho de Gregor contra el de la rata. Con los brazos Gregor le rodeó el cuello, y con las piernas, el resto del cuerpo. Twitchtip clavó sus garras en el chaleco salvavidas de Gregor. El remolino se abatió sobre ambos, la fuerza de la corriente tiraba de ellos hacia abajo, y no parecía querer soltarlos.

«¡No pueden salvarnos!», pensó Gregor. «¡Nos hundimos!» Cerró los ojos con fuerza, y esperó a que se los tragara el agua. En lugar de eso, sintió un tremendo tirón hacia arriba, y un segundo después estaban a salvo, por encima del agua. Gregor fue entonces consciente del peso de la rata. Si no se hubiera agarrado con fuerza a su chaleco, la habría dejado caer.

—¡No... me... sueltes! —gritó la rata con la voz entrecortada.

Gregor mordía con tanta fuerza la linterna que apenas logró mover las mandíbulas para articular un «no». Tiraron de ellos por encima del agua hasta que se alejaron lo suficiente del remolino. Luego volvieron a caer al agua y, medio nadando, medio confiando en el chaleco para permanecer a flote, se dejaron arrastrar hasta la canoa. Unas manos los subieron a bordo. Cuando Gregor vio el piso de la nave bajo su cuerpo, y sólo entonces, soltó a la rata.

Permanecieron tumbados un momento uno al lado del otro, tosiendo y escupiendo agua. Esto resultaba difícil para Gregor, pues sus dientes seguían clavados en el mango de la linterna. Le dolían las costillas por el tirón de la cuerda. Esperaba que no se le hubieran roto, sino sólo magullado. Pero el dolor de las costillas no era nada comparado con el que sentía en el brazo. La fuerza de la corriente había deshecho el vendaje, y Gregor podía ver su herida en todo su esplendor. Tenía el antebrazo terriblemente hinchado. Las marcas de las ventosas, que habían adquirido un repulsivo color morado, emanaban una pus de color verde fosforescente. Le dolían terriblemente.

Howard estaba junto a él. Lo ayudó a liberar las mandíbulas del mango de la linterna y la dejó en el suelo.

Gregor tenía una memoria muy especial. Cuando la señora Cormaci le regaló la linterna, había insistido en que era impermeable al agua. Hasta tenía una etiquetita que así lo aseguraba. En ese momento le había parecido una tontería, ¿para qué necesitaba él una linterna resistente al agua? Ahora sabía para qué.

Gregor apretó los dientes mientras Howard limpiaba las heridas de su brazo, les aplicaba un ungüento calmante, y le volvía a poner un vendaje nuevo.

—Sé que es un poco tarde para decirlo, pero debes tratar de mantener seco el vendaje —dijo Howard. Había algo en sus ojos que a Gregor le recordaba a su abuelo, Vikus. Una extraña chispa, aunque el resto de su rostro permaneciera serio.

Gregor no pudo evitar reírse.

—Sí, está bien, lo tendré en cuenta.

Howard secó a Twitchtip con una toalla y la envolvió en unas mantas. La rata estaba demasiado agotada para protestar cuando la obligó a tragarse un frasco de medicina. Se quedó dormida casi inmediatamente.

—¿Está bien? —le preguntó Gregor.

—Sí. Debemos mantenerla caliente. El agua fría ha sido un duro golpe para ella. Pero es toda una luchadora —dijo Howard con respeto.

Boots se acercó a Gregor y le metió una galleta entera en la boca.

—*Etás* mojado.

—Sí —dijo Gregor, llenando todo de migas al hablar con la boca llena.

—¿Boots a nadar? ¿*Vamo* a nadar? —preguntó esperanzada. Gregor se alegraba de que la niña no llegara a ver lo que había en el agua por encima de la borda.

—No, el agua está demasiado fría —le contestó—. Yo la probé, y está demasiado fría, Boots.

Boots le dio un mordisco a otra galleta y metió el resto en la boca de su hermano.

—¿Ayer? ¿*Vamo* ayer? —Se hacía un lío con el tiempo. Para ella ayer, hoy, mañana, después, antes, todo significaba lo mismo. Es decir, todo lo que no fuera el momento presente.

—A lo mejor cuando volvamos a casa. Y cuando haga buen clima otra vez. Entonces te llevaré a la piscina, te parece? —le propuso Gregor.

—¡Sí! —contestó la niña. Le dio palmaditas en el pecho—. *Etás* mojado.

Gregor se puso ropa seca y se envolvió él también en unas mantas. Tuvo que quitarse un momento las botas. Eran impermeables, pero no en medio de un remolino.

La canoa estaba llena a rebosar ahora, con los trece metidos dentro. Habían conseguido acomodarse, pero no sobraba mucho espacio.

Luxa se sentó junto a Gregor y le tendió algo.

—Toma, te preparé un sándwich.

Gregor bajó la mirada hacia la versión torpe de un pan con jamón. En su último viaje, Gregor le había enseñado a hacerse el primer sándwich de su vida.

—Gracias —le dijo, pero no se lo comió.

—No te enojes con nosotros, Gregor. Mareth y yo hemos perdido más de lo que te imaginas a manos de las ratas. Es difícil para nosotros arriesgarnos a perder algo más para salvar a una de ellas. Aunque esta rata sea útil para nosotros —dijo Luxa.

—Esta rata tiene nombre. Se llama Twitchtip. Y ella también la ha pasado mal. Las ratas la echaron de su territorio porque es una vidente de olfato, y ha tenido que arreglárselas sola en la Tierra de la Muerte —le explicó Gregor.

—¿De verdad? —preguntó Luxa—. No lo sabía.

—¡Claro que no, si nadie habla nunca con ella! —exclamó Gregor, pero enseguida se sintió culpable. Él tampoco le había dirigido la palabra. Ni siquiera había querido viajar en la misma canoa que ella. Pero por lo menos había bajado a salvarla—. Es un animal increíble. Tendrías que haberla visto en acción. O sea, a lo mejor no sabía lo que es un remolino, pero fue capaz de decir desde el estadio, o sea, lejísimos del palacio, de qué color era la camisa que llevaba mi hermana. Y una vez que estemos en el Dédalo ese, ¡creo que es nuestra única oportunidad de encontrar a la Destrucción! —Gregor hablaba atropelladamente, sin parar, y sin acertar a poner en orden sus ideas—. Y..., y..., además, la trajo Ripred. Vikus me dijo una vez que Ripred tenía una sabiduría..., una sabiduría única, que nadie más tenía..., o sea, casi nadie, ¿entiendes? Así que si él la trajo, es porque la necesitamos. Y, además, aparte de eso..., aparte de eso..., ¡no está bien, Luxa! —Gregor se calló un momento para ordenar bien sus ideas—. No está bien quedarse sentado en el barco mirando cómo se ahoga.

Gregor le dio una mordida al sándwich, más para dejar de hablar que por otra cosa. Era todo tan complicado,

todo esto de las ratas y los humanos. Las ratas habían matado a los padres de Luxa, y Gregor no sabía a qué otros seres
queridos suyos. Entonces lo asaltó otra idea.

—Ayudar a una rata no te hace ser como Henry.

—Ustedes lo ven de esa manera. Pero otros tal vez
no lo vean así —dijo Luxa.

Permanecieron en silencio mientras se comía el
resto del sanwich. Gregor no tenía argumentos para reba-
tirle esa opinión.

CAPÍTULO DECIMOQUINTO

Gregor encontró un poco de espacio en el suelo de la proa e improvisó una cama con unas mantas. Ares se posó en un asiento cerca de él.

—Hola, Ares —le dijo Gregor—. ¿Qué pasa?

—Estoy inquieto, por que rescataste a la rata —le dijo el murciélago.

«Vaya, genial, otra vez con la misma historia», pensó Gregor, pero se equivocaba.

—No podía soltar la canoa. Yo hubiera bajado a salvarlos del agua, pero si soltaba la canoa, todos los demás hubieran muerto —dijo Ares, aleteando angustiado.

—Sí, ya lo sé —contestó Gregor—. Claro que no podías ayudarme. No esperaba que lo hicieras.

—No quería que pensaras que, siendo tu vínculo, no me lanzaría a salvarte —dijo Ares—. Como no me lancé a salvar a Henry.

—No lo pensé, o sea, tampoco lo pienso ahora. Ya me has salvado muchas más veces que yo a ti —dijo Gregor—. Hiciste lo único que podías hacer.

Gregor se sentó en su cama improvisada. Boots se subió a su regazo y dio un gran bostezo.

—*Teno* sueño.

—Sí, yo también. Vamos a cerrar los ojitos y a dormir, de acuerdo? —Se tumbó acurrucando a Boots contra su cuerpo, y se tapó con una manta.

—*Celamos* los ojitos —dijo Boots, acurrucándose para dormir.

Gregor no había querido ponerle otra vez el chaleco salvavidas, pues no pensaba que la niña pudiera dormir con él. ¿Pero y si volvían a toparse con un calamar, con un remolino, o algo así?

—Oye, Ares —dijo—. Si vuelve a pasar algo malo, necesito que me prometas una cosa.

—¿Qué quieres que te prometa? —preguntó el murciélago.

—Que salves a Boots. O sea, que la salves antes que a mí. Sé que somos vínculos y todo eso, pero sálvala primero a ella —le pidió Gregor.

Ares se quedó pensando un rato.

—Los salvaré a ambos.

—Pero si tienes que elegir entre uno de los dos, elige a Boots, ¿de acuerdo? —dijo Gregor, pero Ares no contestó—. Por favor, Ares.

El murciélago suspiró.

—La salvaré a ella antes que a ti, si he de elegir, si ése es tu deseo.

—Ése es mi deseo —dijo Gregor, relajándose por fin lo bastante como para poder conciliar el sueño. Se sentía mejor ahora que sabía que Ares estaba ahí, cuidando también de Boots. Tal vez entre él y Ares, y por supuesto Temp, conseguirían mantenerla a salvo.

Varias horas después, cuando Gregor se despertó, sintió un cuerpo caliente junto a su pierna. Sacó el brazo, que se le había dormido, de debajo de la cabecita de Boots y se incorporó. A la luz de Fotos Luz-luz vio que Twitchtip estaba tumbada junto a él, su cuerpo tocando el suyo. Gregor se llevó un pequeño sobresalto de sorpresa, y la rata abrió los ojos.

Parecía avergonzada, y se alejó unos pocos centímetros, lo que le permitía la estrechez del espacio que compartían. Fue esta reacción lo que hizo pensar a Gregor que si estaba tan cerca de él no era porque se hubiera aproximado sin querer mientras dormía. En algún momento de la noche, el animal se había acurrucado intencionadamente contra su pierna, lo cual le llevó a pensar en otra cosa. ¿Cuán necesitada de contacto debía de estar Twitchtip como para acercarse tanto a él, un humano? Un humano cuyo olor la enfermaba. Su necesidad tenía que ser mucha. Todos esos años de vivir sola en la Tierra de la Muerte habían hecho que se muriera por estar cerca de algún ser vivo. Incluso de Gregor.

Enseguida la cobijó.

—Ay, lo siento. Creo que me acerqué a ti sin querer mientras dormía.

—Es difícil no hacerlo —contestó Twitchtip—. Hay muy poco espacio en la canoa.

—Sí —dijo Gregor. Miró a su alrededor. Mareth estaba en la popa, ocupándose del timón, y Andrómeda hacía guardia junto a él. Fotos Luz-luz estaba encaramado a la proa, cambiando de vez en cuando el color de la luz que su cuerpo emitía. Todos los demás dormían como troncos.

Gregor pensó en volver a dormirse él también, pero estaba demasiado nervioso. Además, podía ser un buen momento para hablar un poco con la rata. Intentó pensar una manera de empezar la conversación, pero Twitchtip se le adelantó.

—Sé que los obligaste a salvarme —dijo.

—Bueno, digamos que capitaneé la operación —le contestó Gregor, que no quería que la rata se enterara de que los demás no tenían intención de mover un dedo para salvarla. Pero ella ya lo sabía.

—Ripred estaba en lo cierto sobre ti. Dijo que no podía juzgarte como a los demás humanos.

—Qué curioso, me parece que Vikus me dijo algo parecido con respecto a Ripred —comentó Gregor. Esa cuestión le hacía sentirse incómodo—. Bueno, ¿y cuánto tiempo llevas viviendo sola?

—Tres o cuatro años —contestó Twitchtip.

—¿Y por qué te echaron? Las otras ratas, me refiero. O sea, con lo importante que es para ellas tener un buen olfato, digo yo que tendrías que haber sido muy famosa —le dijo Gregor.

—Y lo fui, de alguna manera, un tiempo. Pero después cayeron en cuenta de que podía oler sus secretos, y ya no me querían con ellas —explicó Twitchtip—. También puedo oler los tuyos.

—¿Mis secretos? ¿Como cuáles, a ver? —preguntó Gregor. Trató de imaginarse cuáles podrían ser sus secretos. La desaparición de su padre era antes como una especie de secreto, o por lo menos era algo de lo que no solía hablar mucho. Pero eso ya se había acabado. Ahora, por supuesto, las Tierras Bajas eran un secreto, pero sólo en las Tierras Altas. Así que, ¿de qué secretos hablaba Twitchtip?

La rata contestó tan bajito que Gregor apenas podía oírla.

—Sé lo que ocurre cuando luchas.

Gregor se quedó desconcertado. Pero la rata tenía razón, eso era un secreto. No le había contado a nadie que no lograba recordar bien lo que pasaba una vez que empuñaba la espada. Pero disimuló para que le siguiera explicando.

—¿Qué ocurre cuando lucho? —preguntó como quien no quiere la cosa.

—No puedes parar. Emites un olor. Sólo lo he olido una o dos veces antes. Nosotras las ratas tenemos una palabra para alguien como tú. Eres un enrabiado —le dijo Twitchtip.

—¿Un enrabiado? ¿Y eso qué es? —preguntó Gregor. Sonaba a alguien que perdía la calma con facilidad.

—Es un tipo especial de luchador, que nace con un gran talento. Mientras otros se pueden pasar toda la vida entrenándose para dominar las artes del combate, un enrabiado es un asesino nato —explicó Twitchtip.

Era absolutamente lo peor que le podían decir.

—¡Yo no soy un asesino nato! —protestó con un hilo de voz. Pensó en las profecías de Sandwich, que lo proclamaban como guerrero, y que predecían que habría de matar a la Destrucción—. ¿Es eso lo que todo el mundo cree? ¿Que soy una especie de máquina de matar?

—Nadie está al corriente todavía, porque si no, habría sido lo primero que yo hubiera sabido de ti. Esto de ser un enrabiado no es ningún juicio moral. No se puede evitar serlo, de la misma manera que yo no puedo evitar ser vidente de olfato. No significa que quieras matar, sino que puedes hacerlo, y mejor que nadie. Pero una vez que empiezas a luchar, te resulta muy difícil controlarte —explicó Twitchtip.

A Gregor le iba a estallar la cabeza. ¿Y si Twitchtip tenía razón después de todo? No, no podía ser. ¡Si a él ni siquiera le gustaba luchar! ¡Ni siquiera le gustaba que la gente discutiera! ¿Pero y la forma en que se había comportado con las bolas de sangre y los tentáculos? No podía controlar lo que hacía. Ni siquiera podía recordarlo...

—Creo que me confundes con otra persona —fue todo lo que pudo contestar.

—No, no te confundo. No hagas caso de lo que digo, si así lo prefieres, pero al final terminarás por saber que tengo razón. Aunque, si tienes ocasión, yo hablaría con Ripred —le dijo Twitchtip.

—¿Con Ripred? ¿Y por qué con él? —quiso saber Gregor, pensando que con quien necesitaba hablar era con un psiquiatra.

—Porque él también es un enrabiado —dijo Twitchtip—. Pero al contrario que tú, él ha aprendido a controlar sus actos.

Ripred. Desde luego, no cabía duda de que si había una máquina de matar, era esa rata. Gregor recordó entonces cómo Ripred le había atacado con la cola para comprobar sus reflejos, antes de decir: «Esto no se puede enseñar». ¿Sospechaba ya entonces que Gregor era un enrabiado? ¿Lo sospechaba también Solovet?

—Ahora me voy a dormir —dijo Gregor, tumbándose de nuevo. Se acurrucó más cerca de Boots, buscando el consuelo de su cuerpecito, y contempló la oscuridad. Se dio cuenta entonces de que se estaba mordiendo los labios para no llorar. Sí, si salía de ésta con vida, más le valía hablar con Ripred.

Las horas pasaron. Poco a poco, todos los demás fueron despertando, y empezó entonces lo más parecido a un «día» en las Tierras Bajas. Gregor había perdido por completo la cuenta del tiempo que llevaba allá abajo. Pensó en preguntárselo a Luxa pero, ¿de verdad quería saberlo? Cada día que transcurría allá abajo era un día más que su familia pasaba sufriendo en casa. Su cabeza empezó a llenarse de imágenes de ese sufrimiento: la enfermedad de su padre empeorando por días, las noches de insomnio de su madre, la perplejidad de su abuelita, y el miedo de Lizzie. ¿Qué estaría ocurriendo? ¿Seguiría yendo su madre a trabajar cada día? Estaría tratando Lizzie de cuidar de su padre y de su abuela, a la vez que iba al colegio, y a la vez que le hacía creer a la señora Cormaci que él y Boots tenían gripe? ¿Sería ya casi Navidad? Todo lo malo empeoraba durante las fiestas, eso lo sabía Gregor de los años en que su padre había estado desaparecido. A tu alrededor no había más que gente súper feliz, y eso hacía que tú te sintieras aún más triste. Ahora que su padre había vuelto, Gregor pensaba que su familia viviría de nuevo una de esas navidades felices, aunque no tuvieran mucho dinero para regalos. Y ahí estaba él, a kilómetros bajo tierra, camino de matar a una rata blanca gigante, y tratando de mantener con vida a su hermanita pequeña, mientras su familia se desesperaba viendo pasar el tiempo, esperando a que volvieran. Sí, una Navidad muy feliz, seguro.

Por si eso fuera poco, en la canoa todos se sacaban de quicio unos a otros. Ya implicaba un gran esfuerzo para las diferentes especies —humanos, murciélagos, ratas, cucarachas y luciérnagas—convivir en dos canoas. Pero ahora, en una sola, la cosa se estaba poniendo francamente fea.

Estallaban peleas a diestra y siniestra, sobre todo por la comida. Muchas de las provisiones estaban en la otra canoa, por lo que se habían perdido en el remolino. Mareth calculó lo que quedaba y lo iba racionando de manera estricta. Pero Fotos Luz-luz y Zap insistieron en que se les siguieran dando las enormes raciones de antes. Cuando les dijeron que eso no iba a ser posible, empezaron a quejarse sin parar, hasta que Twitchtip hizo notar que siempre podía saciar su hambre comiendo luciérnagas. A raíz de eso se enojaron, y ya sólo iluminaban cuando les daba la gana.

—¿Por qué se quedan con nuestra comida la chica y su murciélago? —oyó que Zap le susurraba a Fotos Luz-luz—. ¡No son más que un par de polizones!

Y por supuesto, Gregor no podía negarle la comida a Boots. Cuando se repartía el almuerzo, la niña se comía su ración de pan y queso en un santiamén, y luego señalaba la de Gregor. *«¡Teno hambe!»* Gregor no podía evitar darle la mitad de su comida. Pero después de comerse esa parte, y la mitad de la de Temp, la niña seguía con hambre.

—Anda, toma, dale esto —dijo Twitchtip, y le pasó un trozo de queso a Boots, que se puso a comérselo encantada. Todos se quedaron mirando a la rata con la boca abierta, y ésta gruñó—: ¡Apesta a humano, así que apenas puedo tragármelo! —Todos apartaron la mirada. Pero Gregor estaba casi seguro de haber presenciado algo nunca visto hasta entonces: ¡una rata compartiendo su comida con un humano!

A quien menos preocupaba todo el asunto de la comida era a Howard.

—Estamos rodeados de comida, no tenemos más que molestarnos en tomarla —dijo. Echó unas redes al agua, y mandó a los murciélagos a pescar. Tenía razón. No tardaron mucho en reunir un montón de pescado. Desgraciadamente, no había manera de cocinarlo. Esto sólo suponía un problema para los humanos; la mayoría de las demás especies animales lo preferían crudo. Pero, ¡comer pescado crudo! Gregor miró con repulsión la carne fría y blanca. Sabía que no podían malgastar el combustible en cocinar el pescado. Le pasó por la cabeza la idea de calentarlo sobre el cuerpo de Fotos, pero no le gustaba el insecto lo bastante como para pedirle ese favor.

—Deberíais probarlo. No está tan malo como piensas —le dijo Howard, metiéndose un gran trozo en la boca y masticándolo—. A veces lo servimos así en el Manantial, aunque esta costumbre no ha llegado a Regalia.

Gregor mordió un pedacito y vio que no sabía mal. Entonces se acordó de que mucha gente comía *sushi*, que era pescado crudo. Muchas veces había pasado delante de restaurantes japoneses, y en los escaparates se veían expuestos trozos de pescado y de arroz en pequeñas porciones, y daban ganas de probarlas. Gregor también sabía que esos restaurantes eran caros. Él nunca había comido en ninguno de ellos, pero su amigo Larry sí, y le había dicho que no estaba mal si mojabas el *sushi* en abundante salsa de soja. Gregor cerró los ojos, se imaginó que estaba en un restaurante de lujo, y se metió un buen trozo de pescado en la boca. Echó de menos un poco de salsa de soja.

Luxa también estaba intentando comerse el pescado crudo. Gregor se daba cuenta de que a ella tampoco le gustaba mucho, pero como se suponía que no tenía que estar ahí, tampoco podía quejarse demasiado. Además, no quería que pareciera que no era capaz de comerse algo que sí comían sus primos.

Boots probó un pedacito y lo escupió sin contemplaciones. Luego se limpió la lengua repetidamente con el dorso de la mano, diciendo: «¡No *guta!* ¡No *guta!*» No era de extrañar, pues en casa todavía estaban intentando hacerle comer barritas de pescado empananizado mojadas en ketchup, y no había manera de convencerla.

Twitchtip, que se había comido media docena de peces en un abrir y cerrar de ojos, levantó de pronto la cabeza y empezó a olisquear el aire a su alrededor.

—Tierra. Nos estamos acercando a tierra.

Mareth sacó un mapa y lo inspeccionó con mucho cuidado.

—No deberíamos, faltan aún varios días para que lleguemos a tierra. Espero que el remolino no nos haya desviado de nuestro rumbo.

Howard consultó la brújula.

—No, vamos en la dirección adecuada. ¿Puedes decirnos la naturaleza de esa tierra?

—Tiene un perímetro de una milla más o menos —dijo Twitchtip, sin parar de olisquear.

—¿Perímetro? Ah, ¿entonces se trata de una isla? —quiso saber Howard. Señaló un lugar en el mapa—. Según yo, estamos aquí, pero en esta zona no se tiene constancia de ninguna isla. Aunque han pasado ya muchos años desde que se trazó el mapa de navegación de estas aguas.

—Creo que es una isla de reciente formación —dijo Twitchtip—. Huele a lava fresca.

—¿Hay vida en ella? —preguntó Mareth.

Twitchtip cerró los ojos y se concentró.

—Sí, mucha. Pero no de sangre caliente. Todo son insectos. Aunque no tengo nombre para su olor.

Gregor empezó a ponerle a Boots el chaleco salvavidas. La última vez que Twitchtip había dicho que no tenía nombre para algo, casi se ahogan todos. Una isla de insectos desconocidos no le daba buena espina.

Tras cerca de media hora de navegación, los murciélagos empezaron a levantar la cabeza. Ahora también su radar detectaba la isla.

—¿De qué tamaño son los bichos? ¿Lo sabes? —preguntó Gregor. En las Tierras Bajas todo era tan gigantesco.

—No son grandes —contestó Ares—. Son minúsculos, de hecho.

Gregor se sintió un poquito mejor al oír eso. Hasta que Aurora añadió:

—Pero los hay a millones.

—¿Puedes reconocerlos, Pandora? —quiso saber Howard. El murciélago negó con la cabeza.

—Se parecen mucho a los ácaros que encontramos en la Isla de la Concha. Pero éstos tienen una voz diferente.

—¿Cómo eran esos ácaros? —preguntó Gregor.

—Oh, eran inofensivos. Tan pequeños como la punta de un alfiler, y aunque picaban, apenas hacían daño —explicó Howard.

—Y eran muy sabrosos —añadió Pandora—. Como las pulgas azules.

Este comentario pareció despertar el interés de todos los murciélagos. Fueran lo que fueran las pulgas azules, Gregor tenía la sensación de que para los murciélagos, eran mil veces mejor que un trozo de pescado crudo.

—Tal vez debería ir a echar un vistazo. Si son como las pulgas azules, podríamos saciar nuestra hambre —dijo Pandora.

Mareth estaba reacio a dejarla marchar, pero Howard opinaba que no había problema.

—Si son ácaros, ¿qué peligro puede haber?

—Ir, yo no quiero, ir —dijo Temp, pero nadie solía hacerle mucho caso.

—¿Por qué no, Temp? —le preguntó Gregor—. ¿Sabes qué tipo de bichos son?

Temp no lo sabía, o si lo sabía, no era capaz de expresarlo. —Bicho malo —fue todo lo que acertó a decir.

—¡Ahí está! —exclamó Luxa de pronto, y la isla emergió de la oscuridad. Era visible a la luz de un pequeño volcán que escupía lava lentamente desde el centro del montículo. En un par de sitios, la lava se desbordaba y llegaba hasta el agua, produciendo un sonido parecido a un siseo. Allí donde no había lava crecía una maraña de plantas que parecían pequeñas selvas. Gregor se imaginó que dependerían de la luz de la lava, pues no había otra fuente de luz. O tal vez sólo necesitaran su calor. Su padre una vez le contó algo así, que habían descubierto que algunas plantas podían crecer sin luz siempre y cuando hubiera una fuente de calor. Bueno, fuera lo que fuera lo que utilizaran, esas plantas sobrevivían bien.

Entonces empezó a oírse como un zumbido. La isla entera vibraba llena de vida, aunque ellos no pudieran verla. A Gregor no le gustaba nada, y estaba seguro de que a Temp tampoco. Pero los demás mostraban mucha curiosidad por la nueva isla.

—Sería una lástima pasar de largo sin examinarla —dijo Howard—. Tal vez descubramos cosas que puedan ser útiles para futuros viajeros.

Y ya no había manera de retener a Pandora.

—Sí, es nuestro deber determinar por lo menos si podría ser un lugar acogedor para descansar. Algunos de nuestros voladores más vigorosos podrían emprender la travesía del Canal si supieran que pueden posarse para reponer fuerzas.

Se decidió entonces que Pandora efectuaría un rápido vuelo de reconocimiento para observar la isla desde más cerca. Ésta levantó inmediatamente el vuelo y pronto llegó a la isla. No le llevó mucho tiempo sobrevolarla entera y comunicar a los demás murciélagos la información en frecuencias tan altas que los humanos no podían percibir.

—Dice que es un lugar seguro —dijo Ares—. Y que los ácaros son aún más deliciosos que las pulgas azules.

—Bueno, entonces no veo inconveniente en que coman —dijo Mareth—. Pero sólo de dos en dos. No me gusta la idea de que se alejen todos a la vez de la canoa. Puedes ir con ella, Ares. Y después irán Aurora y Andrómeda.

Gregor tomó en brazos a Boots para que ella también pudiera ver. Una isla volcánica en medio de un mar subterráneo no era algo que se viera todos los días. «Sí, que vayan y se cercioren de que es un lugar seguro», pensó Gregor.

Pero no lo era.

Ares casi había llegado a la isla cuando todo ocurrió. Una nube negra emergió de la jungla y rodeó a Pandora. Ella no tuvo tiempo de reaccionar. Un momento antes estaba revoloteando por ahí, comiendo ácaros, y un segundo después, se la estaban comiendo a ella. En menos de diez segundos se devoraron al murciélago, que se retorcía de dolor, y no dejaron más que los huesos. El esqueleto blanco de Pandora quedó un momento suspendido en el aire, y luego se estrelló contra el suelo, en medio de la jungla.

Entonces una vocecita perpleja preguntó:

—*¿None etá el mulcélago?*

CAPÍTULO DECIMOSEXTO

Pandora! —gritó Howard horrorizado—. ¡Pandora! —Se levantó corriendo a la borda del barco y ya se disponía a saltar al agua cuando Mareth lo bajó al suelo agarrándolo con fuerza del brazo.

—¡Suéltame, Mareth! ¡Somos vínculos! —dijo Howard, debatiéndose violentamente para zafarse de Mareth.

—¡Se fue, Howard! ¡No puedes ayudarla! —le dijo.

Pero Howard era incapaz de aceptarlo. Logró liberarse y volvió a la borda del barco. Mareth lo agarró otra vez, lo obligó a darse la vuelta y, de un puñetazo, lo dejó inconsciente. Luxa retuvo a Howard cuando cayó hacia atrás. El peso del chico la hizo tambalearse, pero logró frenar su caída.

Mientras tanto, Ares, cuyo primer impulso había sido acudir en auxilio de Pandora, realizó un abrupto giro y se puso a volar con todas sus fuerzas hacia mar abierto. La nube de ácaros, que estaba tan sólo a unos metros de distancia, se elevó en el aire y se lanzó tras el murciélago. Por muy deprisa que volara Ares, la nube no se alejaba un centímetro de él.

Gregor se sintió bloqueado por el mismo pánico que se había apoderado momentos antes de Howard.

—¡Ares! —gritó—. ¡Deprisa! ¡Los tienes justo detrás de ti! —Se sentía tan impotente. No podía saltar al agua para salvar a su murciélago. No serviría de nada y, además, Mareth también lo dejaría a él sin conocimiento de un puñetazo. Y aunque consiguiera alcanzar a Ares, ¿cómo podría detener a una nube de ácaros carnívoros? Estos se acercaban a Ares por segundos. La nube negra ya casi tocaba la cola del murciélago. ¡Se lo iban a comer! Iba a ser devorado por los insectos, y su esqueleto caería al agua y..., y... ¡un momento! ¡Se le había ocurrido una idea!

—¡Sumérgete, Ares! —gritó Gregor—. ¡Sumérgete en el agua! —Al principio no estaba seguro de que el murciélago lo hubiera oído—. ¡Sumérgete! —volvió a gritar aún más fuerte.

Y justo cuando los ácaros iban a darse un festín con su cola, Ares se sumergió en el agua. Gregor no estaba muy seguro de lo que podría suceder, pero le parecía haber visto que la gente a veces se metía en el agua para escapar de algunos insectos, como abejas, avispas y otros. Si Ares permanecía debajo del agua, no podrían llegar hasta él, esto era lo único que Gregor sabía. Su plan no iba más allá. Era un poco limitado, sí, porque pronto llegaría un momento en que Ares tuviera que subir a la superficie para respirar. Pero al final resultó que la idea de Gregor había sido buena, porque en ese momento los peces —¡esos maravillosos peces!— emergieron de las profundidades y empezaron a comerse a los ácaros. La nube de diminutos insectos se detuvo y lanzó un contraataque. Cuando Ares subió a tomar aire, los ácaros se habían olvidado de él, y estaban muy ocupados en derrotar a un nuevo enemigo para convertirlo en presa.

—¡Voladores! ¡Las cuerdas! —ordenó Mareth. Andrómeda y Aurora atraparon los cabos delanteros y arrastraron la embarcación por el agua. Ares los alcanzó enseguida y agarró la cuerda trasera. Juntos los tres murciélagos levantaron por los aires la canoa y se alejaron de la isla a toda velocidad. Mareth los hizo volar durante varias millas antes de permitirles dejar la embarcación en el agua y posarse a descansar.

Ares soltó la cuerda, pero tardó un rato en reunirse con ellos en la canoa. Se sumergía en el agua una y otra vez, hasta que por fin, unos veinte minutos después llegó empapado, exhausto y tembloroso.

—Los ácaros —explicó—. Algunos me han alcanzado y me estaban comiendo vivo. Pero creo que ya los he ahogado a todos en el agua.

—¿Te encuentras bien? —le preguntó Gregor, dándole una torpe palmadita en el lomo.

—Sí, estoy bien —dijo Ares—. Sólo tengo unas pequeñas heridas. En cambio... —Pero el murciélago no terminó la frase. Todos sabían lo que venía después.

Gregor secó a Ares con una toalla. Luxa lo ayudó a inspeccionar cada centímetro de su pelaje y a aplicarle un ungüento allí donde los ácaros lo habían mordido. Encontraron muchas heridas, sí, pero Ares tenía razón: todos los ácaros se habían ahogado.

—Ha sido buena, Gregor. Tu idea de que me sumergiera —dijo Ares.

—Sí, ha sido muy inteligente de tu parte saber que los peces saldrían a comerse a los ácaros —corroboró Luxa.

—Bueno, yo en realidad no había previsto lo de los peces —reconoció Gregor—. Pero desde luego, menos mal que estaban ahí.

Cuando terminaron de curarlo, Aurora y Andrómeda se acurrucaron junto a él, y los tres murciélagos se quedaron dormidos. Gregor se alegraba de que Andrómeda ya no marginara a su vínculo. Tal vez se había dado cuenta de que Aurora preferiría a Ares, y ella se encontraría sola ahora que ya no estaba Pandora. Fuera cual fuera el motivo, Gregor pensó que Ares necesitaba compañía.

Mareth ya tenía bastante tarea con llevar el timón del barco, de modo que Gregor y Luxa se esforzaron por cuidar de Howard. Seguía sin conocimiento. Le hicieron una cama, lo cubrieron con una manta, y se turnaron para aplicarle compresas frías sobre la mandíbula hinchada.

—¿Crees que deberíamos intentar despertarlo? —preguntó Gregor. Luxa negó con la cabeza.

—Tiene el resto de su vida para llorar la muerte de Pandora —dijo.

Todos permanecieron muy callados aquel día. Los murciélagos durmieron con un sueño agitado. Twitchtip contemplaba el agua, Mareth llevaba el timón, Boots y Temp se inventaban jueguecitos, y las luciérnagas, posadas sobre la proa del barco, se murmuraban cosas al oído sin quejarse.

Gregor y Luxa se sentaron uno al lado del otro, observando a Boots y a Temp. Durante un buen rato permanecieron en silencio. Gregor no cesaba de revivir en su cabeza la espantosa muerte de Pandora, y sospechaba que Luxa estaba haciendo lo mismo.

Por fin, como si ya no pudiera soportarlo más, Luxa le dijo:

—Háblame de las Tierras Altas, Gregor.

—Claro —contestó, él también necesitaba desesperadamente distraerse un poco de sus pensamientos—. ¿Qué quieres saber?

—Oh, cualquier cosa. Dime, por ejemplo, cómo es un día allí, desde la hora de despertarse hasta la hora de acostarse —dijo.

—Uy, pues es muy distinto según quién seas —le contestó Gregor.

—Entonces háblame de cómo es un día tuyo.

Y así lo hizo Gregor. Le contó el último día que había pasado allá arriba, pues era del que mejor se acordaba. Le contó que era sábado, y que por lo tanto no había colegio, que había ayudado a la señora Cormaci a cocinar, le había comprado a Lizzie un libro de pasatiempos y luego se había llevado a Boots a montar en trineo. No mencionó la escasez de comida, ni la enfermedad de su padre, pues hablar de esas cosas le angustiaba aún más, y ya tenían bastantes preocupaciones. Se concentró en los mejores momentos del día.

Luxa hacía alguna pregunta de vez en cuando, sobre todo cuando Gregor empleaba una palabra que le era desconocida, pero la mayor parte del tiempo lo escuchaba sin más. Cuando terminó de hablar, se quedó pensativa unos minutos, y luego dijo:

—Me gustaría poder ver la nieve.

—Deberías subir alguna vez —dijo Gregor, y Luxa se rió—. No, en serio, deberías subir a pasar un día. O unas cuantas horas, por lo menos. El lugar donde yo vivo es chévere. O sea, no es un palacio, ni nada por el estilo. Pero Nueva York es una ciudad genial, no se parece a ninguna otra ciudad del mundo.

—¿No crees que los habitantes de las Tierras Altas me verían extraña? —preguntó Luxa.

Sí, eso era un problema. Esa piel translúcida, esos ojos violetas...

—Te pondríamos un suéter de manga larga, un sombrero, y unas gafas de sol —le contestó Gregor—. No estarías mucho más rara que la mitad de la gente que vive allí. —De repente la idea casi lo entusiasmaba—. Y podríamos salir al atardecer, para que el sol no te hiciera daño en los ojos. Mira, con que diéramos la vuelta a la manzana y fuéramos a comer una pizza, ¡para ti ya sería toda una experiencia nueva!

Ambos se sintieron felices un momento, pensando que estaban en Nueva York, pensando que estaban en otro lugar.

Entonces, Luxa suspiró y se llevó la mano a la cabeza como apuntando hacia su corona.

—Por supuesto, el Consejo nunca me permitiría ir a las Tierras Altas.

—Sí, claro, como si a ti eso pudiera detenerte —le contestó Gregor.

Luxa le sonrió de oreja a oreja, y estaba a punto de contestarle, cuando Howard dejó escapar un gemido.

—¿Pandora? —preguntó. Se incorporó tan deprisa, que tuvo que agarrarse a Temp para no perder el equilibrio. Pasó la mirada por la canoa, y sus ojos se posaron sobre los tres murciélagos acurrucados juntos. Miró hacia arriba, como si tal vez todo hubiera sido un sueño nada más, y Pandora estuviera volando por encima de su cabeza. Pero por supuesto, no estaba ahí—. ¿Pandora? —Se llevó la mano a la mandíbula dolorida, y se volvió hacia Mareth.

—No pudiste salvarla, Howard. Ninguno de nosotros pudo —le dijo Mareth con dulzura.

Gregor pudo ver cómo todo el peso de la muerte de Pandora se abatía sobre los hombros de Howard, aplastándolo. El muchacho escondió la cara tras las manos y se echó a llorar. Gregor sintió que se le partía el corazón.

Boots se acercó a él y empezó a darle palmaditas en la nuca.

—Ya *etá*, ya *etá*, ya pasó todo, bonito —le dijo para consolarlo. Eso era lo que le decían a ella cuando estaba triste. Pero fue como si su dulzura no hiciera sino aumentar el dolor de Howard, que lloró aún más fuerte. Boots miró entonces a su hermano—. *Gue-go, etá llolando.*

Gregor sabía que la niña quería que él hiciera algo para arreglar la situación. Pero Gregor no sabía qué hacer. Entonces ocurrió algo inesperado.

Luxa se levantó, con el rostro más pálido de lo habitual. Se dirigió a su primo, se sentó a su lado, y lo rodeó con sus brazos. Apoyando la frente en su hombro, dijo:

—Siempre volará contigo. Lo sabes. Siempre volará contigo.

Howard hundió el rostro en su regazo, y Luxa apoyó la mejilla en la frente de su primo. Pasó mucho tiempo antes de que ambos dejaran de llorar.

CAPÍTULO DECIMOSÉPTIMO

La cena de Gregor consistió únicamente en pescado crudo, pues le dio su pequeña ración de pan y carne a Boots. Temp, Howard y Ares hicieron lo mismo, hasta saciar el hambre de la niña. Tras un gran bostezo, ésta preguntó:

—¿*Celamos* los ojitos?

—Sí, Boots, cerramos los ojitos —le contestó su hermano, y la niña se acurrucó junto a él en el suelo.

Howard, pálido como un muerto salvo por el moratón que manchaba su mandíbula, insistió en encargarse él del timón para que Mareth pudiera descansar. Temp hizo guardia mientras Zap iluminaba la noche.

Antes de que los demás se quedaran dormidos, Twitchtip dijo:

—Nos estamos acercando. Huelo a ratas.

—¿Y las serpientes? —quiso saber Mareth—. ¿Siguen dormidas?

—Sí, pero dentro de poco emergerán a la superficie. Y son letales —informó Twitchtip.

Desde luego ésta no era la última conversación que Gregor necesitaba oír antes de quedarse dormido.

Ratas..., serpientes... letales... Especialmente cuando ya lo preocupaban otras palabras como «enrabiado»..., «matar»..., «Destrucción». No conseguía apaciguar sus pensamientos. Entraba y salía de una especie de visión, sin llegar a conciliar del todo el sueño, por lo que fue el primero en ponerse de pie cuando Temp dio la alarma.

—Se van, los iluminadores, ¡se han ido! —exclamó con su voz ronca.

Gregor se incorporó, abrió los ojos y... no vio nada. La oscuridad era total. A su espalda oyó a Howard murmurar: «¡Malvadas criaturas maquinadoras!»

Gregor encendió la linterna que siempre tenía a mano, junto a su "cama". Todos se estaban despertando.

—¿Qué pasa? ¿Qué sucede? —preguntó Mareth, poniéndose en pie de un salto.

—¡Los iluminadores nos abandonaron! —le informó Howard, encendiendo una antorcha.

—¿Abandonaron? ¡Pero se comprometieron a permanecer con nosotros todo el viaje! —protestó Mareth.

—Se comprometieron ¿con qué? ¿Su honor? No tienen honor. ¿Su palabra? ¡Tampoco vale nada! Lo único que compromete a los iluminadores es el estómago, y como no podemos satisfacerlo, ¡nos abandonaron! —exclamó Howard.

—¿Pero adónde van a ir? —preguntó Gregor. Ya estaban lejísimos del lugar en el que los insectos se habían unido a ellos.

—Se irán con las ratas —dijo Twitchtip en un tono neutro—. Recibirán comida y protección en el camino de vuelta a casa a cambio de información sobre nuestro paradero. —La rata miró sus rostros desalentados—. El lado bueno es que ya no tendremos que oírlos quejarse por todo.

Durante un instante, todos se quedaron muy sorprendidos para poder articular palabra. ¡Twitchtip había hecho un chiste! Después, todos —humanos, murciélagos, cucaracha y rata— rompieron a reír. Si había algo en lo que todos estaban de acuerdo, era en lo pesadas que habían sido las luciérnagas.

—Sí —corroboró Luxa—. Eso será una bendición. —Ella y Twitchtip se miraron—. Pero es una lástima que no llegaras a comértelos.

—Oh, los iluminadores saben muy feo —contestó Twitchtip—. Sólo los amenacé para que se callaran.

—Bueno, nadie los echará de menos, pero nos dejaron en un gran aprieto —dijo Mareth—. ¿Cuánto combustible nos queda, Howard?

Éste hizo un gesto pesimista con la cabeza.

—No mucho. La mayor parte estaba en la otra canoa. Llegaremos hasta el Dédalo, pero después de eso ya no nos quedarán muchas horas de luz.

Luz, vida... Ambas palabras eran intercambiables en las Tierras Bajas.

—¡Yo tengo vida! Quiero decir luz! ¡Yo también tengo luz! —exclamó Gregor.

—A ti te espera la tarea más difícil, Gregor —dijo Howard—. Debes conservar tu luz.

—Sí, bueno, eso haré, parte de ella al menos. Pero el resto puedo repartirlo. ¡Espera un momento! —Gregor vació el contenido de su mochila en el suelo. Había cuatro linternas contando con aquella con la que dormía, más la pequeñita que le había dado la señora Cormaci, y un montón de pilas sin gastar. Había usado muy poco las linternas desde la llegada de las luciérnagas. También tenía un rollo de cinta aislante.

—¡Oye, Luxa, dame tu brazo! ¡No con el que sostienes la espada, el otro! —le dijo. Luxa le tendió el brazo sin disimular su curiosidad. Gregor le puso encima una linterna de manera que ésta iluminara por delante de su muñeca, y luego se la pegó al brazo con cinta aislante, cuidando de no tapar el botón de encendido y apagado—. ¡Ya está! Así no tendrás que sujetarla con la mano, pero tampoco se te podrá caer.

De inmediato, Luxa encendió la linterna y alumbró con ella a su alrededor.

—Oh, sí, Gregor, esto funcionará bien.

Gregor también enganchó linternas a los brazos de Howard y de Mareth, y luego hizo lo propio consigo mismo. En su caso, sin embargo, tuvo que utilizar el brazo que sostenía la espada, pues el otro seguía aún muy maltratado por las heridas que le había causado el tentáculo del calamar.

Entonces una manita se acercó hasta él y le dio una palmadita en la panza.

—Yo *tamén, Gue-go*. ¡Boots *tamén quere* luz!

—Lo siento, Boots, ya no me quedan linternas. Ah, sí, espera un momento —le dijo. Tomó la mini linterna y se la enganchó a su hermanita en la manga.

Muy contenta, la niña se acercó corriendo a la cucaracha.

—¡Temp, Boots *tamén tene* luz!

—Sí, bueno, pero tienes que apagarla. Hay que conservar la luz, ¿de acuerdo? —dijo Gregor, apagando su linterna. Se lo dijo a la niña, pero los demás, que también tenían las suyas encendidas, las apagaron enseguida, con sentimiento de culpa. Gregor sonrió. Saltaba a la vista que pensaban que sus linternas molestaban un montón.

Sólo le quedaban unas seis pilas de repuesto. Todos los demás insistieron en que se las guardara él, y Gregor no se hizo mucho de rogar. Howard tenía razón cuando decía que era Gregor quien tenía que aniquilar a la Destrucción y, desde luego, si tenía que hacerlo a oscuras, y sin más ayuda que la ecoubicación, estaba perdido.

Un segundo antes de apagar su linterna, algo llamó la atención de Gregor. Durante días habían navegado por una gran extensión de agua, sin más tierra a la vista que la horrible isla. Ahora en cambio descubrió altísimos muros de roca a cada lado de la canoa. Debían de estar en un canal, o algo parecido.

Twitchtip no paraba de olisquear como una loca.

—Llegaremos en pocos minutos. Y los iluminadores han hecho su trabajo: las ratas nos están esperando.

—¿Puedes calcular cuántas? —preguntó Luxa.

—Cuarenta y siete —contestó el animal sin un segundo de vacilación—. Están aguardando en los túneles que hay encima del Tanque.

—¿Del tanque? ¿A qué te refieres? —preguntó Gregor sin comprender.

—El Tanque es un gran pozo circular y muy profundo, lleno hasta la mitad de agua. Las serpientes duermen en el fondo —explicó Twitchtip.

—¿Entonces las serpientes son peces, o algo así? —preguntó Gregor.

—No, respiran aire. Pero pueden dormir debajo del agua durante largos periodos de tiempo —le explicó Howard.

Gregor pensó entonces en los cocodrilos, que también podían dormir debajo del agua. Esperaba que estos no fueran cocodrilos gigantes, pues bastante miedo daban ya los de tamaño normal

—¡La huelo! —exclamó Twitchtip. Se levantó sobre las patas traseras, apoyando las delanteras sobre la borda del barco—. ¡Huelo a la Destrucción!

Hasta ese momento, Gregor había tenido la secreta esperanza de que los habitantes de las Tierras Bajas estuvieran totalmente equivocados. La esperanza de que tal vez la Destrucción no fuera sino una leyenda, un mito, o algo así, y que las ratas se hubieran limitado a hacer correr el rumor de que estaba en el Dédalo. Pero si Twitchtip podía olerla...

—¿Estás segura? —le preguntó Gregor—. O sea, ¿cómo sabes que es la Destrucción y no cualquier otra rata?

—Puedo oler su blancura —contestó Twitchtip—. Es sólo una sensación fugaz, que me asalta de vez en cuando. Está en lo más profundo del Dédalo, y nos separan de ella muchas capas de piedra. Pero está ahí, no cabe la menor duda.

Gregor sintió la necesidad de moverse, y empezó a recorrer sin parar el escaso metro de suelo que le correspondía en la embarcación.

—Bien, ¿y cuál es el plan? O sea, ¿qué hacemos cuando lleguemos al pozo ese?

—Al Tanque —lo corrigió Howard—. Hay varias entradas al Dédalo por los túneles que se abren encima del Tanque. Nuestro plan original consistía en introducirnos en secreto por uno de ellos y buscar a pie a la Destrucción. Pero eso era antes de que los iluminadores nos abandonaran.

—Muy bien, pues adiós al plan A entonces. ¿Cuál es el plan B? —preguntó Gregor. Hubo un largo silencio—. ¡Vamos, siempre hay un plan B!

—En defensa del Consejo, Gregor, tengo que decir que ya fue una ardua tarea concebir el plan A —dijo Mareth—. En las Tierras Bajas, si se da la eventualidad de que un plan falle, nos suelen quedar dos opciones a las que recurrir: luchar o huir.

—¿Huir? —Por encima de ellos sólo había túneles llenos de ratas. A sus espaldas, sólo estaba el Canal, sin ningún sitio en el que aterrizar exceptuando la isla de los insectos carnívoros—. ¡No se puede huir a ninguna parte! —exclamó Gregor.

—Eso facilita mucho nuestra elección —dijo Howard, mientras empezaba a repartir espadas.

—Twitchtip, ¿qué entrada multiplica nuestras probabilidades de sobrevivir? —preguntó Mareth.

—Hay una en el extremo más alejado del Tanque. Está justo a ras del agua, y hace años que las ratas no van por allí. Tal vez la hayan olvidado, o tal vez tenga algún peligro que las mantiene alejadas, aunque no logro detectar cuál podría ser —declaró el animal.

—¿Puedes llevarnos hasta ella cuando entremos en el Tanque? —preguntó Mareth.

—Ya estamos en él —contestó Twitchtip.

Gregor encendió su linterna, y los demás lo imitaron. Estaban flotando sobre lo que parecía una gigantesca piscina redonda. La superficie del agua era tan lisa como la de un espejo. No había playas: el agua chocaba directamente con los altos muros de roca que la rodeaban. En éstos se abrían túneles a diferentes alturas: algunos casi a ras del agua, otros a cientos de metros por encima. En muchos de ellos Gregor distinguió grandes ratas.

Nadie se movía, ni las ratas, ni ellos. Un inquietante silencio lo envolvía todo. Entonces se oyó un tenue ruido, como si estuvieran arañando la roca.

¡Plof! Algo cayó al agua, a estribor, provocando una gran salpicadura como un chorro, que se elevó por los aires. ¡Plof! ¡Plof! Las ratas estaban lanzando piedras al agua desde los túneles.

—Pues vaya un ataque. Ninguna de esas rocas está cayendo cerca de nosotros —comentó Gregor. Era verdad, las piedras se estrellaban contra el agua a unos doscientos metros de ellos. Gregor se sintió un poquito mejor al ver que las ratas no les estaban haciendo daño.

¡Plof! ¡Plof! ¡Plof! ¡Plof!

Luxa frunció el ceño.

—Hay algo extraño en esto —dijo.

Mareth asintió con la cabeza.

—Sí. No es propio de los roedores malgastar sus energías en ataques tan insignificantes como éste.

Howard abrió entonces unos ojos como platos, y empezó a mover los brazos frenéticamente.

—¡Levanten la canoa! ¡Voladores, levanten la canoa ahora mismo!

Sin vacilar, Twitchtip se puso en pie de un salto casi al mismo tiempo.

—¡Se están despertando! ¡Se están despertando! ¡Huyamos! ¡Rápido!

Y entonces Gregor lo comprendió todo. Las ratas no estaban tratando de hundir su canoa con las piedras, ¡su objetivo era despertar a las serpientes! Aurora y Andrómeda atraparon los dos cabos delanteros, mientras Ares asía con las garras los dos traseros. Levantaron la canoa del agua, volando en círculos mientras se elevaban.

—¿Hacia dónde volamos? —preguntaron los tres murciélagos casi al unísono.

—Twitchtip, ¿en qué dirección está el túnel? —le preguntó Mareth.

—¡Deja de girar tan rápido y les podré decir! —pidió la rata. Los murciélagos describieron círculos más lentos, y Twitchtip indicó un túnel que se abría justo delante de ellos—. ¡Allí! ¡El que tiene forma de arco!

Gregor lo alumbró con su linterna. Apenas medía dos metros de alto, y casi se podía entrar nadando.

—¡Pero si está medio debajo del agua! ¡Ni siquiera sabemos si tiene fondo!

—Sí tiene, un poco más adelante. Mira, no hay tiempo para caprichos —contestó Twitchtip en tono cortante—. ¡Las serpientes!

¡Chin! Algo golpeó uno de los lados de la canoa, arrancando un pedazo. La nave se inclinó hacia un lado. A los murciélagos les costó mucho esfuerzo no soltar los cabos.

Gregor pensó que alguna de las rocas habría impactado contra la canoa, y entonces lo vio.

—Oh —dijo con un hilo de voz—. ¡Caray!

El primer pensamiento que cruzó por su mente fue: «Vaya, o sea que al final no es verdad que se extinguieran». Se refería a los dinosaurios, pero ésa no era la descripción exacta de lo que estaba viendo. Los dinosaurios podían caminar sobre el suelo, esta criatura en cambio se propulsaba mediante aletas. Debía de ser algún tipo de reptil acuático, pero tan antiguo como los dinosaurios. Y tan grande como los enormes esqueletos que Gregor había visto en el museo de ciencias naturales de Nueva York. Su cuerpo tenía una forma ovalada, con una cola que parecía un látigo, y que se estrellaba contra el agua una y otra vez, provocando olas que agitaban la superficie del Tanque. El cuello medía unos diez metros de largo, y en la punta de su piel cubierta de escamas había una cabeza en forma de bala. Allí donde tendrían que haber estado los ojos sólo había unas pequeñas cavidades, pues hacía tiempo que éstos habían desaparecido, en alguna fase de la evolución del animal. ¿De qué servía tener ojos allá abajo? El monstruo abrió la boca, dejando escapar un grave aullido que aterrorizó a Gregor tanto como debió de asustar al primer ser vivo que entró en contacto con el monstruo. Entonces su linterna iluminó la boca del animal: centenares de dientes repartidos en tres hileras se acercaron a ellos, y de un bocado arrancaron otro pedazo de canoa.

—¡Abandonemos el barco de inmediato! —consiguió articular Mareth.

Gregor estaba impresionado de que el soldado hubiera logrado decir una frase coherente. Con una mano agarró a Boots y su mochila, y buscó a Ares con la mirada.

—¡A la cuenta de tres, todo el mundo salta! —ordenó Mareth.

Gregor se dio cuenta de que quería decir que saltaran por la borda. Era la única manera de que los murciélagos pudieran tomarlos. Gregor se encaramó a la borda.

—¡Una, dos y tres! —Gregor sintió que sus piernas tomaban impulso sobre la canoa, y un instante después había saltado al vacío, pero casi al momento apareció Ares por debajo de ellos. El murciélago realizó un giro, y Temp aterrizó detrás de ellos. La pobre cucaracha temblaba como una hoja. Bueno, ¿y quién no? Temp empezó a darle golpes en la espalda con la cabeza, y al darse la vuelta, Gregor vio que el insecto tenía su espada en la boca.

—¡Huy, Temp, muchas gracias! —dijo Gregor, empuñando el arma con el brazo sano. Ni siquiera se había acordado de tomarla. ¡Vaya, qué buen guerrero!

Todos habían encendido sus linternas a toda potencia, y menos mal, pues la única antorcha que habían prendido acababa de caer al agua, apagándose al instante. Una pesadilla prehistórica se desarrolló ante sus ojos. Media docena de serpientes había quebrado la superficie del Tanque, y Gregor tenía el presentimiento de que detrás de éstas vendrían otras más. Agitaban sus cabezas y sus colas, tratando de golpear cuanto encontraban a su paso. Como no tenían ojos, Gregor se imaginó que dependerían de algún otro sistema de localización. Tal vez la ecoubicación incluso.

No había posibilidad de luchar contra ellas. Lo único que Gregor podía hacer era aferrarse al lomo de Ares mientras el murciélago esquivaba como un loco las embestidas de las cabezas y las colas. Gregor vio de reojo a Mareth y a Howard a lomos de Andrómeda, a Luxa montada sobre Aurora..., pero ¡un momento! ¿Dónde estaba Twitchtip? Oyó un chillido y vio al pobre animal colgando de la cola, atrapada entre los dientes de una serpiente.

—¡Vamos por ella, Ares! —exclamó, y el murciélago se lanzó en picado sobre la rata. Gregor blandió su espada para atacar, pero justo en ese momento la cola de una serpiente alcanzó de lleno a Ares, y lo mandó despedido, dando vueltas por los aires. Boots cayó de entre sus brazos—. ¡Boots! ¡No! —gritó Gregor—. ¡Ares! ¡Cógela a ella, Ares! —Pero el murciélago lo salvó primero a él.

—¡Luxa ha recogido a Boots! —exclamó el murciélago antes de que Gregor se volviera loco de angustia—. ¡Luxa tiene a Boots y a Temp!

—¡A los túneles! —gritó Howard, pasando por su lado a toda velocidad, a lomos de Andrómeda—. ¡A los túneles! —Estaba de pie sobre el murciélago, tratando de sujetar a Mareth, que estaba inconsciente y todo cubierto de sangre.

Unas altísimas olas agitaban ahora la superficie del Tanque, estrellándose contra las paredes de roca. Algunas ratas que no se habían escondido a tiempo en los túneles gritaban, atrapadas entre las fauces de las serpientes. El aire estaba lleno de salpicaduras torrenciales, provocadas por los coletazos de los reptiles.

Gregor sintió que el murciélago se lanzaba en picado sobre las olas, y durante unos segundos, quedaron bajo el agua. Cuando volvieron a emerger a la superficie, Gregor tosía, sin saber dónde estaba ni lo que estaba ocurriendo. Sentía que su murciélago luchaba por zafarse de algo pesado. Se elevaron por el aire, retorciéndose a un lado y otro, mientras Ares esquivaba una y otra vez las numerosas bocas que trataban de asestarles dentelladas. Entonces el murciélago se lanzó como una bala sobre una pared de roca, se agachó, y entraron en un túnel.

Ares dejó caer a su jinete y se derrumbó. Gregor golpeó el suelo con un golpe sordo. En el túnel, a su espalda, brillaba una luz. Howard se esforzaba rápidamente atendiendo a Mareth, que se encontraba tendido en el suelo, mientras Andrómeda los protegía con su cuerpo. Una de las partes del pantalón de Mareth estaba empapada de sangre. Delante de él, Gregor descubrió un tembloroso montón de piel: era Twitchtip. La sangre manaba a borbotones de su hocico, que parecía aplastado, y de su cola sólo quedaba un muñón sanguinolento.

Algo se oyó a la entrada del túnel, y Gregor dirigió hacia allí el haz de luz de su linterna, esperando ver aparecer a Aurora con Luxa, Boots, y Temp.

En su lugar, aproximándose a ellos a toda velocidad por el túnel, Gregor vio tres hileras de dientes gigantescos.

CAPÍTULO DECIMOCTAVO

La espada que Temp había rescatado seguía en su mano. Justo cuando las fauces estaban a punto de cerrarse sobre Twitchtip, Gregor saltó por encima de ella y clavó la hoja en la lengua de la serpiente. Un líquido salió despedido como un surtidor y aterrizó sobre su cara. Gregor retrocedió tambaleándose y resbaló sobre un charco de sangre de Twitchtip. Sus pies perdieron el equilibrio y cayó junto al cuerpo de la rata.

El monstruo retrocedió, golpeándose la cabeza contra el techo del túnel, provocando una lluvia de rocas que se abatió sobre ellos. Gregor sintió en su cuerpo las vibraciones del rugido de la serpiente. Ésta seguía golpeándose la cabeza contra las paredes, ciega de dolor y de rabia, mientras se retiraba del túnel, con la espada aún clavada en la lengua.

¿Vendrían más serpientes después de ésta?

—¡Necesito otra espada! —gritó Gregor, y Howard le lanzó una. Gregor seguía en cuclillas delante de Twitchtip, con todos los sentidos alerta. Sentía que estaba a punto de entrar en la dimensión de enrabiado. Luchó contra ello, tratando de no perder el control mientras seguía a la espera del próximo ataque letal. Éste nunca llegó. Tal vez se había corrido la voz de que si metías la cabeza por ese túnel te podías hacer daño en la lengua. O tal vez las serpientes habían encontrado comida más interesante en otro lado. Fuera cual fuera el motivo, la situación se estaba calmando allí abajo. Los aullidos se fueron haciendo menos frecuentes, así como las salpicaduras.

Gregor relajó los músculos de sus manos y miró a su alrededor. Ares estaba justo detrás de él, cubriéndole las espaldas. Twitchtip se había llevado ambas patas delanteras al hocico para detener la hemorragia. Howard golpeaba el pecho de Mareth, haciéndole un masaje cardiaco para que su corazón volviera a funcionar.

—¡Mareth! —Gregor llegó corriendo al sitio donde yacía el soldado en el suelo—. ¡Vamos, Mareth!

Howard golpeó un par de veces más y acercó el oído al pecho de Mareth.

—¡Su corazón vuelve a latir! ¿Qué llevas en tu bolsa, Gregor?

Vació el contenido en el suelo. Tenía las últimas pilas que quedaban, el rollo de cinta aislante, los dos chocolates, y unos pocos pañales que había metido para tenerlos a mano por si había que cambiar a Boots.

Howard desgarró lo que quedaba del pantalón empapado en sangre de Mareth, dejando al descubierto una herida abierta.

—Lo mordió una serpiente cuando acudió en auxilio de Twitchtip. —Howard presionó tres pañales sobre la herida—. Sujétalos —ordenó a Gregor, y luego los fijó con cinta aislante a la pierna del soldado. Después se sentó en cuclillas un momento e hizo un gesto pesimista con la cabeza—. Tenemos que llevarlo a casa, si queremos que sobreviva. Dale calor, Andrómeda, mientras curo a la rata.

El murciélago envolvió al herido en sus alas, mientras repetía: «Tengo que llevarlo a casa. Tengo que llevarlo a casa.».

Howard tomó los dos pañales que quedaban y se acercó a Twitchtip. Utilizó uno para vendar el muñón de su cola.

—Siento haber tenido que cortarte la cola —le dijo a la rata. Era la única forma de liberarte de la serpiente.

—Yo misma me la habría arrancado a mordiscos de haber podido hacerlo— dijo Twitchtip.

Howard le colocó el otro pañal sobre el hocico y se lo sujetó con cinta aislante.

—Tienes que respirar por la boca hasta que se cure. —La rata asintió con la cabeza.

—¿Qué fue lo que te pasó en el hocico? —quiso saber Gregor.

—Justo antes de que Howard me liberara, una serpiente me golpeó con la cola —le contó la rata—. No puedo oler nada.

—¿No puedes oler? —repitió Gregor. Eso significaba que Twitchtip no podría encontrar a la Destrucción, pero había otro asunto mucho más urgente—. ¿Entonces no puedes oler dónde está mi hermana?

—No te angusties, Gregor. Mi prima y Aurora forman un excelente equipo. Estoy seguro de que se habrán refugiado en uno de los túneles —dijo Howard, pero no parecía muy convencido.

—Creo que ésa era su intención —dijo Twitchtip, evitando la mirada de Gregor. Éste sintió cómo que se detenía el tiempo.

—¿Crees que ésa era su intención? —repitió.

La rata vaciló un segundo.

—Era todo muy confuso. La serpiente me hacía dar vueltas sujetándome por la cola, y con tanto movimiento no me resultaba fácil situar los olores.

—Luxa y Aurora tomaron a Boots. También tomaron a Temp. Aurora me lo dijo —declaró Ares.

—Sí, es cierto. Sé que sus olores estaban todos juntos. Pero entonces..., entonces... había agua entre nosotros y ellos —siguió diciendo Twitchtip.

—¿Qué significa eso? ¿Qué es eso de que había agua entre nosotros y ellos? —preguntó Gregor.

—Significa... que todavía podía olerlos. Pero había agua entre nosotros y ellos. Muchos metros. Su olor se iba debilitando. Y fue entonces cuando la serpiente me golpeó en el hocico y todo quedó a oscuras —dijo Twitchtip.

—Entonces... ¿piensas que los hundieron bajo el agua? —preguntó Howard.

—No estoy segura. Pero si me preguntaran mi opinión, diría que eso fue lo que ocurrió —dijo Twitchtip. Levantó la mirada hacia Gregor—. Lo siento.

—No ha ocurrido tal cosa. Voy a llamar a Aurora. ¡Voy a llamarla ahora! —declaró Ares, y salió volando del túnel.

Mientras tanto, nadie se movió. Lentamente, el cuerpo de Gregor se estaba convirtiendo en hielo. Primero se le fueron entumeciendo los pies, y luego poco a poco también las piernas, las caderas, hasta el estómago. Cuando Ares volvió y aterrizó a su lado, la sensación gélida ya le había alcanzado las costillas.

—No hay respuesta —dijo el murciélago.

Y el hielo invadió el corazón de Gregor.

Si muere la cría, muere el Guerrero a su vez
Pues muere lo más esencial de su ser.

Habían matado a Boots. ¡La habían matado! No podía haber nada peor que eso.

Aún paralizado, se imaginó volviendo a Nueva York y entrando en su casa..., solo.

—¿Qué quieres hacer, Gregor? —preguntó Howard, cuando había transcurrido quién sabe cuánto tiempo.

Si muere la cría, muere el Guerrero a su vez
Pues muere lo más esencial de su ser.
Y muere la paz de estas tierras también
Otorgando a los roedores la llave del poder.

Los roedores estarían en alguna parte celebrándolo. Haciendo rechinar los dientes, riendo, y felicitándose unos a otros por lo bien que les había salido el plan de matar a su hermanita para partirle a él el corazón.

Lo más irónico era que, por primera vez, Gregor veía claramente lo que debía a hacer.

—¿Gregor? —repitió Howard.

El hielo había subido por su cuello, y su voz sonó fría y tranquila.

—Quiero que vuelvas a casa. Lleva a Mareth a Regalia. A Twitchtip también, si puedes —declaró.

—¿Y tú qué vas a hacer, Gregor? —preguntó la rata preocupada.

Gregor notó cómo desaparecía de su cuerpo la última sensación de calor mientras el hielo recorría su frente, hasta cubrir por completo su cabeza. Ya nadie podía hacerle más daño. Ya nada le daba miedo.

—¿Yo? —dijo—. Voy a matar a la Destrucción.

tercera parte

EL DÉDALO

CAPÍTULO DECIMONOVENO

No puedes. No puedes hacerlo solo —objetó Howard, negando con la cabeza.

—Sí puedo —contestó Gregor—. Diles por qué sí puedo, Twitchtip.

La rata miró a Gregor arqueando una ceja, para asegurarse de que el chico estaba convencido de lo que decía. Éste asintió con la cabeza.

—De acuerdo —dijo Twitchtip—. Tiene alguna posibilidad. Es un enrabiado.

La palabra causó cierto efecto en cada uno de los presentes. Ares y Andrómeda agitaron las alas, y Howard se quedó con la boca abierta.

—¿Un enrabiado? —repitió—. ¿Cómo lo sabes?

—Los enrabiados exhalan un olor particular cuando luchan —contestó Twitchtip—. Es tenue, incluso para mí, pero alcanzo a detectarlo. Lo percibí la primera vez que vi a Gregor, pero no estaba segura, porque bien podía haberlo confundido con el de Ripred, pues él también había estado luchando al mismo tiempo.

—Ése fue el día que alcancé las quince bolas de sangre —explicó Gregor—. Fue la primera vez que me sentí así.

—Sí, y después, cuando nos atacó el calamar, ya no me quedó ninguna duda —dijo Twitchtip—. Unos días después le dije que era un enrabiado, pero él lo negó.

Hubo una pausa, y Gregor sintió sobre sí el peso de todas las miradas.

—Porque no quería que fuese verdad. Pero lo que yo quiera no cuenta. No sé qué me pasa: algo ocurre en mi interior cuando lucho. Algo extraño. Y si Twitchtip piensa que detecta en mí este olor de los enrabiados, entonces seguro que tiene razón.

—Bueno, supongamos que es cierto, Gregor, y eres un enrabiado. Eso no te hace inmortal. No significa que puedas entrar solo en un laberinto lleno de ratas —volvió a objetar Howard.

—Gregor no estará solo —intervino Ares—. Yo estaré con él.

—Y yo lo guiaré por el Dédalo todo lo que pueda —dijo Twitchtip—. Antes de perder el sentido del olfato, pude detectar bastante bien dónde estaba esa rata de manto blanco. Si no puedo llevarlo hasta la Destrucción, por lo menos puedo dejarlo cerca.

—Entonces también iremos Andrómeda y yo —declaró Howard.

—No están invitados —contestó Gregor.

—¿Qué? —dijo Howard.

—No los quiero en el Dédalo, Howard. Quiero que lleves a Mareth a casa y le cuentes a la gente lo que ha sucedido. Alguien tiene que hacerlo. Y si no vuelvo, necesito que se lo hagas saber a mi familia de alguna manera —le dijo Gregor.

—Tú no estás al mando de esta misión —objetó Howard—. Yo tenía órdenes de Regalia.

—De acuerdo, pero si intentas seguirme, me enfrentaré a ti —le advirtió Gregor.

—No tendrás ninguna posibilidad de vencer si te enfrentas a un enrabiado a lomos de un volador —añadió Ares con tono amenazante.

—Especialmente si de su lado también está una rata —intervino a su vez Twitchtip.

Howard estaba empezando a vacilar.

—¡Estaría dispuesto a correr ese riesgo! ¡Y también Andrómeda!

—No, Howard, por favor no lo hagas. Por favor, vuelve. No quiero que mis padres se pasen la vida esperando a que Boots y yo regresemos, y que eso no suceda nunca. Y tarde o temprano, si no aparecemos, sé que bajarán a buscarnos —dijo Gregor—. Y en Regalia también necesitan saber qué le pasó a Luxa. Ahora tienen que encontrar otra reina, u otro rey, ¿no es así? Porque dijera lo que dijera Luxa, no creo que Nerissa esté a la altura del cargo. Así que tendrá que reinar Vikus, luego tu madre, y luego tú. Pero si tú mueres, tendrá que ser...

—Stellovet. ¡Oh, no! No había pensando en eso —dijo Howard.

—¿Vas a permitir que ella gobierne Regalia? —le preguntó Gregor.

—No, no lo permitiré. —Howard apretó las palmas de las manos contra su frente. Era obvio que se sentía abrumado por la pérdida de Pandora y de Luxa (de esto último, se acababa de enterar), y por el hecho de que ahora pesaba sobre él la responsabilidad de la corona—. No sé qué hacer. ¿Tú qué piensas, Andrómeda?

—No me enfrentaré a Gregor pues no quiero correr el riesgo de herirlo. Voy a llevar a Mareth a casa —dijo Andrómeda—. Y tú deberías venir conmigo.

—Oh... —Howard pareció ceder—. No puedo enfrentarme a todos —dijo. Permaneció unos minutos sentado en el suelo, con la cabeza inclinada sobre el pecho. Luego la sacudió de lado a lado y trató de ponerse en movimiento—. Bien, entonces cada segundo cuenta si tenemos intención de que Mareth sobreviva al viaje. Pero Andrómeda no puede volar tanto tiempo sin descansar, y no hay ningún sitio donde aterrizar.

Era verdad. Todos se quedaron reflexionando, y por fin Ares rompió el silencio.

—En el Tanque hay algunos fragmentos de la canoa. No son muy grandes, pero todavía flotan.

—Tal vez podrías hacer con ellos una lancha de salvamento —propuso Gregor.

—¿Qué es una lancha de salvamento? —quiso saber Howard.

—En las Tierras Altas los barcos grandes, como los transatlánticos y ésos, tienen enganchados a los lados lanchas de salvamento. Son pequeñas canoas en las que puedes meterte si el barco grande se hunde, por ejemplo —explicó Gregor.

—Si la canoa fuera lo suficientemente ligera para que pudiera cargar con ella, y luego pudiera descansar algunas horas sobre ella, podría conseguirlo —dijo Andrómeda.

Ares se ofreció voluntario para reunir los fragmentos de la canoa.

—Voy contigo —dijo Gregor. Necesitaba hablar con su murciélago. Esperó a estar fuera del túnel, sobrevolando el Tanque, antes de empezar.

—No tienes por qué hacer esto, Ares. No tienes por qué darle caza a la Destrucción. Iré yo solo.

—No, iremos juntos —dijo Ares—. Además, los roedores me privaron de todos los motivos que tenía para regresar a Regalia. Si por algún milagro sobrevivimos y tú vuelves a casa, para mí empezará el silencio.

Era cierto lo que decía el murciélago. Ahora que Luxa y Aurora habían desaparecido, Ares ya no tendría contacto con nadie. Probablemente podría pasarse años metido en su escondite sin que nadie asomara la cabeza para ver cómo se encontraba. Gregor volvería a casa, con el corazón destrozado, y para Ares la vida sería igual que si estuviera desterrado.

—Está bien —decidió Gregor—. Iremos juntos. —Tenía la corazonada de que nunca volverían a hablar como lo acababan de hacer, sobre si uno de los dos debía ponerse en peligro sin el otro. No se molestó en darle las gracias a Ares. De alguna manera, ninguno estaba ya para ese tipo de cortesías. En un sentido, sería casi como darse las gracias a sí mismo. Gregor cayó entonces en la cuenta de que ese viaje, lleno de calamares, remolinos, ácaros, serpientes y pérdidas, grandes pérdidas, los había transformado. Había vuelto más real la promesa que se habían hecho en Regalia, ante la multitud furiosa. Recordó el tacto de la garra de Ares sobre su puño, y las palabras que había pronunciado, ayudado por Luxa:

«*Ares, yo me vínculo a ti,*
Nuestra vida y nuestra muerte una son,
nosotros, dos.
En las tinieblas, en la luz, en la guerra, en la huida,
yo te salvaré a ti como a mí propia vida».

Ares era su murciélago, y Gregor era el humano de Ares. Ahora sí estaban verdaderamente vinculados el uno al otro.

La nota positiva fue que encontraron tres buenos fragmentos de canoa, y Howard consiguió formar con ellos una especie de balsa, uniéndolos con los restos de cinta aislante. Al verla no daban ganas de cruzar con ella el Canal, pero al echarla al agua, vieron que soportaba bien el peso combinado de Gregor, Ares y Howard.

—Debería aguantar varias horas seguidas —dijo Howard—. Lo suficiente para que Andrómeda pueda dormir un poco.

Casi tan importantes como los fragmentos de canoa eran los dos paquetes que recuperaron de uno de los túneles. El primero contenía comida, y el segundo, para gran alivio de Howard, su botiquín de primeros auxilios.

—¡Oh, esto es tan bueno como la propia luz! —exclamó. Abrió inmediatamente el botiquín y se puso a curar a cada uno de los heridos. Cambió los vendajes de Mareth y de Twitchtip, aplicando medicina en las heridas. Volvió a vendar también el brazo de Gregor, que ya estaba empezando a mejorar, y aplicó un ungüento en las mordeduras de ácaro en la piel de Ares.

Howard insistió en que Gregor se quedara con el resto de la comida, pues de todas formas Mareth no podía comer, y Andrómeda y él podían alimentarse de pescado crudo.

—¿Y quién sabe lo que encontrarán en el Dédalo? —añadió para persuadirlo.

Gregor se quedó con la espada de Mareth; Howard aún conservaba la suya.

Por último, se repartieron la luz. Sólo quedaban dos linternas que aún funcionaran. La de Howard se había estropeado durante el ataque de la serpiente, y otras dos habían desaparecido en las profundidades con Luxa y Boots. De modo que había una linterna por equipo, pero Howard convenció a Gregor de que se quedara con todas las pilas.

—Aunque no tengamos luz, Andrómeda nos llevará a casa. Tú tienes muchas más dificultades que afrontar.

Gregor asintió con la cabeza. Metió los chocolates, la comida y las pilas en su mochila, y enganchó la espada de Mareth entre las dos correas. Pegada a su brazo sano seguía llevando la linterna.

Andrómeda se estiró y sobre su espalda tumbaron a Mareth. Howard lo cubrió con la manta que llevaba en su botiquín de primeros auxilios, antes de montar él también a lomos del murciélago.

—Vuela alto, Gregor de las Tierras Altas.

—Vuela alto —contestó Gregor, aunque algo como «ha sido un placer conocerte» hubiera sido más apropiado. La verdad es que no pensaba que fuera a volver a ver a Howard nunca más.

Andrómeda levantó el vuelo, tirando de la balsa. A los pocos segundos, los tres desaparecieron de su vista.

Gregor, Ares, y Twitchtip dieron media vuelta y se adentraron por el túnel sin decir una palabra.

CAPÍTULO VIGÉSIMO

Orientándose gracias a lo que recordaba del Dédalo antes de que la serpiente la hiriera en el hocico, Twitchtip guió a Gregor y a Ares por el laberinto. Casi inmediatamente, el túnel empezó a dividirse en varios caminos. Algunos llevaban a encrucijadas que proponían a su vez cuatro o cinco caminos más. Otros describían espirales, de tal manera que se tardaba diez minutos en recorrer una distancia que no habría llevado más de uno si el camino hubiera sido recto. Cuanto más se adentraban en el laberinto, más impredecibles resultaban los túneles. Un paso estrechísimo por el que apenas podían escabullirse se abría de repente en una enorme cueva, que a su vez los llevaba a una carrera de obstáculos hechos de roca.

Quien peor la pasaba era Ares, que debía realizar la mayor parte del trayecto a pie. El murciélago avanzaba dando saltitos, sin poder desplegar las alas cuando los túneles eran estrechos, y abriéndolas aliviado cuando llegaban a espacios más anchos. No había ratas.

—Deben haber presenciado la muerte de tu hermana —dijo Twitchtip—. Los roedores piensan que te derrotaron, y que la Destrucción está a salvo. Pero al final alguna habrá que te huela, y entonces empezará la lucha.

Siguieron avanzando durante cerca de una hora, y luego se detuvieron para descansar.

—¿Recuerdas todo esto? ¿Sólo con lo que oliste desde el Tanque? —le preguntó Gregor a Twitchtip.

—Bueno, por eso, y también porque conozco el Dédalo mejor que la mayoría, ya que viví aquí casi un año después de que me desterraran —jadeó Twitchtip. No se encontraba bien. Los vendajes que cubrían su cola y su hocico estaban empapados de sangre, y sus ojos tenían una mirada febril.

—Creía que habías estado viviendo en la Tierra de la Muerte —dijo Gregor.

—Al principio, no. Vivía escondida en una cueva junto al Tanque. Las ratas nunca se aventuraban por ahí a causa de las serpientes. No era un escondite maravilloso, pero ofrecía más protección que la Tierra de la Muerte. Pero un día que estaba recogiendo champiñones me quedé dormida y me descubrió una patrulla de ratas. Tuve que huir, y el único lugar que quedaba era la Tierra de la Muerte —explicó Twitchtip—. No tuve un alma con quien hablar durante años, hasta que me di cuenta de que había otra rata por ahí.

—Ripred —dijo Ares.

—A veces me dejaba quedarme en su madriguera, cuando él se ausentaba. Estabas cerca. Es allí donde hablaste con él por vez primera —indicó Twitchtip—. Ahora está con él todo un grupo de ratas. Pero me dijo que sólo puedo unirme a ellas si te ayudo a encontrar a la Destrucción

—explicó Twitchtip—. Si no lo hago, volveré a quedarme sola. —Ese temor pareció animarla—. Vamos, tenemos que seguir avanzando.

Cuando volvieron a ponerse en movimiento, Gregor se sorprendió pensando en Ripred. Permitir que Twitchtip estuviera cerca de él en la Tierra de la Muerte, dejar que durmiera en su madriguera y se uniera a su banda parecían casi gestos de amabilidad. ¿Pero de verdad lo eran? Todo estaba condicionado a que Ripred consiguiera algo de Twitchtip. Ripred sabía que ella y su increíble olfato podían resultar muy útiles. Twitchtip estaba desesperada por encontrar su lugar en algún sitio. Se necesitaban mutuamente, como les había pasado ya antes a Ripred y a Gregor. Para Twitchtip, como para Gregor, la cuestión era qué pasaría cuando ya no existiera esa necesidad.

¿O estaba siendo demasiado duro con Ripred? Parecía llevarse bien con Vikus y Solovet. Había habido momentos en que a Gregor le había parecido detectar una verdadera compasión en la rata, bajo esa fachada de gruñidos y sarcasmo.

Tal vez las cosas fueran más complicadas para los enrabiados. Desde luego lo eran para Gregor.

Twitchtip empezó a tambalearse, y Gregor vio que estaba a punto de desmayarse. Tropezó una última vez, cayó de bruces, y ya no volvió a levantarse. Gregor se acuclilló junto a ella. La respiración del animal era rápida y poco profunda.

—No puedo seguir —dijo—. No importa, de todas maneras, llegué al final de mi mapa olfativo. Más adelante, el camino se bifurca en tres direcciones. No sé mejor que tú cuál es la buena —le dijo.

—¿Y qué se supone que tenemos que hacer? ¿Dejarte aquí sin más? —preguntó Gregor.

—Descansaré un rato. Si las ratas no me encuentran, tal vez consiga volver a mi antigua cueva. Pero tú..., tú tienes que seguir adelante. Estás cerca de la Destrucción. Lo sé. Las ratas te detectarán pronto. Vete..., vete —dijo con un hilo de voz.

Gregor sacó de su mochila un trozo de carne y un pedazo de pan rancio. ¿Qué podía decirle?

—Vuela alto, Twitchtip.

Ésta se rió, y la sangre manó de la herida de su hocico, traspasando el vendaje.

—Eso no se les dice a las ratas.

—¿Y qué se dice en una situación como ésta? —quiso saber Gregor.

—¿Como ésta? "Corre como el río" quizá sería lo apropiado —contestó Twitchtip.

—Corre como el río, Twitchtip —repitió Gregor.

—Tú también —le dijo la rata.

Gregor y Ares la dejaron tirada en el suelo del túnel. Cuando llegaron al lugar donde el pasillo se dividía en tres, se detuvieron. Gregor seguía viendo en su cabeza a la rata tumbada en la oscuridad, muriendo desangrada. Ares leyó sus pensamientos.

—Si ha sobrevivido ella sola en la Tierra de la Muerte, ha de ser porque es fuerte y astuta. Y tiene un lugar donde esconderse lo suficientemente cerca de aquí.

—Lo sé —dijo Gregor.

—Aborrece su vida solitaria. Que mates a la Destrucción es su única esperanza. Si yo fuera Twitchtip, no querría que volvieras sobre tus pasos —dijo Ares. Gregor asintió y observó los túneles.

—¿Cuál te parece que tiene buena cara?

—El de la izquierda —opinó Ares.

Se adentraron por él, y al cabo de un rato el túnel se convirtió en una espiral, y fue a desembocar en el punto de partida, en la encrucijada con los tres caminos.

—Pensándolo bien, elegiría el de la derecha —dijo Ares.

Tomaron ahora por este túnel, y pasados unos minutos llegaron a un callejón sin salida y tuvieron que volver a dar marcha atrás.

—Creo que deberías elegir tú —dijo Ares.

Tomaron entonces por el túnel del medio, y veinte minutos después llegaron a una gran cueva circular. Tenía una forma cónica casi perfecta, pues las paredes se elevaban unos quince metros y se iban estrechando, hasta juntarse en un mismo punto en lo alto. Alrededor de la base del cono se abría al menos una docena de túneles, como los radios de una rueda de bicicleta.

—Vaya, genial —comentó Gregor—. ¿Y ahora qué camino tomamos? —Ares no tenía ni idea.

—Gregor, han pasado muchas horas desde que comimos por última vez. Si queremos continuar, tenemos que alimentarnos.

¿Cuándo fue la última vez que comieron? Gregor trató de recordar cuando aún estaba Twitchtip con ellos. Recordó el ataque de las serpientes, la llegada al Tanque, cuando Temp lo despertó, la noche, y aquel momento en que aún estaban todos juntos. Entonces se había comido un pedazo de pescado crudo y le había dado a Boots toda su ración de pan y carne.

«¿*Celamos* los ojitos?», Gregor oyó la vocecita de Boots en su cabeza, y un tremendo dolor se le clavó en el corazón. Respiró hondo, trató de sacar a Boots de su mente, y se imaginó a las ratas riendo. El hielo volvió a invadir todo su pecho.

—Tienes razón. Tenemos que comer —dijo Gregor, y abrió su mochila. Se sentaron sobre el suelo de piedra y se esforzaron por tragar la carne seca, ayudándose con sorbos de agua que guardaban en una bolsa de cuero que parecía un odre.

—Hay algo aquí que no tiene sentido, y es el hecho de que yo aún siga vivo —dijo la voz de Ares desde la oscuridad.

—¿Qué quieres decir? —le preguntó Gregor.

—Ahora que ya no están ni Henry, ni Luxa, ni Aurora, ¿cuántos días hace que caíste por primera vez? —preguntó el murciélago.

—Exactamente, no lo sé. Tal vez unos cinco o seis meses —contestó Gregor.

—Había un partido. Henry y yo habíamos marcado siete puntos. Por la noche iba a haber una fiesta para celebrar el cumpleaños de Nerissa. Las ratas parecían lejos. Y entonces entraste tú corriendo en el campo con tu hermana y los reptantes, y desde entonces, ya nada ha vuelto a ser igual. ¿Qué le pasó a ese mundo? ¿Por qué cambió tan rápidamente? —quiso saber Ares.

Gregor sabía a lo que se refería el murciélago. Su propio mundo había cambiado por completo la noche en que su padre desapareció. Y desde entonces, ya nunca se había arreglado del todo.

—No lo sé. Pero una cosa sí te puedo decir: ese mundo nunca volverá.

—Dejé morir a mi vínculo. Soy un desterrado. Luxa y Aurora desaparecieron. Me parece un crimen seguir vivo —concluyó Ares.

—No fue culpa tuya, Ares. Nada de lo que ocurrió fue culpa tuya —dijo Gregor—. Es lo que me dijo una vez Vikus, todos quedamos atrapados en una de las profecías de Sandwich.

Esto no pareció levantar mucho el ánimo de Ares. Permaneció callado un momento, y luego sus ojos negros se posaron sobre los de Gregor.

—¿Crees que matar a la Destrucción nos hará sentir mejor?

—No lo sé —contestó Gregor—. Pero no creo que pudiera hacernos sentir peor que ahora.

La cabeza de Ares se levantó de repente, con ese gesto brusco que Gregor ya había empezado a reconocer.

—¿Ratas? —preguntó.

—Dos. Se acercan corriendo —contestó Ares.

Dos segundos después, Gregor ya estaba subido a lomos del murciélago. Éste levantó el vuelo hasta lo alto del cono, y empezó a describir círculos allí arriba cuando las ratas entraron en la cueva. Eran dos, como había pronosticado Ares. Tenían el pelaje gris parduzco, y hacían rechinar los dientes.

—¡Ahí está! —gritó una de las ratas.

—Creo que fue una estupidez dejarla con Goldshard —dijo la otra rata.

—¡Eso lo remediaremos en cuanto estos dos hayan muerto! —gruñó la primera.

Aunque Gregor estaba muy lejos de sus garras, las ratas se pusieron inmediatamente a saltar hacia él. No podían alcanzarlo, pero así evitaban que Ares volara lo suficientemente bajo como para conseguir escapar por uno de los túneles. Llegaría un momento en que Gregor tendría que enfrentarse a ellas, y era mejor hacerlo ahora, antes de que Ares se cansara, o aparecieran más ratas.

Cuando blandió la espada, Gregor empezó a notar que se transformaba en un enrabiado. Esta vez no trató de controlar la sensación. Su visión se volvió fragmentada, como si estuviera viendo a las ratas en trocitos de espejo, y sólo algunas partes de la escena parecían iluminadas. Percibía retazos de ojos, garras, cuellos..., y en algún lugar de su cerebro comprendió que ésos eran sus blancos.

—Ahora —dijo Gregor con serenidad, y Ares descendió en picada.

CAPÍTULO VIGESIMOPRIMERO

Gregor estaba lo suficientemente cerca de una de las ratas para asestarle un golpe con la espada, cuando algo obligó a Ares a lanzarse de nuevo hacia arriba. Una tercera rata, con un llamativo pelaje dorado, había aparecido de repente en la cueva, justo debajo de ellos.

«Ahora hay que luchar contra tres», pensó Gregor, mientras Ares levantaba el vuelo en diagonal, pero cuando Gregor volvió a enfocar el suelo, vio que la rata dorada estaba rebanándole el cuello a una de sus oponentes. Luego se dio la vuelta, con el hocico goteando sangre, para enfrentarse a la otra rata gris.

Gregor sacudió un poco la cabeza, como para aclarar su visión. ¿Qué estaba sucediendo?

—¡No seas estúpida, Goldshard! ¡Ha venido a matar a la Destrucción! —gruñó la rata gris.

—Antes preferiría verla muerta que dejar que confiara en ti —le contestó la rata dorada. Su voz era un poco más aguda, como la de Twitchtip, y Gregor estaba seguro de que se trataba de una hembra.

—¡Lo único que conseguirás es morir tú también! —La rata gris se agachó para saltar mejor.

—Alguien morirá, Snare. La pregunta es: ¿quién? —contestó Goldshard. Cuando Snare saltó hacia ella, la rata dorada contraatacó. Gregor nunca había visto un combate en toda regla entre dos ratas. Ripred había matado a dos en un túnel cuando iban camino de rescatar a su padre, pero éstas no habían tenido tiempo de defenderse. Luego se había llevado por delante a algunos de los soldados del Rey Gorger, pero Gregor no lo había presenciado porque estaba ocupado saltando al vacío, a lo que él pensaba sería una muerte segura. Ahora, en cambio, podía contemplar el combate desde una posición aventajada.

Cuando Goldshard había matado a la primera rata, tenía de su lado el elemento sorpresa. Esta vez su oponente se estaba defendiendo. Y Snare, que según Gregor seguramente era un macho, era mucho más grande que la rata dorada.

La lucha era despiadada. Las ratas se prodigaban la una a la otra violentos ataques. Describían círculos una enfrente de la otra, buscando una apertura, y entonces una de las dos saltaba hacia la otra, en una maraña de dientes y garras. Cuando se separaban para volver a describir círculos, ambas mostraban heridas nuevas. Snare perdió un ojo; la oreja de Goldshard colgaba de un jirón de piel; el hombro de Snare tenía el hueso al descubierto, y la pata delantera de Goldshard estaba partida en dos.

Por fin, la rata dorada saltó sobre su rival por el lado del ojo ciego, y le clavó los dientes en el cuello. En su agonía, Snare levantó las patas delanteras, y con sus garras abrió en canal el vientre de Goldshard. Ésta soltó a su presa, se tambaleó, y cayó hacia atrás. Sus intestinos se desparramaron por el suelo. Las ratas estaban a un metro una de otra, mirándose con odio, impotentes ya. Con un horroroso espasmo gutural, Snare se ahogó en su propia sangre.

Goldshard volvió los ojos hacia Gregor. Su mirada era suplicante, y Gregor estaba seguro de que la rata quería pedirle algo.

—No la... —susurró, pero antes de que pudiera terminar la frase, sus ojos se volvieron vidriosos, y ya no se movió.

—¿Qué es lo que acaba de ocurrir? —dijo Gregor.

—Lo ignoro —contestó Ares.

—¿Están muertas? —preguntó Gregor.

—Completamente. Las tres —contestó el murciélago. Bajó lentamente hacia el suelo, evitando los charcos de sangre que se extendían bajo los cadáveres de las ratas.

—¿Sabes quiénes son? —le preguntó Gregor—. ¿Te suenan sus nombres? ¿Goldshard? ¿Snare?

—Goldshard, no —contestó Ares—. Pero he oído hablar de Snare. Era uno de los generales del Rey Gorger. Estaba lejos, luchando en el frente cuando Gorger cayó. Entonces debió de unirse a las filas de la Destrucción. Sería lo más lógico. Quienquiera que esté cerca de la Destrucción tendrá mucho poder cuando ésta reine —explicó Ares.

Gregor no se había parado nunca a pensar en las luchas políticas de las ratas, pero ahora que lo hacía, había algo que no terminaba de entender.

—Y entonces, ¿por qué no ha accedido ya al trono la Destrucción? Lo más normal sería que una rata tan grande y tan fuerte como ella ya estuviera reinando —razonó Gregor—. ¿Qué está esperando?

—Incluso la Destrucción debería reunir un ejército —dijo Ares—. Tiene enemigos entre su propia especie. Ripred, por ejemplo. Él quiere ver muerta a la Destrucción.

Era cierto. Parte del plan de Ripred para acceder al poder tenía que matar a la Destrucción. Snare quería mantenerla con vida, pero Goldshard prefería que Gregor la matara, antes que dejar que confiara en Snare.

Y había algo más en Goldshard que Gregor no entendía. Esa última mirada que le había dedicado, era casi como si le estuviera suplicando algo. ¿Qué había querido decirle la rata? «No la...» No la ¿qué? ¿No la mates? ¿No le hagas daño? Ya era un poco tarde para eso.

La cabeza de Ares se movió bruscamente hacia uno de los túneles.

—¿Cuántas? —quiso saber Gregor.

—Sólo una, creo —contestó Ares—. Es difícil decirlo. El camino describe una espiral. —Su barbilla volvió a moverse. Esta vez, Gregor no tuvo necesidad de preguntar; él mismo había oído el ruido que hacían las garras al arañar la roca. El sonido dejó de oírse. Nada emergió de la boca del túnel. De repente, Gregor entendió por qué.

—Es la Destrucción —le susurró a Ares. El murciélago lo confirmó con un gesto de cabeza. Tenía que ser ella. Las otras ratas se limitarían a atacar, pero la Destrucción sabía que alguien venía por ella. Un humano, de las Tierras Altas. El Guerrero.

Gregor recordó entonces las palabras de la Profecía de la Destrucción.

Escucha, ¿sus garras no oyes en la roca excavada?
Rata de manto blanco como la nieve olvidada,
Toda su esencia de maldad impregnada.
¿Podrá el Guerrero tu luz sofocar?

Sí, claro que sí. Eso era lo que había venido a hacer el Guerrero.

Se oyó otro tenue arañazo. Estaba pues ahí, a unos metros de él, esperando.

La boca del túnel era pequeña, no mediría más de un metro setenta de alto y uno treinta de ancho. No podría entrar volando a lomos de Ares. La Destrucción tenía que saberlo. Quería atraerlo a él solo al interior del túnel. Bien, Gregor entonces se enfrentaría a ella él solo, sin ayuda de nadie.

Se quitó la mochila de los hombros y la dejó en el suelo. No quería que nada limitara sus movimientos. Comprobó el interruptor de su linterna, que ya estaba a máxima potencia. Blandiendo su espada, se dirigió hacia la entrada del túnel.

Ares extendió el ala para detenerlo.

—No vas a poder luchar contra ella ahí dentro, Gregor.

—Pero ella no va a salir —le contestó Gregor.

—Entonces aguarda —fue la respuesta de Ares.

—¿A qué? ¿A que aparezca otro montón de ratas? —preguntó Gregor.

Ares apartó el ala a regañadientes.

—Mira, tengo la corazonada de que es así como tenía que ser. Además, se supone que esto lo tenía que hacer yo solo —dijo Gregor—. Pero tú estate preparado, porque después de que la mate, tendremos que salir corriendo de aquí. ¿Entendido?

—Estaré preparado —dijo Ares. Extendió la garra, y Gregor la tomó en su mano.

Acto seguido, Gregor giró hacia el túnel. En los doce pasos que lo separaban de la entrada, sintió que todo su ser se transformaba en el de un enrabiado. Notó que sus sentidos se agudizaban, la adrenalina corría por sus venas, y su visión se hacía selectiva. Cada molécula de su cuerpo se estaba preparando para matar.

Entró rápidamente en el túnel y, casi inmediatamente, se topó con la espiral que Ares había mencionado. Otro camino en forma de sacacorchos. Acariciando la pared con su brazo herido, y blandiendo la espada con el sano, Gregor describió una de las vueltas de la espiral, luego otra, y otra más, hasta desembocar en una amplia sala cuadrada.

La Destrucción estaba tratando de esconderse de él. Gregor descubrió un fragmento de pelaje blanco y un destello rosa de piel en una cueva que se abría en uno de los lados del cuadrado.

Gregor pensó en Luxa, que nunca sería reina, en Twitchtip desangrándose en el suelo, en su padre, llorando al teléfono, y en Boots, su dulce e inocente hermanita...

Con el corazón latiendo en su pecho, y sin ver nada más que ese destello de manto blanco, Gregor se lanzó hacia la cueva. Levantó en el aire la empuñadura de la espada, de manera que cuando bajara el brazo, la punta del arma se clavara en vertical. Su mano herida se unió a la sana, y con cada gramo de su fuerza, abatió la espada sobre la Destrucción.

Pero justo antes de que la punta de la hoja se clavara, la criatura pronunció una palabra que golpeó a Gregor en lo más hondo de su ser.

—¡Ma-maaaaá!

CAPÍTULO VIGESIMOSEGUNDO

Gregor desvió la espada en el último segundo, incrustándola en la pared de la cueva con tal fuerza que la hoja se partió un poco más arriba de la empuñadura y cayó al suelo con un gran ruido metálico. El impacto le hizo rechinar los dientes.

Salió a tropezones de la cueva.

—¿Boots? —dijo con voz ronca, aunque sabía que no era la vocecita de su hermana lo que había oído. Pero algo en el timbre de esa voz le recordaba tanto a Boots cuando estaba triste... Era el mismo desamparo, y esa misma manera que tenía ella de separar la palabra en dos largas sílabas: «¡Ma-maaaaá!»

La sala daba vueltas en su cabeza. ¿Dónde estaba la Destrucción? ¿Qué era ese bulto de pelaje blanco a unos metros de él? ¡Desde luego no era una gigantesca rata tratando de atacarle!

Gregor se obligó a volver a entrar en la cueva, y alumbró el espacio con su linterna. Acurrucada contra la pared, temblando de miedo, había una pequeña rata blanca. De repente Gregor lo comprendió todo: por qué se sabía tan poco de la Destrucción, por qué no había accedido al trono de las ratas, por qué no lo había atacado. ¡No era más que una cría!

Sin embargo, era la Destrucción. Se suponía que tenía que sofocar su luz. La hoja de su espada se había partido, con lo que ahora le quedaba un arma punzante en forma de daga. Sería tan fácil matar a la criatura que yacía frente a él. Pero..., pero...

—¡Ma-maaaá!

¡Pero se parecía tanto a la voz de Boots!

—Oh, Dios mío —dijo Gregor, y tiró lo que quedaba de su espada. Se arrodilló y extendió la mano para acariciar a la ratita.

—No pasa nada, bonita, no pasa nada.

La rata se estremeció, aterrorizada, acercándose aún más a la pared, y gritando a pleno pulmón:

—¡Ma-maá! ¡Ma-maá!

—¡Shh! ¡Shh! No temas, no voy a hacerte daño —dijo Gregor bajito, para apaciguarla—. ¡Ares!

No debería haber gritado. Había vuelto a asustar al animalito, que se había echado a llorar.

Ares recorrió deprisa la última curva de la espiral y entró tambaleándose en la sala cuadrada.

—¿Qué ocurre? ¿Dónde está la Destrucción?

—Aquí dentro —le dijo Gregor, señalándole la cueva—. Y tenemos un problema.

—¿Qué? ¿Qué? —Ares había venido dispuesto a luchar a muerte, y ahora se sentía desorientado—. ¿Cuál es el problema?

—Éste —dijo Gregor. Se agachó y tomó entre sus brazos a la cría de rata. Pesaba más o menos lo mismo que un cocker spaniel. Algún día probablemente mediría casi tres metros, pero hoy por hoy, podía tomarla en brazos y acunarla. Se dio la vuelta para enseñársela a Ares.

—¿Qué es eso? ¡Definitivamente, no es la Destrucción! —dijo Ares.

—Pues yo creo que sí. O por lo menos, es ella, pero de bebé —contestó Gregor.

—¡No creo! Esto debe ser un engaño. ¡Algún truco de los roedores para llevarnos a una trampa y luego destruirnos! —exclamó Ares.

—No lo creo. O sea, mira su manto. ¿Cuántas ratas blancas has visto en tu vida? —preguntó Gregor.

—Ninguna. Sólo ésta —dijo Ares—. ¡Pero tal vez no sea una rata! ¡Tal vez sea un ratón que han capturado y están empleando para engañarnos! ¡Yo sí he visto ratones blancos!

Gregor examinó a la cría, pero no era ningún experto en roedores. Se la extendió a Ares para que la inspeccionara.

—Mírala tú. ¿Es un ratón?.

—No, no es un ratón. Definitivamente, es una rata —contestó Ares.

—Bien, ¿entonces piensas que puede haber dos ratas blancas? —le preguntó de nuevo Gregor.

—Sí. No. No lo sé. Dos ratas blancas al mismo tiempo es improbable. Tiene que ser la Destrucción. Oh, Gregor. ¿Qué vas a hacer con ella? —le preguntó Ares.

—Bueno, no puedo matarla, ¿no? ¡Al fin y al cabo, no es más que una cría! —protestó Gregor.

—¡Ah! ¡Dudo mucho que en Regalia les parezca un argumento válido! —comentó Ares. Gregor nunca lo había visto tan desconcertado. El murciélago revoloteaba por la cueva, tan agitado que chocó contra una de las paredes.

—¡Chocaste! —exclamó Gregor. Los murciélagos nunca chocan con nada.

—¿De qué te extrañas? Estoy…, estamos… ¿Tienes idea acaso de lo que tienes en tus brazos?

—Pues… a la Destrucción, creo —dijo Gregor.

—¡Sí! ¡Sí! ¡La Destrucción! ¡El flagelo de las Tierras Bajas! La criatura que bien podría originar la extinción de los voladores, los humanos, y mil especies más. ¡Lo que hagamos en este momento determinará el destino de todos aquellos que consideran las Tierras Bajas su hogar! —declaró Ares.

—¿Y qué se supone que tengo que hacer, Ares? ¿Cortarle la cabeza con mi espada? ¡Ve al animalito! —La Destrucción se liberó de sus brazos y escapó corriendo por el túnel—. ¡Oye! ¡Espera un momento! ¡Oye, tú, espera!

Gregor persiguió a la cría por las curvas del túnel en forma de espiral, hasta la sala en forma de cono. Lo que vio allí le partió el corazón.

La ratita blanca trataba de buscar refugio junto al cadáver de Goldshard.

—Ma-maá —lloriqueaba—, Ma-maá. —Al no obtener respuesta, empezó a darle golpes frenéticos en la cara con la patita—. ¡Ma-maá!

Gregor oyó a su espalda el aleteo de Ares.

—Ahora lo entiendo todo. Era su madre. Y cuando me dijo «No la...» —Gregor tuvo que detenerse un momento—. Estaba tratando de decirme: «No la mates. No mates a mi cría».

—Debía de estar desesperada por salvarla de Snare. Él se la habría llevado, y la habría criado para que fuera su esclava —dijo Ares despacio.

La sangre había manchado el manto blanco de la cría, y sus gritos eran ahora lastimeros. Y como si eso no fuera ya bastante problema, Ares levantó de repente la cabeza.

—¿Cuántas son esta vez? —le preguntó Gregor.

—Una docena, por lo menos —dijo Ares—. Debes decidir qué hacer, Gregor.

Éste se mordió el labio. No podía tomar una decisión. Todo estaba ocurriendo demasiado deprisa. Necesitaba más tiempo.

—Esta bien, está bien —dijo. Se agachó y tomó a la cría entre sus brazos—. Nos la llevamos con nosotros.

—¿Que nos la llevamos? —dijo Ares, como si nunca le hubiera pasado esa idea por la cabeza.

—Pues sí, porque no la voy a matar, ni la voy a dejar aquí para que las ratas hagan con ella lo que les dé la gana —dijo Gregor.

Ares hizo un gesto negativo con la cabeza, en una mezcla de exasperación y rechazo, pero le ofreció el lomo para que montara.

Gregor agarró la mochila con una mano, subió a lomos de su murciélago, e instaló a la Destrucción delante de él.

—Bien —dijo—. Y ahora corramos como un río.

Justo cuando Ares se elevaba en el aire, una docena de ratas entró en la sala en forma de cono. Vieron los cadáveres, el murciélago, y la cría en brazos de Gregor.

—¡El Guerrero de las Tierras Altas tiene a la Destrucción! —gritó una, y todas se pusieron como locas, saltando y pegando zarpazos.

—¡Agárrense con fuerza! —exclamó Ares. De los doce túneles que partían del cono, unos cuatro eran lo suficientemente altos como para que Ares pudiera escaparse volando por ellos. Eligió uno, y desaparecieron en su interior.

Fue como montar en la peor montaña rusa del mundo. Gregor odiaba las montañas rusas, pero no eran nada comparadas con volar a lomos de Ares, dando vueltas y vueltas, cayendo en picado y volviendo a levantar el vuelo, en medio de una oscuridad que su linterna apenas alcanzaba a romper, con ratas desquiciadas que saltaban sobre él a la vuelta de cada esquina. Gregor se aferraba a Ares con las piernas y con una mano, mientras con la otra sostenía fuertemente a la cría.

En un momento dado, cuando atravesaban una cueva a la velocidad del rayo, esquivando por los pelos varias dentelladas, Ares exclamó:

—¡Utiliza tu espada!

—¡Ya no la tengo! ¡Se me rompió y la dejé en la cueva! —contestó Gregor. Odiaba tener que delegar en Ares por completo la escapatoria, pero, ¿qué otra cosa podía hacer?

Ares giró bruscamente y se metió por un túnel, seguido de cerca por las ratas.

La cría había dejado de gritar «Ma-maá», y ahora, presa del pánico, emitía unos agudos chillidos: «¡Iiiik! ¡Iiiik! ¡Iiiik!»

—Cállala, Gregor. Su voz se oyó desde muy lejos. ¡Todas las ratas del laberinto se enterarán de que la cría está en peligro! —gritó Ares.

Gregor recordó entonces lo fuertes que eran los gritos de Boots. Se podían oír a través de puertas cerradas, pasillos, e incluso desde el ascensor, subiendo hacia su casa. Era como si la naturaleza hubiera diseñado los gritos de un bebé lo suficientemente fuertes como para que se oyeran desde muy lejos. Lo mismo debía de ocurrir con las crías de las ratas.

Al principio trató de calmar a la Destrucción con su voz, pero no bastaba. Tal vez habría sido más fácil si hubieran estado sentados en algún lugar tranquilo, pero en esa pesadilla de velocidad y movimiento, no servía de nada. Probó a acariciarle la espalda y la cabecita, pero eso tampoco funcionó. Su voz humana, su tacto y su olor ya eran de por sí bastante aterradores para la cría. Por fin Gregor consiguió llevarse una mano a la mochila y sacar uno de los chocolates. Abrió el envoltorio, partió un trozo, y lo metió en la boca de la cría que seguía chillando.

Se oyó un gritito como de sorpresa, luego un sonido de succión, y la Destrucción se concentró en la primera y maravillosa mordidita de chocolate de su vida.

—¡Más! —A Gregor se le hacía extrañísimo oír hablar a la cría, pero era cierto, hablaba—. ¡Más! —volvió a decir, como habría hecho la propia Boots.

Gregor metió otro pedacito de chocolate en la boca de la ratita, que se lo tragó enseguida. La Destrucción parecía apreciar más a Gregor ahora que le había dado chocolate. Se relajó un poquito, echándose para atrás contra el cuerpo del chico, que podía así agarrarla mejor.

—¿Falta mucho para que salgamos de aquí? —preguntó Gregor a la salida de un túnel.

—Ve tú mismo —contestó Ares.

Gregor paseó el haz de su linterna por el lugar en el que acababan de entrar. Tumbados en el suelo estaban los cadáveres de Goldshard, Snare, y la tercera rata.

—¡No! ¿Qué hacemos otra vez aquí? —preguntó con un hilo de voz.

—¡Tal vez deberías tratar tú de orientarnos! —exclamó Ares. Gregor era consciente de que el murciélago había perdido la paciencia con él, pues había insistido en llevarse a la Destrucción, había perdido su espada, y en general no estaba ayudando mucho a escapar.

—Está bien, lo siento —dijo Gregor.

—Es por nuestro olor, Gregor —explicó Ares—. Nos siguen con tanta facilidad que no logro despistar a los roedores.

—¡Sí, ya lo tengo! —exclamó Gregor—. ¡A lo mejor conseguimos engañarlos! —Había visto una vez una película en la que el protagonista lograba despistar a unos perros de presa que lo perseguían—. Tenemos que confundir su sentido del olfato. —¿Pero con qué?

Gregor se quitó el vendaje que cubría su brazo. Estaba empapado de sangre, pus, y ungüento medicinal.

—¡Vuela alrededor del cono, Ares! Tengo que tocar la entrada de cada túnel.

Ares siguió sus instrucciones, aunque no entendía del todo cuál era el plan.

—¿Para qué hacemos esto? —preguntó.

Gregor blandió el vendaje y lo restregó por la boca de cada túnel por el que pasaban.

—Estoy tratando de extender nuestro olor por todas partes.

Describieron un círculo completo, deteniéndose un momento en la boca de cada túnel. En el último, Gregor dejó caer el vendaje.

—¡Ya vienen! —avisó Ares.

Ares se lanzó a un túnel por el que aún no se habían aventurado. Treinta segundos después, oyeron que las ratas llegaban al cono. Y desde luego, estaban muy, pero muy confundidas. Unas decían que había que perseguirlos por un túnel, y otras aseguraban que por otro. Estalló entonces una gran discusión, y luego una pelea.

Poco a poco, mientras se alejaban, el ruido del enfrentamiento se fue haciendo más tenue, hasta que Gregor ya no pudo distinguirlo.

Ares volaba en zig-zag por un túnel que se abrió sobre un bonito y ancho arroyo poco profundo.

—Tengo que parar un momento... Necesito beber... —Ares tocó tierra en la orilla del arroyo, jadeando. Metió la cabeza en el agua, y se puso a beber con avidez.

Gregor bajó también al suelo y tomó agua para él y para la Destrucción. El arroyo no era profundo, pero la corriente era fuerte y no quería que la cría fuera arrastrada.

Ares levantó su cabeza mojada.

—Acabo de pensar en una cosa —dijo—. ¿Adónde piensas que lleva este arroyo?

—Pues no lo sé. A un arroyo más grande. Y tal vez después a un río, o... —Gregor comprendió entonces a dónde quería llegar Ares. En su primera noche en Regalia, cuando trató de escapar, siguió el curso del agua que salía del palacio. Ésta lo había llevado hasta un río, que a su vez desembocaba en el Canal—. Vale la pena intentarlo.

Gregor subió a la Destrucción a lomos de Ares y volvieron a emprender el vuelo.

Durante un rato el camino no parecía muy prometedor. La característica principal del arroyo era que era largo y describía tantas curvas como los túneles del laberinto. Gregor notaba que Ares volaba cada vez más despacio; pronto tendría que descansar de verdad. Pero detenerse en el laberinto significaba una muerte segura. Las ratas los alcanzarían. Gregor no tenía espada, la cría volvería a ponerse a gritar, y entonces...

—Un río —jadeó Ares—. Nos acercamos a un río.

Un minuto después, el arroyo desembocó en una amplia cueva, atravesada por un río. ¡Ya estaban fuera del laberinto!

Ares subió bien alto por encima del agua. A ambas orillas del río había acantilados de piedra.

—¿Hay alguna rata por aquí? —preguntó Gregor.

—Sólo la que llevo a la espalda —contestó Ares.

—¿Quieres aterrizar y descansar un rato? —propuso Gregor.

—Dentro de un rato. Antes quiero dejar más distancia entre los roedores y nosotros. Volverán a la carga, Gregor. Tenemos a la Destrucción.

—Claro, seguro que están enojadísimas por eso —dijo Gregor. Acarició la cabeza de la rata. Ésta ya empezaba a acostumbrarse a él. Se acurrucó contra Gregor y soltó un gran bostezo—. Has tenido un día muy duro, ¿eh, pequeñina? —La cría no tardó mucho en quedarse dormida.

Siguieron volando un rato en silencio. Después Ares habló con una voz extraña.

—Gregor, creo que conozco este lugar. Creo que los dos lo conocemos.

—¿Qué? —¿Cómo podía saber él dónde estaban?

—Dirige tu luz hacia abajo —dijo Ares.

Gregor obedeció. Debajo de ellos estaba el río, que ahora era muy ancho y con una corriente muy poderosa. De cada orilla colgaban los restos de un puente destrozado.

—Oh —dijo Gregor, y el recuerdo de aquel día volvió a cruzar su mente. Se volvió a ver a sí mismo corriendo por el puente, tratando de retroceder para tomar a Boots, Ripred lo llevaba en caso volando, agarrándolo por el cuello, mientras el puente ondulaba vertiginosamente en el vacío, Ripred lo dejó en el suelo con su cola, mientras Luxa, Henry, Gox y la propia rata cortaban las cuerdas que retenían el puente. La manada de ratas alcanzó a las cucarachas y a Boots en el puente, y..., y...

Era el lugar donde había muerto Tick.

—Tienes razón —dijo Gregor—. ¿Cómo llegamos hasta aquí?

—El Tanque, el Dédalo, y lo que queda de este puente se encuentran en el territorio de las ratas —explicó Ares—. Ahora por lo menos sabemos aproximadamente dónde estamos.

El murciélago descendió despacio y se posó en la orilla contraria al lugar donde habían cortado las cuerdas que sujetaban el puente.

—Estaremos más seguros en este lado. Sería muy difícil para las ratas cruzar nadando el río que, como sabemos, está lleno de peces carnívoros.

Gregor bajó de lomos de Ares con la Destrucción en brazos, que dormía plácidamente. Estaban en la boca de un túnel. Paseó el haz de su linterna por las rocas que los rodeaban, recordando que hacía tan sólo unos meses estaban plagadas de ratas.

—¿Hay alguna rata en el túnel? —le preguntó a Ares. Éste negó con la cabeza.

—No que yo pueda detectar. Creo que estamos seguros por el momento. Ahora tengo que descansar. —Gregor vio que los ojos del murciélago empezaban a cerrarse.

—Tú duérmete, yo haré guardia —le dijo—. Ah, y una cosa, Ares: estuviste impresionante en el laberinto.

—No estuve mal —convino Ares, y poco después se quedó dormido, de espaldas a la pared del túnel.

Gregor alumbró con su linterna. Si aparecía algún intruso, estaría preparado. Se sentó en el suelo con las piernas cruzadas y la Destrucción en el regazo. La cría se agitaba en sueños, reviviendo probablemente el trauma que habían supuesto para ella las últimas horas. Gregor le dio palmaditas en la espalda para calmarla. Su pelaje estaba tieso, empapado en la sangre de su madre.

La cría se acurrucó más cerca de él. Era casi la misma sensación que sostener en sus brazos a Boots. Boots. ¿Por qué Gregor no lloraba por ella? Había llorado por una cucaracha, en una cueva al otro lado de ese río, pero no había derramado una sola lágrima por su hermana. Recordó entonces que, en esa misma cueva, Luxa le había dicho que no había llorado desde la muerte de sus padres, tanto había sido su dolor. Tal vez algo parecido le estaba ocurriendo a él.

Acarició con los dedos el borde de una de las suaves orejitas de la cría.

De modo que Sandwich tenía razón una vez más. Las ratas habían matado a Boots, y él no había sido capaz de hacer lo mismo con la Destrucción. Pero Gregor no se creía capaz de matarla, aunque Boots hubiera sobrevivido. ¿O sí? ¿Si hubiera pensado que sólo una de las dos podía vivir? No lo sabía. Pero ya no importaba.

«¿Y ahora qué?», pensó, «¿ahora qué?» Tenía que pensarlo bien. Tenía que decidir qué hacer con la Destrucción.

No podía devolverla al territorio de las ratas. Goldshard había perdido la vida tratando de protegerla de sus congéneres. Si aparecía con ella en Regalia, estaba casi seguro de que los humanos decidirían matarla. Si optaban por dejarla con vida, lo cual no era nada probable, las ratas no dudarían en invadir la ciudad para recuperarla. Durante un segundo Gregor se preguntó si no podría llevársela a Nueva York consigo, pero sabía que su madre no querría de ninguna manera criar a una rata gigantesca, sobre todo después de lo que le había pasado a Boots...

Bueno, ¿qué opciones le quedaban entonces? En realidad, ninguna.

Gregor contempló el agua.

Éste era un lugar tan triste. No sólo por la muerte de Tick, sino también porque cuando había pasado por aquí la primera vez, formaba parte de una expedición de diez miembros, y de esos diez, ¿cuántos quedaban aún con vida? Hizo el cálculo mentalmente. Tres. Sólo tres. Tick había muerto allí. Henry y Gox ya no estaban cuando rescataron a su padre. Luxa, Aurora, Temp y su queridísima Boots se habían ahogado en el Tanque. Los únicos que estaban aún vivos eran él, Ares y Ripred.

Ripred. Se pondría como loco cuando descubriera que Gregor no había matado a la Destrucción. Él la quería muerta. Por eso había traído a Twitchtip, y había tratado de enseñar ecoubicación a Gregor. Pero tampoco Ripred sabía que la Destrucción era una cría. ¿Le importaría eso en algo a la rata? Tal vez sí, aunque no era seguro.

Gregor sintió que empezaba a formarse un plan en su cabeza.

Ares se despertó cerca de tres horas después, muerto de hambre. Bajó hasta el río y volvió con un gran pez, pero no de los carnívoros. La Destrucción se despertó y también comió ávidamente del pez que había pescado Ares, mientras Gregor se contentaba con unos restos de queso y pan.

Mientras comían, le contó su plan a Ares.

—Mira, Ares, ya tengo una idea de qué hacer con la Destrucción.

—Te escucho.

—Este túnel lleva a la madriguera de Ripred.— ¿De verdad? —preguntó Ares.

—Sí, ¿no te acuerdas? Twitchtip dijo que su madriguera estaba donde lo vimos por primera vez. Y eso fue al otro lado de este túnel —dijo Gregor.

—Ah, sí, después de que nos enfrentáramos a los tejedores —confirmó Ares.

—Eso es. Pues bien, mi idea consiste en que vayamos en busca de Ripred, le entreguemos a la Destrucción, y que él decida qué hacer con ella —dijo Gregor. Ares abrió la boca para protestar, pero Gregor levantó la mano—. ¡Espera! No me digas que no podemos hacerlo a no ser que tengas tú otro plan mejor.

A estas palabras siguió un silencio muy, muy largo.

—No se me ocurre un plan mejor, pero éste no puede salir bien —dijo Ares.

—Probablemente no —confirmó Gregor—. Bueno, qué, ¿lo intentamos?

CAPÍTULO VIGESIMOTERCERO

Ares insistió en que Gregor durmiera unas horas. Cuando despertó, empezaron su expedición por el túnel. Al inicio era estrecho, pero pronto se abrió en un espacio lo suficientemente amplio como para que Ares pudiera volar, lo cual era un alivio también para Gregor, pues ya le dolían los brazos de cargar con la Destrucción.

Se detuvieron un momento para tomar un trago de agua de un arroyo que corría por una cueva.

—¿Recuerdas este lugar? —le preguntó Ares.

—No —contestó Gregor—. Espera, quizá... —Se habían detenido allí para descansar en el primer viaje, cuando Ripred era su guía—. ¿Es aquí donde Henry trató de matar a Ripred mientras dormía?

—Sí, y tú te interpusiste entre los dos —confirmó Ares.

—Entonces no tenía claro si tú estabas al corriente de las intenciones de Henry —comentó Gregor.

—No lo estaba. Era una de las muchas cosas que Henry omitió mencionarme —dijo Ares. Gregor se dio cuenta de que el murciélago no quería seguir hablando del tema.

Cuando reemprendieron el vuelo, la Destrucción empezó de nuevo a lloriquear, llamando a su madre. Qué extraño debía de parecerle todo a la cría. Volar por los aires a lomos de un murciélago, en brazos de un humano, sabiendo además que algo muy malo le había pasado a su madre. Gregor le dio lo que quedaba de la barra de chocolate que había probado en el Dédalo. Tenía otra más, pero decidió guardarla para una verdadera emergencia.

El olor a huevo podrido lo permeaba todo ya, y Gregor supo entonces que se estaban acercando a la cueva en la que había tenido lugar el primer encuentro con las arañas Treflex y Gox. Ares aterrizó en la entrada y prosiguieron a pie. Las paredes de la cueva seguían supurando esa agua sulfurosa. Allí, en el suelo, estaba la cáscara del cuerpo de Treflex, lo que quedaba de la araña después de que su compañera, Gox, se comiera sus entrañas.

—¿Quieres descansar? —preguntó Gregor a Ares.

—Aquí, no —contestó.

—Bien —aprobó Gregor, aunque lo que los esperaba fuera aún peor.

El agua maloliente caía sobre ellos. Ripred los había llevado por ahí con la idea de disimular su olor para que las ratas no pudieran seguirlos, y desde luego, al salir del túnel todos apestaban a huevo podrido. Este viaje resultaba, si eso era posible, aún más incómodo que el primero. Entonces Gregor llevaba un casco en la cabeza que lo había protegido mínimamente. En ese primer viaje no estaba herido. Había estado ansioso por encontrar a su padre, y no temeroso del momento en que se reuniría con él. Y en sus brazos llevaba a Boots, no a una cría de rata.

El pobre Ares había viajado entonces a lomos de Temp, porque el túnel era muy estrecho y largo. Pero ahora venía andando, cojeando, arañándose las alas contra los salientes de roca, y guiñando los ojos ante la lluvia maloliente que caía del techo del túnel.

Pocos minutos después estaban los tres empapados. La rata lloriqueaba con tristeza, y Gregor caminaba a tropezones. Ares y él no intercambiaron una sola palabra en lo que duró el trayecto por el túnel, y eso que fueron muchas horas.

Cuando por fin desembocaron en un espacio abierto, las rodillas de Gregor no aguantaron el peso de su cuerpo y cayó al suelo. Pensaba que la Destrucción, que se había pasado la mayor parte del viaje retorciéndose entre sus brazos, trataría ahora de escapar. En lugar de eso, se acurrucó debajo de su camiseta, acercándose más a su pecho.

Ares se dejó caer contra una roca junto a él.

—¿Hay ratas por aquí? —le preguntó Gregor.

—Se están acercando unas diez. Pero eso es lo que queremos, ¿no? —dijo Ares.

—En efecto —confirmó Gregor.

Ninguno de los dos trató de moverse cuando los rodearon. Entonces Gregor vio la cicatriz en diagonal que atravesaba el rostro de Ripred.

—De haber sabido que venías, habría ordenado la casa —dijo éste.

—No te preocupes. No vamos a quedarnos mucho tiempo. Sólo vinimos a traerte un regalo —dijo Gregor.

—¿Para mí? Oh, no deberías haberte molestado —dijo Ripred.

—Tú me diste a Twitchtip —dijo Gregor.

—Pero no porque esperara nada a cambio —contestó Ripred. Empezó a mover el hocico, y sus ojos se concentraron en el bulto que deformaba la camiseta de Gregor.

—Pero aun así te he traído un regalito —dijo Gregor, levantándose la camiseta. La Destrucción resbaló y cayó al suelo, delante de él. Todas las ratas, excepto Ripred, dejaron escapar un «oh». Al ver a otra rata, la cría empezó a correr hacia Ripred pero, sobresaltada por el violento siseo pronunciado por éste, volvió rápidamente junto a Ares.

—No te gustan los pequeños, ¿verdad? —comentó Gregor. Ripred también había siseado así a Boots.

—No me gusta éste en particular —gruñó Ripred—. ¿Qué está haciendo aquí?

—Honestamente, no sabía a qué otro sitio llevarlo —contestó Gregor.

—¡Se suponía que tenías que matarla! —protestó Ripred.

—Pero no lo hice. Te la traigo a ti.

—¿Y qué te hace pensar que yo no voy a matarla? —preguntó Ripred.

—No creo que seas capaz de matar a una cría —le dijo Gregor.—¡Ja! —exclamó Ripred, caminando en círculos. Gregor no estaba muy seguro de si eso significaba que sí, o que no.

—Bueno, digamos mejor que no creo que quisieras matar a la Destrucción, porque si lo haces, nunca conseguirías que las demás ratas se pusieran de tu lado —dijo Gregor.

Fue una suerte que estuviera sentado, porque Gregor cayó hacia atrás sobre la roca tan rápidamente que, de haber estado de pie, se habría partido el cráneo como una sandía. Así y todo le dolió bastante.

Ripred lo hundió en el suelo con una pata, y acercándose a su cara, le enseñó los dientes.

—¿Y has pensando que, dadas las circunstancias, puede que también te mate a ti?

Gregor tragó saliva con dificultad. La respuesta era «sí», pero en lugar de reconocerlo, miró a Ripred a los ojos, y dijo:

—Está bien, pero creo que será mejor que te advierta que, si luchamos, sólo tienes un cincuenta por ciento de probabilidades de ganarme. —¿Ah, sí? —preguntó Ripred. Bastó eso para distraerlo un segundo—. ¿Y eso por qué?

—Porque yo también soy un enrabiado —contestó Gregor sin vacilar.

Ripred se echó a reír con tanta fuerza que se cayó de costado. Las demás ratas también se reían. Pese a todo, Gregor siguió tirado en el suelo.

—Es verdad —dijo, mirando al techo—. Twitchtip detectó ese olor en mí. Pregúntale a Ares.

Nadie le preguntó nada a Ares, todos estaban demasiado ocupados muertos de risa. Ésa era una cosa que había que reconocerles a las ratas: tenían sentido del humor. Por fin Ripred se serenó y barrió el suelo con su cola, apartando a las demás ratas.

—Fuera —les dijo—. Déjenmelos a mí.

Cuando se fueron, dijo :

—Muy bien, enrabiado, cuéntame lo que ocurrió, y no omitas ningún detalle. La última vez que nos vimos me diste una ridícula excusa para no seguir con tu clase de ecoubicación, y entonces...

—Entonces me encontré con Nerissa —prosiguió Gregor. Le contó todo a Ripred: lo de las luciérnagas, el ataque de los calamares, cómo había salvado a Twitchtip del remolino, cómo habían perdido a Pandora en la isla, el ataque de las serpientes en el Tanque, y que se habían refugiado en una cueva. Y entonces se dio cuenta de que no podía continuar.

—Sí, perfecto, ustedes seis estaban en la cueva, ¿y qué hay de los demás? —le preguntó Ripred.

—Se perdieron —intervino Ares, cuando quedó claro que Gregor no iba a contestar. Y entonces el murciélago retomó el hilo de la narración, contándole cómo se habían separado en dos grupos y Twitchtip los había guiado hasta caer rendida. Le contó también la pelea entre Goldshard y Snare, y que Gregor se había llevado consigo a la Destrucción—. Y ahora estamos aquí.

Ripred los miró pensativo.

—En efecto, aquí están ahora. Los pocos que han sobrevivido —dijo—. Lamento tus pérdidas.

Así era Ripred. Un segundo antes estaba dispuesto a matarte, y un momentito después, entendía perfectamente que te sintieras tan mal que te daban ganas de morirte.

—Sólo por curiosidad, Gregor, ¿qué esperas que haga con la cría si no la mato? —quiso saber Ripred.

—Pues pensé que tal vez podrías, qué sé yo, educarla. Todo el mundo tiene mucho miedo de lo que pueda llegar a ser de mayor. Y si la hubiera atrapado Snare, probablemente habría terminado siendo un monstruo. Pero a lo mejor, si tú te ocuparas de ella y eso, quizá al final de mayor no sería tan mala —explicó Gregor.

—¿Pensaste que yo podría ser su papi? —dijo Ripred, como si no hubiera oído bien.

—Bueno, o por lo menos su maestro. Alguna de las otras ratas podría hacer de padre —dijo Gregor—. Sólo durante dieciocho años, o bueno, los que sean.

—Ah, es obvio que eso es algo que desconoces de las ratas —dijo Ripred—. Esa bola de pelusa que ves ahí será una rata hecha y derecha el invierno que viene.

—Pero..., si ahora mismo no es más que una cría —objetó Gregor.

—Tan sólo los humanos crecen tan despacio —intervino Ares—. Es una de sus grandes debilidades. Las demás criaturas de las Tierras Bajas maduramos como lo hacen las ratas. Algunas más rápidamente incluso.

—Pero, ¿cómo enseñas a las crías todo lo que tienen que saber? —se extrañó Gregor.

—Las ratas aprenden más deprisa que los humanos. Y además, ¿qué necesitan saber? Comer, luchar, aparearse, y odiar a toda criatura que no sea una rata. No se tarda mucho en aprender esas cosas —dijo Ripred.

—Pero tú sabes otras muchas cosas —protestó Gregor—. Sabes incluso lo que ocurre en las Tierras Altas.

—Bueno, he pasado muchas noches en sus bibliotecas —dijo Ripred.

—¿Subes a mi mundo y te pones a leer libros? —le preguntó Gregor.

—Me los leo, o me los como, según se me anto-ja —contestó la rata—. De acuerdo, Gregor, puedes dejar conmigo a la cría. No la mataré, pero no puedo prometerte que le pueda enseñar muchas cosas. Y además, sabes que se te va a armar en Regalia.

—No me importa —contestó Gregor—. Si piensan que les voy a hacer el trabajo sucio, están muy equivocados.

—Así se habla, chico. Eres un enrabiado. No dejes que te tomen el pelo —dijo Ripred.

—De verdad, soy un enrabiado —dijo Gregor tímidamente.

—Ya lo sé. Pero hay enrabiados recién estrenados, y otros más veteranos que han luchado en mil batallas. ¿Y tú serías...? —preguntó Ripred.

—¿Yo? De los del primer tipo, por supuesto. Y ni siquiera tengo espada.

—¿Y qué tan bien manejas lo de la ecoubicación? —quiso saber Ripred.

—Mal —dijo Gregor—. Soy un desastre.

—Pero seguirás practicando, porque tienes una confianza ciega en mi juicio —declaró la gran rata.

—De acuerdo, Ripred —dijo Gregor, demasiado cansado como para ponerse ahora a discutir con Ripred sobre la inutilidad de la ecoubicación. Se puso de pie—. ¿Podrás arreglártelas con ella? Con la Destrucción, digo.

—Si se parece en algo a su madre, me va a dar mucha, pero que mucha guerra —dijo Ripred—. Pero me las arreglaré.

Gregor se acercó a la cría y le dio una palmadita en la cabeza.

—Cuídate, ¿eh? —La Destrucción le acarició la mano con el hocico.

—Dásela cuando nos hayamos ido —dijo Gregor, tendiéndole la última barrita de chocolate—. Con esto se tranquilizará. ¿Estás preparado, Ares?

Ares se acercó a él aleteando, y Gregor se subió a su espalda.

—Ah, y otra cosa. Twitchtip. ¿Dejarás que se quede contigo si consigue llegar hasta aquí?

—Vaya, vaya, ¿no me irás a decir que le tomaste cariño a Twitchtip? —preguntó Ripred.

—Para ser una rata, es de nuestras preferidas —dijo Ares. Ripred sonrió de oreja a oreja.

—Si consigue arrastrar su triste trasero hasta aquí, podrá quedarse. Vuelen alto los dos.

—Corre como un río, Ripred —le dijo Gregor.

Mientras se elevaban por los aires, miró por encima de su hombro. La Destrucción estaba sentada junto a Ripred, comiéndose la barrita de chocolate con papel y todo.

Tal vez el plan de Gregor saliera bien al final.

CAPÍTULO VIGESIMOCUARTO

Tras un buen rato volando, Gregor cayó en la cuenta de que Ares no había descansado después de la larga caminata por el túnel.

—¿Quieres buscar un lugar para echarte una siestecita? —le preguntó—. Yo, mientras, puedo hacer guardia. —Pero no había terminado de decirlo cuando bostezó. Él tampoco había dormido mucho.

—Estoy extrañamente despejado —dijo Ares—. ¿Por qué no duermes mientras volamos? Te despertaré cuando necesite descansar.

—Está bien, gracias. —Gregor se acostó sobre el lomo de Ares. Su pelaje estaba húmedo, y apestaba a huevo podrido, pero tampoco la ropa de Gregor olía mucho mejor. A través del pelaje le llegaba el calor del cuerpo de Ares. Cerró los ojos y se abandonó al sueño.

Ares lo dejó dormir unas seis horas antes de despertarlo. Acamparon en un nicho de roca excavado en las paredes de una cueva. El murciélago se quedó inmediatamente dormido después de proporcionarle a Gregor unos cuantos peces.

Gregor tomó uno de ellos y desgarró con los dientes un pedazo de carne, que luego se metió en la boca. Howard siempre había limpiado los peces con un cuchillo, separando la carne de las espinas. Pero ahora Gregor no tenía cuchillo, ni espada siquiera. Y además, ¿qué más daba? Acuclillado sobre el pez, en la cornisa de roca, se sentía como si hubiera retrocedido en el tiempo. Se había convertido en un hombre de Neanderthal o algo así, comiendo peces crudos para alimentarse con las proteínas animales. Esa vida sí que tenía que haber sido dura. Aunque bueno, la suya tampoco es que fuera un camino de rosas.

Recordó con nostalgia alimentos más ricos y sabrosos. La lasaña de la señora Cormaci, llena de queso y salsa de tomate. Un bizcocho de chocolate con una espesa capa de azúcar glas. Papas asadas con salsa. Con un gruñido, arrancó un pedazo de carne que se le resistía. Nada como el hambre, pensó, para borrar de un plumazo cientos de miles de años de evolución.

Gregor se limpió las manos en los pantalones y se recostó contra la pared de piedra. Se quedó ensimismado, contemplando la luz de su linterna, el único rayito de claridad en ese enorme espacio oscuro. Ya no le quedaban más pilas de repuesto. Si éstas se gastaban, dependería por completo del murciélago para salir de allí. Un momento, ¿a quién quería engañar? De cualquier manera, siempre dependía por completo de Ares. Desde luego, no le parecía muy justo. El noventa por ciento del tiempo era Ares quien se ocupaba de mantenerlos con vida. Gregor no se sentía muy a la altura del murciélago en esa historia de ser vínculos y todo eso.

«¡Pues entonces deja de mirar tu linterna como un bobo, y estate atento al peligro!», pensó. Disgustado consigo mismo, paseó el haz de luz por los alrededores rocosos. Nada nuevo que reseñar. Con todo, tenía que mejorar sus aptitudes a la hora de hacer guardia. Howard le había dicho que había truquitos para mantenerse alerta. Gregor repasó las tablas de multiplicar un rato; eso parecía funcionar. Luego trató de recordar las capitales de los cincuenta estados que componían Estados Unidos. Pero eso sólo le duró, pues eso, cincuenta estados. Por último, se obligó a sí mismo a calcular algo que había estado evitando conscientemente: el tiempo que llevaba en las Tierras Bajas.

Le resultaba casi imposible calcularlo. Había estado en Regalia menos de dos días antes de partir hacia el Canal, de eso estaba seguro. Recordó que alguien había dicho que se tardaban cinco días en llegar al Dédalo. ¿Y luego un par de días hasta su encuentro con Ripred? ¿Nueve entonces en total? ¿O tal vez diez?

Su familia debía de estar destrozada. Regresaría a casa un poquito antes de Navidad. Sin Boots. Para siempre.

Gregor volvió a sus tablas de multiplicar.

Cuando Ares se despertó, comieron otro poco de pescado crudo, y luego reemprendieron el vuelo. Prosiguieron así durante un día o dos: Gregor dormía mientras Ares volaba, Ares dormía mientras Gregor hacía guardia, hasta que por fin Ares despertó a Gregor con las palabras de «Ya llegamos».

Estaban inmóviles. Gregor se incorporó y se frotó los ojos. La luz era más fuerte que la que había visto en muchos días. Se deslizó de lomos del murciélago hasta un suelo de piedra pulida y miró a su alrededor. Se encontraban en el Gran Salón, que estaba totalmente vacío. En algún lugar no muy lejos de allí se oía música.

—¿Dónde están todos? —preguntó Gregor.

—Lo ignoro. Pero si suena música, tiene que haber algún tipo de celebración —contestó Ares—. Creo que proviene de la Sala del Trono.

Recorrieron unos cuantos pasillos y llegaron al umbral de una enorme habitación que Gregor nunca había visto antes. El suelo describía una suave pendiente, como la sala de un teatro, y estaba lleno de filas y filas con bancos de piedra. El lugar estaba hasta arriba de murciélagos y humanos, vestidos todos con sus mejores galas. Muchas personas tenían objetos cubiertos de tela y atados con lazos. ¿Regalos, tal vez? Todo el mundo contemplaba atentamente un gran trono de piedra situado en el otro extremo de la habitación. Sentada en él estaba Nerissa.

La habían aseado para la ocasión. Su pelo enmarañado estaba ahora peinado en complicadas trenzas, colocadas sobre su coronilla. De sus hombros huesudos colgaba un amplio vestido bordado de piedras preciosas. De pie detrás de ella estaba Vikus. Recitaba una especie de discurso mientras colocaba sobre la cabeza de la muchacha una gran corona de oro. Hubiera sido difícil imaginar a Vikus y a Nerissa más tristes de lo que parecían en ese momento.

—¿Qué está pasando? —susurró Gregor.

—Es una ceremonia de coronación. Están coronando reina a Nerissa —explicó Ares en voz baja.

Luxa tenía razón, entonces. Si ella moría, Nerissa sería nombrada reina, y no Vikus y su familia. O por lo menos, no por el momento.

—Me imagino entonces que Howard y los demás consiguieron regresar —dijo Gregor. ¿Cómo, si no, se habrían enterado de que Luxa había muerto?

—Así parece —confirmó Ares.

Si Mareth había sobrevivido, estaría abajo en el hospital, pero Howard y Andrómeda tenían que estar ahí. Gregor los buscó en la sala, pero no los encontró.

Vikus llegó al final de su discurso justo cuando terminaba de ponerle la corona en la cabeza. El delgado cuello de la chica se dobló hacia adelante bajo el peso, y Gregor pensó en lo poco adecuada que era Nerissa para reinar sobre un lugar tan violento, constantemente en guerra. La cuestión no era ya si estaba loca, o de verdad podía adivinar el futuro. Esa chica era demasiado frágil para mantener erguida la cabeza bajo el peso de la corona. Por la mente de Gregor pasó entonces la imagen de Luxa echándose para atrás su diadema real. Que Luxa quisiera ser reina o no, Gregor estaba totalmente seguro de que ella sí estaba a la altura del cargo. Pero Luxa había muerto.

Howard tenía razón. Tendrían que haber nombrado rey a Vikus. Éste habría sido un buen dirigente; era inteligente y diplomático. Y no parecía dispuesto a permitir que el poder se le subiera a la cabeza.

Cuando Nerissa se apoyó en los posabrazos del trono, y consiguió mantener erguida la cabeza, su mirada se cruzó con la de Gregor. Su rostro reflejó alguna emoción, y luego se desmayó, desplomándose sobre el suelo. La corona golpeó las baldosas de piedra con un ruido metálico, antes de alejarse rodando.

Hubo una gran conmoción. Casi inmediatamente alguien trajo una camilla, y se llevaron a Nerissa de la sala. La multitud murmuraba, negando con la cabeza. Eran probablemente todos aquellos que se habían opuesto a que Nerissa fuera proclamada reina.

Entonces alguien descubrió a Gregor y a Ares, que habían estado todo ese rato de pie en el umbral, sin que nadie se fijara en ellos, pues todos estaban pendientes de la coronación. Ahora cientos de rostros se volvieron hacia ellos y empezaron a gritar preguntas. Gregor vio que Vikus le indicaba con un gesto que se acercara. Ésta no era exactamente la forma que él hubiera elegido de revelar lo que había sucedido con la Destrucción. Había planeado contárselo a solas a Vikus, y luego volver a su casa. Pero esa opción ya no era posible.

La multitud se apartó para dejarlos pasar, y poco a poco se fue serenando. Cuando llegaron al trono, era como si todos estuvieran conteniendo el aliento.

—Yo te saludo, Gregor de las Tierras Altas. Ares, nos alegramos de verte con vida. ¿Qué noticias nos traes? —preguntó Vikus—. ¿Hallaste a la Destrucción?

—La hallamos —contestó Gregor.

La multitud prorrumpió en murmullos. Vikus les pidió silencio con un gesto.

—¿Y sofocaste su luz? —le preguntó a Gregor.

—No, se la entregamos a Ripred —respondió Gregor sin vacilar.

Hubo un momento de incredulidad, y luego la multitud se puso como loca. Gregor veía los rostros, tanto humanos como de murciélago, retorciéndose de furia. Algo golpeó su cabeza. Cuando Gregor se llevó la mano a la sien, la retiró ensangrentada. Una pequeña jarra de cristal labrado yacía a sus pies. Debía de ser un regalo para la recién coronada reina. Más objetos empezaron a caer a su alrededor. Un tintero, un medallón, una copa de vino. Lo único que tenían todos en común es que estaban hechos de piedra. Gregor cayó en la cuenta de que poco importaba la belleza con que esa piedra estuviera labrada. Esos regalos se podían considerar obras de arte, pero no cambiaban el hecho de que él y Ares estaban siendo lapidados a muerte.

Ares trató de interponerse entre Gregor y la muchedumbre, pero era en vano. Ésta se acercaba cada vez más, obligándolos a retroceder hacia la pared. Algunas voces exigían su muerte.

Gregor recordó entonces las palabras de Ripred: «se te va a armar en Regalia». ¡La rata podría haber concretado un poquito más!

A través del caos oyó el sonido de un cuerno, y luego la multitud empezó a retroceder. Un grupo de guardias formó un semicírculo alrededor de ellos, y los escoltaron fuera de la sala.

—Síganme —dijo una mujer que parecía estar al mando de la formación. Gregor obedeció, feliz de poder escapar de la turba.

Bajaron múltiples escaleras, y por fin llegaron a un pasillo silencioso en las profundidades del palacio. La mujer les abrió una puerta de piedra, cosa que a Gregor se le pareció extraña, pues había muy pocas puertas en el palacio.

Ares y él entraron en la sala iluminada con antorchas y la puerta se cerró a sus espaldas. Se oyó un sonido como de un cerrojo que se corre.

—¿Dónde estamos? —le preguntó a Ares—. ¿Qué es esto, una habitación especial para mantenernos a salvo?

—Es para mantener a los demás a salvo de nosotros —contestó Ares—. Éstas son las mazmorras. Nos han detenido acusados de alta traición.

—¿Qué? —Preguntó Gregor—. ¿Y eso por qué?

—Por haber cometido delitos contra el estado de Regalia —explicó Ares—. ¿No oíste la acusación?

Gregor no había oído nada más que una furiosa multitud vociferante.

—¡Oigan! —golpeó la puerta con el puño—. ¡Déjenme salir de aquí! ¡Quiero hablar con Vikus! —No hubo respuesta. Gregor se cansó pronto pues era muy doloroso golpear una puerta de piedra con el puño. Se volvió hacia Ares.

—Conque traición, ¿eh? Genial. ¿Y qué pasa si nos declaran culpables? ¿Nos van a desterrar, o algo así?

—No, Gregor —contestó Ares—. La traición se castiga con la muerte.

CAPÍTULO VIGESIMOQUINTO

Con la muerte? —Gregor tardó unos segundos en asimilar la idea—. ¿Quieres decir... que nos van a matar por no haber acabado con la Destrucción?

—Si determinan que fue un acto de traición — precisó Ares.

—¿Y eso quién lo decide? —preguntó Gregor, con la esperanza de que fuera Vikus.

—Un tribunal de jueces. La sentencia final la tiene que aprobar la reina —dijo Ares.

—Bueno, Luxa no les dejará— —empezó a decir. Pero entonces recordó que la reina era ahora Nerissa. No había forma de saber lo que haría ella—. ¿Permitiría Nerissa que nos mataran?

—No lo sé. No la he visto desde que dejé que su hermano cayera al abismo —dijo Ares—. No era capaz de enfrentarme a ella.

Gregor se deslizó a lo largo de la pared hasta sentarse torpemente en el suelo, abrumado. Había corrido tantos riesgos, había perdido tanto por esa gente, ¿y ahora iban a matarlo?

—Lo siento, Gregor. No debería haberte traído de vuelta a Regalia. Debería haber previsto que esto podía ocurrir —dijo Ares—. Es todo culpa mía.

—No es culpa tuya —negó Gregor.

—Pensé que casi con total seguridad nos desterrarían, pero entonces podría llevarte hasta tu casa. Para mí es como si ya estuviera desterrado, así que, ¿qué importancia tiene? Pero traición... No pensé que llegarían tan lejos. Nunca antes habían juzgado a un habitante de las Tierras Altas, y desde luego no uno tan joven como tú. —Ares empezó a balancearse de atrás hacia delante. Parecía hablar más consigo mismo que con Gregor—. ¡No puedo dejar que esto ocurra! Ya he perdido a un vínculo; fueran cuales fueran sus intenciones, nada cambia el hecho de que dejé morir a Henry. No perderé también a Gregor, no dejaré que lo... ¡Un momento! ¡Tengo un plan! —Ares se volvió hacia Gregor, paseando la mirada por la habitación mientras su plan iba tomando forma en su cabeza—. Les diré que todo fue idea mía. Que yo no quise que mataras a la Destrucción... Que..., que..., que te robé la espada... ¡Sí! Eso lo creerán, porque regresaste desarmado. Y después te obligué a llevar a la Destrucción con Ripred porque estoy aliado con las ratas. Eso también lo creerán... ¡Ya se me odia bastante aquí, y todos desconfían de mí!

Gregor se quedó mirando a Ares con incredulidad. ¿De verdad pensaba el murciélago que iba a aceptar ese plan?

—¡No pienso dejar que hagas eso! Pero si pasó justo lo contrario. Yo fui el que no ha querido matar a la

Destrucción, y el que se la llevó a Ripred. Si alguien tiene que ser declarado inocente, eres tú.

—Pero eso a mí no me ayudaría, Gregor. Moriré de todos modos. Eso es lo que todos quieren. Pero tal vez aún estemos a tiempo de salvarte a ti. Piensa en tu familia —suplicó Ares.

Gregor lo hizo, y fue horrible. Primero Boots, y luego él. Pero con todo no podía hacerle eso a Ares. Su familia no querría que mintiera y que mataran a Ares por algo que no había hecho.

—No —dijo Gregor.

—Pero... —empezó a decir Ares.

—No —resolvió Gregor—. No pienso hacerlo.

—¡Entonces moriremos los dos! —protestó Ares lleno de enfado.

—¡Pues moriremos los dos! —Permanecieron sentados un rato, poniéndose cada vez más nerviosos—. Bueno, ¿y cómo lo hacen? —preguntó por fin Gregor.

—No te va a gustar —contestó Ares.

—No, me imagino que no, pero prefiero saberlo —dijo Gregor.

—Me atarán las alas, y a ti las manos, y nos dejarán caer desde lo alto de un gran acantilado, para que nos estrellemos contra las rocas del fondo —explicó Ares.

Era la pesadilla recurrente de Gregor. Desde que podía recordar, siempre había tenido sueños horribles en los que le pasaba justamente eso. Caía al vacío... y luego se estrellaba contra el suelo... Así era como habían muerto Henry y las ratas del Rey Gorger. Gregor había oído sus gritos mientras caían, y había visto sus cuerpos reventarse contra las rocas.

Durante un momento, estuvo tentado de aceptar la oferta de Ares. Pero no podía hacerlo.

Se abrió una rendija en la puerta de la mazmorra y una mano metió dos platos con comida, antes de que la puertecita volviera a cerrarse con un golpe seco.

Parecía imposible comer en un momento como ése, pero el estómago de Gregor empezó a sonar al olor de la comida.

—¿Quieres comer algo? —le preguntó a Ares.

—Supongo que deberíamos, para conservar nuestras fuerzas —dijo el murciélago—. Podría presentarse alguna oportunidad de escapar.

Los platos contenían una especie de tazones y un trozo de pan. No era la comida más sabrosa del mundo, pero después de días enteros de pescado crudo, a Gregor le supo a gloria. Comió con avidez, y después se sintió un poquito mejor. Sólo porque estaban acusados de algo no quería decir que los fueran a declarar culpables. Tal vez, cuando los jueces oyeran su versión de lo que había ocurrido, lo entenderían. Y además estaba Nerissa...

—De modo que, decida lo que decida el tribunal, ¿Nerissa nos puede mantener con vida, si quiere? —quiso saber Gregor.

—Sí, nos puede perdonar la vida. Pero Gregor, yo dejé morir a Henry —le recordó Ares.

—Sí, ¿pero sabes lo que me dijo? Que para ella era mejor que hubiera muerto. Porque de no haber sido así, todos los demás habríamos muerto también —dijo Gregor.

—¿Eso dijo? —preguntó Ares—. Debe haberse pasado muchas noches en vela para llegar a esa conclusión.

—¿De verdad ve cosas? O sea, me refiero al futuro, y eso —quiso saber Gregor.

—Sí. Yo mismo lo he presenciado. Pero es joven, y su don es un tormento para ella. Ve muchas cosas que no comprende, y otras muchas que la asustan. A veces duda de su propia cordura —dijo Ares.

Gregor no contestó nada. Él tampoco estaba muy seguro de que Nerissa no estuviese loca.

La puerta se abrió y entraron los guardias.

—Es la hora de su juicio —dijo uno de ellos.

Sus esperanzas de poder escapar menguaron cuando le ataron las manos a la espalda. También a Ares le ataron las alas al cuerpo con una cuerda. Era como si ya los estuvieran preparando para la ejecución. Lo único que faltaba era el acantilado.

Varios guardias levantaron a Ares y se pusieron en camino rápidamente. Gregor los seguía escaleras arriba, hasta otra parte del palacio.

Penetraron en una sala donde todo estaba listo para el juicio. No era la habitación donde los ciudadanos de Regalia habían amenazado a Ares con el destierro. Ésta era más oficial. Frente a la puerta había una larga mesa de piedra con tres sillas. Gregor se imaginó que allí se sentarían los jueces. Justo detrás de la silla central, sobre una plataforma, estaba el trono. A la derecha, frente a la mesa, se encontraba un cubo de piedra con tres escalones. Estaba colocado de tal manera que pudieran verlo bien no sólo los jueces, sino también cualquier persona sentada en las siete hileras de gradas con asientos que llegaban hasta el techo. Era el banquillo de los acusados.

Todos los asientos de la sala estaban ocupados, ya fuera por humanos o por murciélagos. Éstos miraban a Gregor y a Ares sin disimular su odio, pero reinaba un extraño silencio. Casi era mejor cuando todos gritaban y lanzaban objetos.

Los guardias condujeron a Gregor hasta un espacio frente a la mesa, y colocaron a Ares a su lado. Permanecieron de pie, mirando la mesa vacía delante de ellos. Luego se oyeron más pasos. Gregor volvió la cabeza y se encontró con Howard y Andrómeda. Ambos estaban atados, y tenían un aspecto andrajoso y desaliñado.

—¿Qué están haciendo aquí? —exclamó Gregor.

—A nosotros también nos van a juzgar por traición —dijo Howard con voz ronca.

—¿Por qué? —preguntó Gregor—. ¡Pero si ni siquiera llegaste hasta la Destrucción!

—Ése es precisamente el motivo —dijo Howard.

Entonces Gregor comprendió a qué se refería. Howard y Andrómeda iban a ser juzgados por no haber completado su misión; habían regresado a Regalia con Mareth.

—¡Yo los obligué a volver! —protestó Gregor.

—Nadie me obligó a hacer nada —dijo Howard—. Volví por mi propia voluntad.

—No me refiero a eso —dijo Gregor. Estaba abrumado por la manera en que su decisión había puesto en peligro las vidas de los que habían luchado junto a él. No podía dejar que eso ocurriera.

Se abrió una puerta lateral y entraron un anciano y un decrépito murciélago blanco. Un momento después apareció una anciana con varios rollos de pergaminos. Los tres se sentaron a la mesa. La mujer, que parecía ser la jueza principal, se acomodó en la silla del centro. Miró hacia el trono a su espalda y se dirigió a uno de los guardias.

—¿Se reunirá con nosotros la Reina Nerissa? —le preguntó con solemnidad.

—Fueron a ver si recuperó el conocimiento, Su Señoría —contestó el guardia.

La mujer asintió con la cabeza, pero Gregor oyó murmullos entre la asistencia, que probablemente estaría comentando la fragilidad de la nueva reina. Bastó una mirada de la jueza para que todos guardaran silencio. Gregor supo que, quienquiera que fuera esa mujer, su vida estaba en sus manos.

No ocurrió gran cosa durante unos minutos, pues los jueces se enfrascaron en la lectura de los pergaminos.

Gregor pasaba el peso de su cuerpo de una pierna a otra. La cuerda se le estaba clavando en las muñecas. Se preguntó si podría pedirles que los desataran, o si eso se consideraría como un gran atentado al comportamiento adecuado en un tribunal. Bueno, valía la pena intentarlo.

—Discúlpeme, Su Señoría —dijo. Todos los guardias lo miraron sorprendidos.

—¿Sí? —dijo la mujer.

—¿Cree que podrían desatarnos? Se me están entumeciendo todos los dedos —explicó Gregor—. Y me ataron la cuerda justo encima de una de las cicatrices de los tentáculos del calamar. Usted no puede verlo, pero Ares tiene toda la espalda cubierta de llagas causadas por los ácaros carnívoros que devoraron a Pandora. Y Howard y Andrómeda también están muy maltratados.

Aunque la jueza se negara, Gregor se alegraba mucho de haber podido hablar. Quería que todos esos idiotas sentados en las gradas, esperando para oír su sentencia de muerte supieran que Ares, Howard, Andrómeda y él eran los que habían estado ahí fuera, arriesgando sus vidas por ellos. De repente se sentía impaciente por testificar.

—Desata a los acusados —ordenó la jueza, antes de volver a enfrascarse en el pergamino.

Ni una sola persona se atrevió a oponerse. Un guardia los desató a todos. Gregor se frotó las muñecas, y cuando se dio la vuelta vio que Howard estaba haciendo lo mismo.

—¿Logró sobrevivir Mareth? —le preguntó.

El rostro torturado de Howard se iluminó con una breve sonrisa.

—Sí. Se pondrá bien.

—¡No puedo creer que lograras salvarle la vida después de que lo atacara aquella serpiente! —exclamó Gregor. Dijo lo de la serpiente en voz muy alta para asegurarse de que todo el mundo lo oyera, y luego se dio la vuelta antes de que nadie pudiera mandarle callar.

Un guardia entró corriendo en la habitación y susurró algo al oído de la jueza.

—Muy bien —dijo ésta—. Demos comienzo al juicio. —Se aclaró la voz y leyó las acusaciones que pesaban sobre ellos. El lenguaje era muy complicado, pero todo parecía reducirse al hecho de que Gregor no había matado a la Destrucción, y que nadie lo había hecho en su lugar.

La jueza terminó de leer la lista de acusaciones y levantó la cabeza.

—Procederemos ahora a interrogar a los acusados.

—¿Puedo ser el primero? —A Gregor se le escapó la pregunta antes de que pudiera controlarse, pero de pronto supo que así tenía que ser. Era consciente de que Howard, Ares, y probablemente también Andrómeda, ya estaban convencidos de su propia culpabilidad. Si tomaban asiento en el banquillo de los acusados, tal vez no fueran capaces de defenderse a sí mismos. Él, en cambio, hervía de indignación por lo injusto que le parecía todo.

—Acusado —dijo la jueza con severidad—, no tenemos por costumbre gritar preguntas durante un juicio, especialmente uno tan grave como éste.

—Perdón —dijo Gregor, pero no bajó la cabeza ni apartó la mirada—. Qué debo hacer si tengo alguna pregunta, ¿levantar la mano? Porque vamos a ver, no tengo abogado ni nada parecido, ¿no?

—Bastará con que levantes la mano —dijo la jueza, haciendo caso omiso de la cuestión del abogado.

Gregor pensó en levantar la mano y volver a preguntar si podía ser el primero, pero lo podrían considerar una arrogancia. Ya fuera porque así lo había solicitado, o porque estaba previsto, el caso es que lo llamaron a declarar enseguida. Subió los escalones del banquillo de los acusados. Estaba diseñado de manera que todos pudieran ver cada uno de sus movimientos, cada cambio en su lenguaje corporal. Gregor se sintió muy expuesto.

Esperaba que lo bombardearan con preguntas, como se veía en la tele, pero los jueces se limitaron a reclinarse sobre los respaldos de sus asientos, mirándolo.

—Cuéntanos pues —dijo la jueza—. Relátanos tu viaje, Gregor de las Tierras Altas.

Gregor se quedó un poco desconcertado.

—¿Por..., por dónde quieren que empiece?

—Por el día en que dejaste Regalia —dijo la jueza.

Y entonces Gregor les contó su historia. Siempre que tuvo oportunidad, se aseguró de hacer hincapié en el valor del que había hecho gala el resto de los acusados. Cuando llegó al episodio del Tanque, dijo —Obligué a Howard a regresar. No tenía otra opción. Estaba dispuesto a enfrentarme a él si no me obedecía. Y también me hubiera enfrentado a Andrómeda, y ésta lo sabía. Por eso regresaron. ¿Cómo podían correr el riesgo de herirme cuando yo aún tenía que matar a la Destrucción?

—¿Y por qué no querías que te acompañaran? —preguntó el viejo murciélago. Durante un momento, Gregor no supo qué contestar.

—Porque..., no lo sé..., porque para empezar teníamos que llevar a Mareth al hospital. Y supongo que no quería que hubiera mucha gente conmigo en el laberinto. Quería que mi familia supiera lo que le había pasado a Boots... y a mí, si no lograba salir de ésa. Y porque..., porque... —Gregor recordó entonces cómo se había sentido en la cueva, cuando el hielo se había apoderado de todo su cuerpo—. Porque la Destrucción era cosa mía.

La multitud murmuró ante tamaña insolencia.

—¿A qué te refieres con que la Destrucción era cosa tuya? —preguntó el murciélago.

—Era asunto mío matarla. Eso es lo que dice su profecía, ¿no? ¿No dice que soy yo quien se supone que tiene que matarla? Siempre ha sido asunto mío —dijo Gregor—. Y me correspondía a mí decidir quién había de acompañarme en el laberinto, no a ustedes. —Gregor hizo una pausa—. Miren, si matan a Howard y a Andrómeda porque regresaron, eso es asesinato puro y duro. Nadie podría haberlo hecho mejor que ellos.

Gregor miró hacia donde estaban los demás. No era fácil adivinar los pensamientos de Andrómeda, pero Gregor vio que le temblaban un poco las alas. Howard articuló algo en silencio. Gregor estaba casi seguro de que era la palabra «gracias». Tal vez su argumento fuera lo suficientemente convincente como para salvarles la vida.

—Prosigue con tu relato. ¿Qué pasó después de que se separaron? —preguntó la jueza.

Gregor respiró hondo. Esta parte iba a ser más difícil. Contó cómo entraron en el Dédalo, cómo tuvieron que dejar a Twitchtip en el camino, cómo llegaron al cono y fueron testigos del sangriento enfrentamiento entre Goldshard y Snare. La multitud volvió a reaccionar. Gregor sospechaba que todos se alegraban de que Snare hubiera muerto.

Justo en ese momento apareció Nerissa en el umbral, apoyándose con todo su peso sobre el brazo de Vikus. El vestido de su coronación estaba torcido, y unas cuantas trenzas sueltas se escapaban de su peinado. Sobre su cabeza no había nada que recordara remotamente a una corona: ni diadema, ni banda dorada, nada. No paraba de guiñar los ojos, como si estuviera sometida a una potente luz.

Vikus necesitó la ayuda de dos guardias para acomodarla en el trono. Incluso sentada se inclinaba ligeramente hacia un lado, como si en cualquier momento fuera a desplomarse contra el suelo.

—Reina Nerissa, ¿estás bien para asistir a este juicio? —preguntó la jueza con un tono neutro.

—Oh, sí —contestó Nerissa—. Ya me he visto antes aquí, aunque desconozco el desenlace.

Éste era el tipo de respuesta que llevaba a la gente a pensar que estaba loca. Tal vez alguien debiera decirle que era mejor que se guardara sus visiones y no se las contara a nadie.

—¿Se les acusa de traición? —preguntó Nerissa confundida, y Gregor se dio cuenta de que la chica no tenía ni idea de lo que estaba ocurriendo. La jueza le contestó despacio:

—Sí, sobre ellos pesa la acusación de traición.

Nerissa permaneció un momento con la mirada desenfocada, y luego negó con la cabeza.

—Perdonen. Acabo de despertar.

—¿Quieres que volvamos a empezar desde el principio? —preguntó la jueza.

—Oh, no, prosigan, por favor —contestó Nerissa. Hundió los puños en su vestido, levantándoselo por encima de las rodillas. Otra trenza se soltó de su peinado y colgó a un lado de su cara. Le temblaba todo el cuerpo.

La jueza miró a Vikus, pero este evitó su mirada, y se entretuvo en cubrir con su manto los hombros de Nerissa. La reina le miró sonriendo.

—No le haría el feo a un plato de sopa —dijo.

«Estamos perdidos», pensó Gregor. Nerissa no les iba a ser de mucha ayuda. La jueza se volvió entonces hacia él.

—Bien, ¿qué ocurrió después de la lucha entre los roedores Goldshard y Snare?

Gregor trató de volver a concentrarse.

—Entonces oímos unos arañazos en la roca, que provenían de uno de los túneles, y supimos que se trataba de la Destrucción. Pero el túnel era estrecho y Ares no podía entrar volando, así que tuve que dejarlo en el cono. Entré solo, preparado para matarla. Entonces, cuando encontré a la Destrucción, ésta empezó a llorar y a llamar a su mamá, y... ¡Caray, a mí me habían dicho que era una rata gigantesca! Bueno, a lo mejor ustedes no lo sabían, pero el caso es que yo no me esperaba que la Destrucción fuera a ser una cría.

Nerissa se puso en pie de un salto.

—¡Una cría!

—Sí, era una cría de rata —dijo Gregor, sorprendido de que Nerissa hubiera seguido el hilo de su narración.

La chica bajó a trompicones los escalones del trono y se acercó a la mesa tambaleándose. Con una mano seguía sujetándose el vestido por encima de las rodillas, mientras agitaba la otra frenéticamente.

—¡Oh, Guerrero! ¡Oh, Guerrero! —exclamó, desesperada. Nerissa se acercó a él medio cayéndose. Gregor se debatía entre intentar tomarla en sus brazos, o alejarse lo más posible de ella. Justo antes de que llegara al cubo, Gregor saltó al suelo y la sujetó por los hombros. Los gélidos dedos de su mano libre lo aferraron por el cuello de la camisa.

—Oh, no habrás matado a la cría, ¿verdad? —le preguntó.

—No, Nerissa, no la maté —contestó, anonadado—. No fui capaz de hacerlo.

Nerissa exhaló entonces un profundo suspiro y se desplomó a sus pies, riendo aliviada.

—Oh..., oh... —le dio unos golpecitos en la rodilla como para tranquilizarlo—. Entonces tal vez podamos aún salvarnos.

CAPÍTULO VIGESIMOSEXTO

Nerissa se sentó en el suelo, riendo y balanceando el cuerpo de atrás hacia delante. Era la viva estampa de la locura.

«Caray, esta pobre chica sí que necesita ayuda», pensó Gregor.

Vikus se acercó y se agachó detrás de ella.

—Nerissa, tal vez deberías descansar un poco más. ¿Te sientes mal?

—Oh, no, estoy bien. ¡Estamos todos bien! —dijo ésta riendo—. El Guerrero ha cumplido la profecía.

—No, Nerissa, no logró matar a la Destrucción —la contradijo Vikus suavemente.

—Vikus —dijo Nerissa—. La cría vive, y por eso vive también el corazón del Guerrero. Los roedores no tienen por consiguiente la llave del poder.

Fue como si a Vikus le hubiera caído un rayo encima. Se sentó en el suelo a su lado y le dijo:

—¿Eso es lo que quiso decir Sandwich? Nunca lo consideramos así.

—¿Qué? —preguntó Gregor, que no entendía muy bien lo que estaba ocurriendo.

—La cría que aparece en la profecía no se refería a tu hermana, Gregor, sino a la Destrucción —le explicó Vikus.

—¿La Destrucción? ¿Por qué habría de destrozar mi corazón el hecho de que la Destrucción muriera? —preguntó Gregor sin comprender.

—¿Por qué no sofocaste su luz? —le preguntó a su vez Vikus.

—Porque es una cría. Y eso no se hace —explicó Gregor—. Es el peor acto de maldad que existe. O sea, quiero decir, si eres capaz de matar a un bebé, ¿de qué no serías capaz ya entonces?

—Eso es lo que dice tu corazón, la parte más esencial de tu ser —dijo Nerissa.

Gregor retrocedió unos pasos y se sentó en el cubo de piedra. Estaba empezando a comprender el significado de las palabras de Nerissa.

Si muere la cría, muere el Guerrero a su vez
Pues muere lo más esencial de su ser.

Lo más esencial de su ser, su corazón, era lo que había decidido salvar la vida de la Destrucción. Si la hubiera matado, ya nunca habría vuelto a ser el mismo. Se habría perdido a sí mismo para siempre.

—¿Sabes? —le dijo Vikus a Nerissa, como si no hubiera nadie más en la sala—, no deja nunca de maravillarme lo mal que podemos interpretar una profecía de Sandwich. Pero en cuanto la entendemos...

—En cuanto la entendemos, todo queda tan claro como el agua —corroboró Nerissa.

Vikus citó un párrafo de la profecía:

¿Qué podría al Guerrero debilitar?
¿Qué pugnan los roedores por hallar?
Una cría tan sólo, nada más
A quien las Tierras Bajas deben su paz.

—Los roedores siempre han buscado a la Destrucción... —dijo Vikus.

—Que no es más que una cría. Sandwich no utilizó la palabra «bebé», sino «cría» que es la que usan los roedores para referirse a sus pequeños —dijo Nerissa.

—Y las Tierras Bajas deben a esta cría su paz —añadió Vikus.

—Porque si Gregor la hubiera matado... —prosiguió Nerissa.

—Habría estallado la guerra total —dijo Vikus—. Su muerte habría bastado para cohesionar a todas las ratas. Llevarle esa cría a Ripred fue una idea propia de un genio, Gregor. Las ratas ya no sabrán cómo contraatacar este golpe de astucia.

—Reina Nerissa, ¿debemos proseguir con el juicio? —preguntó la jueza.

Nerissa levantó la cabeza, como si le sorprendiera mucho encontrarse allí.

—¿Juicio? ¿Para el Guerrero? ¡Por supuesto que no habrá juicio! Ha salvado a las Tierras Bajas. —Nerissa se puso en pie apoyándose en Vikus, y vio que los demás acusados la estaban mirando. Les dedicó una pequeña sonrisa, pero se dirigió especialmente a Ares para decir—: y todos aquellos que lo ayudaron merecen nuestra mayor estima.

Ares bajó la cabeza. Tal vez fuera una reverencia, o tal vez no fuera capaz de sostener la mirada de la reina.

—¿Quieren cenar todos conmigo? Parecen hambrientos —dijo Nerissa. Viniendo de ella, era un poco irónico decir eso, pero todos aceptaron con gusto la invitación.

Un poco aturdidos por este brusco giro en los acontecimientos, Gregor, Ares, Howard y Andrómeda salieron tambaleándose de la habitación, tras los pasos de Nerissa. Ésta los condujo a un pequeño comedor privado, con una mesa que no podía albergar a más de seis comensales. En un rincón una fuente emanaba agua continuamente. De las paredes colgaban antiguos tapices. Gregor se imaginó que los habrían traído los primeros habitantes de las Tierras Bajas, pues mostraban escenas de las Tierras Altas, y no de ese mundo oscuro. Era un lugar que ofrecía mucho sosiego.

—Se está bien aquí —comentó Gregor.

—Sí —convino Nerissa—, aquí es donde suelo venir para comer.

Todos tomaron asiento. Empezaron a traer platos con exquisitos alimentos. Grandes pescados rellenos de hierbas y cereales, diminutas verduritas dispuestas formando dibujos geométricos, pan de frutas recién horneado, finísimas lonchas de carne asada, y el plato preferido de

Ripred: gambas a la crema. Les sirvieron raciones enormes a cada uno.

—No creas que ceno siempre tan suntuosamente —advirtió Nerissa—. Esta comida ha sido preparada con motivo de mi coronación. Por favor, adelante.

Gregor mojó un pedazo de pan en la salsa de las gambas y le dio un gran bocado.

Durante un rato, todos se concentraron en la comida, excepto Nerissa, que no hacía más que reordenarla en su plato, sin probarla.

—Me temo que no soy una gran conversadora —se disculpó—. Ni siquiera en lo mejor de mis facultades. Y ahora, el dolor por la suerte de mi prima me ha robado las pocas ganas de hablar que aún pudieran quedarme.

—Lo mismo nos ocurre a todos nosotros —dijo Howard con tristeza.

—Sí, ninguno de los presentes está libre de dolor —convino Nerissa.

Era verdad. El viaje hasta el Dédalo había dado a todos muchos motivos de dolor. Gregor se alegraba de que Nerissa fuera consciente de ello, y pudieran proseguir la cena en silencio.

Tras días y días de comida insuficiente, el estómago de Gregor se llenó enseguida con alimentos tan ricos como los que le habían servido. Los demás también dejaron de comer. Lo lógico tal vez hubiera sido que se llenaran de comida hasta hartarse, pero no fue así.

A continuación, Nerissa los mandó a los cuatro al hospital. Andrómeda y Howard no habían recibido atención médica, y tampoco se les había permitido bañarse.

—¿Cuándo llegaron ustedes a Regalia? —les preguntó Gregor.

—Unas doce horas antes que tú y Ares. Andrómeda estuvo sorprendente, apenas y descansó. Cuando aterrizamos, se llevaron a Mareth al hospital, y a nosotros nos encerraron en las mazmorras. Pero yo conocía a una de las guardias, y nos contó noticias de la recuperación de Mareth —dijo Howard.

En el hospital les ordenaron inmediatamente que tomaran un baño. Gregor se dio cuenta entonces de que debía de estar aturdiendo a la gente con su olor a huevo podrido. Después de varios días, él ya apenas lo percibía. Se metió en una bañera, y notó que todas sus heridas protestaban: las cicatrices de los tentáculos del calamar, sus costillas doloridas, el chichón que Ripred le había hecho en la cabeza, los diversos moratones provocados por la lapidación, y las heridas que le habían causado las ligaduras en las muñecas. Estremeciéndose de dolor, Gregor se limpió bien de arriba abajo. Menos mal que la corriente se llevaba toda el agua sucia, porque, si no, estaría de un color marrón oscuro al salir Gregor del baño.

Los médicos le curaron las heridas. Gregor no habló más que cuando le hacían alguna pregunta directa. Cuando terminó, los demás ya lo estaban esperando.

—Supongo que deberíamos tratar de descansar un rato —dijo Howard.

—¿No es un poco arriesgado? —preguntó Gregor.

Nadie respondió. Su estatus en Regalia no estaba muy claro. Nerissa los había declarado inocentes, pero

Gregor tenía la sensación de que todavía mucha gente los consideraba culpables.

—Dispongo de una gran habitación que podría albergarnos a todos. Está reservada en todo momento para mi familia —dijo Howard—. Allí por lo menos estaremos a salvo, todos juntos.

Todos siguieron a Howard hasta sus aposentos. Gregor se alegraba de que los hubiera ofrecido, pues no quería volver a la habitación del palacio que siempre había compartido con Boots.

—¿Dónde está tu familia? —le preguntó Gregor.

—Regresaron todos al Manantial pocos días después de marcharnos nosotros. Supongo que ahora estarán de camino a Regalia, pues estoy..., estaba en espera de juicio por traición —dijo Howard.

En realidad la familia de Howard tenía reservadas varias habitaciones. Era como un pequeño apartamento con varias dependencias. Pero todos se juntaron para descansar en el dormitorio que solían compartir los niños. Howard y Gregor eligieron camas contiguas, y Ares y Andrómeda se acurrucaron junto a ellos.

—Entonces, a dormir —dijo Howard.

Los murciélagos conciliaron el sueño casi instantáneamente. Howard dio algunas vueltas en la cama, pero pronto Gregor oyó que su respiración se volvía rítmica y acompasada. Permaneció tumbado en la cama, deseando que el sueño lo invadiera, pero en vano.

¿Qué ocurriría ahora? Se imaginó que le permitirían volver a su casa, probablemente muy pronto. Luego tendría que enfrentar a su familia, y la vida sin Boots.

Todavía no le parecía real. Lo sería cuando estuviera de vuelta en su apartamento y viera su camita, sus juguetes, y su caja de cartón llena de libros.

Gregor pensó en su ropita, que aún seguiría en el museo. No quería dejarla ahí para que la gente la curioseara. Tomó una antorcha de la pared y salió de la habitación de Howard.

Se topó con algunos guardias en el camino, pero ninguno trató de detenerlo. Tampoco lo saludaron, ni le dirigieron la palabra. Gregor tenía la impresión de que no sabían cómo tenían que tratarlo, y por eso preferían no hacerle ni caso.

Encontró él solo el museo. Allí, junto a la puerta, estaba el montoncito con la ropa de Boots. Se llevó su camiseta a la nariz, y percibió esa dulce mezcla de olor a bebé, jabón, y mantequilla de cacahuetes tan propia de su hermanita. Por primera vez, se le llenaron los ojos de lágrimas.

—¿Gregor? —pronunció una voz a su espalda.

Metió corriendo la camiseta en su mochila y se secó los ojos justo cuando Vikus entraba en el museo.

—Hola, Vikus —lo saludó—. ¿Qué hay?

—El Consejo acaba de suspender la que creo será la primera de una larga lista de reuniones para tratar de la Profecía de la Destrucción. Yo estoy convencido de que la interpretación de Nerissa es la correcta, pero hay un gran desacuerdo. Es lo más natural, pues se trata de una nueva idea. Pero hasta que haya consenso, su palabra es lo que cuenta. Como esa situación podría cambiar, creo que lo mejor sería que te fueras de aquí lo antes posible.

—Por mí muy bien —contestó Gregor—. ¿Y qué hay de los otros?

—Creo que no se volverá a acusar a Howard y a Andrómeda. Tu testimonio de su inocencia fue bastante convincente —dijo Vikus.

—¿Y Ares? —dijo Gregor. Vikus suspiró.

—Él corre mayor peligro. Pero si volvieran a acusarlo, le avisaría para que pudiera huir a tiempo. Por lo menos podría escapar de la ejecución.

Gregor asintió con la cabeza. Eso era todo lo que podía esperar.

—¿Hay algo que te gustaría llevarte de aquí? —preguntó Vikus, señalando los estantes del museo.

—No quiero nada más que nuestras cosas —contestó Gregor.

—Si no para ti, tal vez para tus padres —dijo Vikus—. ¿Cómo se encuentra tu padre? ¿Ha vuelto a enseñar?

—No, mi padre sigue demasiado enfermo —contestó Gregor.

—¿Cómo es eso? —preguntó Vikus, frunciendo el ceño con preocupación.

Gregor enumeró toda la lista de los síntomas de su padre. Su salud no era sino una cosa más de las muchas que les habían robado las Tierras Bajas.

Vikus trató de hacerle preguntas más concretas, pero Gregor no fue capaz de soportarlas.

—Bueno, a lo mejor me llevo este reloj —dijo, señalando el reloj de cuco que había visto el día de su partida.

Lo dijo para cambiar de tema, pero sabía de alguien a quien podría gustarle.

—Haré que te lo envuelvan —dijo Vikus.

—Genial. Bueno, iré a ver si Ares ya está listo para volar y, como me dijo, saldré de aquí pitando —declaró Gregor. Tomó su ropa del suelo y abandonó el museo. Vikus podía aprender muchas cosas de Nerissa. A veces la gente no tenía ganas de hablar, y había que respetarlo.

Se enredó cuando trataba de regresar a los aposentos de Howard. No conocía bien el camino, y las lágrimas que le habían saltado a los ojos en el museo volvían a rodar ahora por sus mejillas. Bueno, tal vez fuera mejor venirse abajo allí en Regalia, y no delante de sus padres. Giró a la izquierda, luego a la derecha, y después volvió sobre sus pasos. ¿Dónde estaba? ¿Dónde estaba su hermana? No hacía mucho que había estado ahí, tenía su ropa, la sentía aún entre sus brazos... ¡Boots!

Gregor se derrumbó emocionalmente y apoyó la frente contra la pared de piedra, llorando, mientras dejaba por fin que lo invadiera el dolor. La mente se le llenó de imágenes de su hermanita. Boots en un columpio..., Boots enseñándole cómo saltaba a la pata coja..., los ojos de Boots, cabeza abajo, apoyando la frente contra la suya...

Dos filas
De deditos
Boots *tene*
¡Guácala!

Gregor todavía podía oírla recitando la cancioncita con la que Howard había tratado de consolarla para que dejara de llorar.

¡Guácala, qué mal *helen*!
¡Estos deditos!

Boots no podía pronunciar bien las palabras porque eran demasiado complicadas...

Hay que bañarlos *pala* que estén limpitos

Y entonces la niña estornudó.
Gregor levantó la mirada. No podía ser. Oyó otro estornudo, pero no en su cabeza, sino en el palacio. Echó a correr.

Dos filas
De deditos

O se estaba volviendo loco...

¡Guácala, qué mal *helen*!
¡Estos deditos!

...¡o ese sonido era real! Recorrió los pasillos a toda velocidad, chocándose con las paredes y con un par de guardias que le dijeron que se detuviera, pero Gregor no les hizo caso.

Dos filas
De deditos

Gregor entró en la habitación justo a tiempo de oír la última frase de la canción:

Pala que estén bien limpitos

Boots estaba sentada en el suelo, rodeada de seis grandes cucarachas, frotándose los deditos con las manos, y haciendo como que se los lavaba. Gregor avanzó tambaleándose, la tomó en brazos y la apretó con fuerza mientras una voz alegre le gritaba al oído:

—¡Hola, tú!

CAPÍTULO VIGESIMOSÉPTIMO

hola, tú —le contestó Gregor, pensando que no sería capaz de soltarla ya nunca—. ¡Hola, tú! ¿Dónde has estado, linda?

—Boots nada, Boots va de paseo. *Maliposa* —dijo.

—Ah, pues qué bien —se rió Gregor—. Tendría que preguntarles a los demás qué había pasado—. Hola, Temp —dijo, volviéndose hacia las cucarachas, pero entonces vio que había algo que no cuadraba. Ante él tenía seis cucarachas con dos perfectas antenas y seis sólidas patas cada una. Tal vez al final sí había aprendido a distinguirlas, porque sabía que ninguna de ellas era Temp.

—¿Dónde está Temp? —preguntó, y seis pares de antenas se doblaron hacia abajo.

—No sabemos, nosotras, no sabemos —dijo una de ellas—. Yo soy Pend, yo soy.

Gregor las observó a todas una por una para asegurarse. Estaban en la habitación desde la que se accedía a la plataforma que bajaba hasta la calle. Temp no estaba allí, ni tampoco Luxa, ni Aurora. Gregor abrazó a Boots con mucha más fuerza.

Justo en ese momento apareció Vikus corriendo en la habitación, seguido de varios guardias. Su rostro se iluminó al ver a Boots.

—¡Han regresado! —le dijo a Gregor.

—Sólo Boots, Vikus. Lo siento —dijo Gregor, y vio cómo el anciano palidecía. Éste se volvió hacia las cucarachas.

—Seas bienvenida, Pend. Muchas gracias por el regreso de la princesa. Dinos, por favor, qué suerte corrieron los demás.

Pend hizo cuanto pudo para informarlo, pero las cucarachas sabían muy poco. Una polilla —ésta debía de ser la mariposa que había mencionado Boots antes— había llegado a su territorio con Boots, a la que había encontrado en la Tierra de la Muerte, escondida entre unas rocas con Temp. La cucaracha estaba muy débil, y ya no podía seguir avanzando. Suplicó a la polilla que llevara a Boots junto a los demás reptantes. Como ambas especies eran aliadas, la polilla accedió. Cuando los reptantes enviaron una expedición a la Tierra de la Muerte para rescatar a Temp, no lo encontraron por ninguna parte.

—¿Mencionaron en algún momento a mi nieta? —preguntó Vikus—. ¿A la Reina Luxa?

—Corre, Reina Luxa dijo, corre —dijo Pend—. Muchos roedores, había. Temp no dijo más, no dijo.

Vikus alargó la mano y alborotó el pelo de Boots.

—Temp *tene* sueño —dijo la niña—. Temp *ciela* ojitos. Boots monta en *maliposa*. —La niña miró a su alrededor—. *¿None etá* Temp?

—Sigue durmiendo, Boots —contestó Gregor—. Durmiendo como Tick, probablemente.

—Chh —dijo la pequeña, llevándose el dedo a los labios.

Alguien había despertado a Dulcet. Cuando ésta trató de separar a la niña de brazos de su hermano, éste se resistió.

—No temas, Gregor, la bañaré y te la traeré inmediatamente —lo tranquilizó. Como se trataba de Dulcet, Gregor accedió.

Siguió a Vikus hasta el comedor, donde habían cenado con Ripred la última vez, y ambos se sentaron a la mesa. Gregor trató de encajar las piezas del rompecabezas en su cabeza.

—Según parece —dijo Vikus—, no perecieron en el Tanque.

—No —dijo Gregor—. Pero Twitchtip estaba segura de que había agua entre ellos y nosotros, y no contestaron a la llamada de Ares.

Un ratito después volvió Dulcet con Boots, recién bañadita. Vikus mandó que trajeran comida, y Gregor la sostuvo en su regazo mientras la niña engullía vorazmente la ración de diez niños por lo menos.

—Boots —empezó diciendo Gregor—, ¿te acuerdas cuando vimos esas enormes...? —No sabía cómo llamarlas. La niña no conocía la palabra «serpientes»—. ¿Esos enormes dinosaurios?

—No *gutan* —dijo la niña—. A Boots no *gutan dinosalos*.

—A mí tampoco —convino Gregor—. Pero acuérdate de cuando los vimos y nos tiraron del murciélago, y entonces Luxa te recogió a ti y a Temp. ¿Adónde fuiste después?

—Oh, Boots nada. Agua muy *flía*. Boots *tene* chichón —dijo la niña, frotándose la cabeza.

Gregor separó sus ricitos con los dedos y vio arañazos en el delicado cuero cabelludo de su hermanita. ¿Dónde había estado? En el Tanque, no.

—¿Era una piscina muy grande, Boots?

—*Pichina* pequeña —dijo la niña—. Boots *tene* chichón.

Gregor recordó de pronto el túnel por el que los había guiado Twitchtip, el que estaba medio cubierto por el agua. Si Luxa se había sumergido y había conseguido llegar al túnel, éste pronto habría quedado inundado por el agua, agitada por los coletazos de las serpientes. Tal vez ésa fuera el agua que había mencionado Twitchtip. En algún momento tenían que haber estado flotando en el agua, porque, si no, Boots no habría dicho que había nadado. ¿Cómo es que no se habían hundido? Entonces recordó los chalecos salvavidas. Boots llevaba el suyo al entrar en el Tanque. Gregor le contó su teoría a Vikus.

—Sí, debe de haber ocurrido algo así. Pero entonces tendrían que haber quedado atrapados en el Dédalo —dijo Vikus—. Boots, ¿vistes ratas?

Boots se llevó la mano a la nariz.

—Ay —dijo. Al principio Gregor pensó que se había lastimado, pero cuando la niña dijo—: Venda. No se toca. Boots no toca. Ay —lo comprendió todo.

—Twitchtip los encontró, o ellos la encontraron a ella —dijo—. ¿Era Twitchtip, Boots? La rata que tenía la venda, digo.

—Boots no toca. Ay —confirmó la niña, presionándose la nariz.

—¿Y qué pasó luego, Boots? —le siguió preguntando Gregor—. ¿Qué pasó con Twitchtip? ¿Viste más ratas?

—Temp lleva a Boots de paseo. *¡Lápido!* —dijo Boots, pero eso fue todo lo que pudieron sacarle.

—No hay duda de que los roedores los atacaron. Luxa le dijo a Temp que escapara corriendo con Boots, y ella se quedó a luchar con Aurora, y probablemente también con Twitchtip —elucubró Vikus—. Me imagino que no tendrían muchas probabilidades de salir vencedores.

Gregor estaba convencido de que no habían tenido ninguna posibilidad, pero trató de animar a Vikus.

—Bueno, teniendo a Twitchtip, podrían haber salido del Dédalo, Vikus. O tal vez las ratas las querían con vida, y las hicieron prisioneras. Como hicieron con mi padre. Ella es una reina, es importante.

Gregor tal vez no debería haber dicho eso, pues la idea de lo que podían estar haciéndole las ratas si era su prisionera era más escalofriante aún que imaginarse muerta a Luxa. Pensó en su padre, que se despertaba gritando por las noches, por culpa de las horribles pesadillas que tenía...

Vikus fijó la mirada en los ojos de Gregor y asintió, pero las lágrimas brillaban en sus ojos.

—Pero Vikus..., la cosa es... que no sabemos nada seguro —dijo Gregor—. Les pueden haber pasado un montón de cosas. ¿Y se acuerda del regalo que quería usted darme la última vez que estuve aquí?

—Esperanza —susurró Vikus.

—Eso. No pierda aún la esperanza, ¿bueno? —le dijo Gregor.

—He *telminado* —declaró Boots, empujando el plato fuera de la mesa, y observando satisfecha cómo rebotaba contra el suelo—. He *telminado*.

—Bien, Boots, si ya terminaste, ¿qué te parece volver a casa? —le preguntó Vikus.

—¡Sííí! —exclamó Boots—. ¡A casa!

—Yo me puedo quedar, Vikus. O puedo llevar a Boots a casa y luego volver para ayudarle a encontrar a Luxa y... —empezó diciendo Gregor, pero Vikus lo interrumpió.

—No, Gregor. No. Si están muertas, no hay nada que podamos hacer ya. Si son prisioneras, probablemente tardaremos meses en localizarlas. En ese tiempo, ¿quién sabe?, podrían quizá revocar el veredicto de Nerissa y ejecutarlos. Si te necesito, créeme, ya encontraré la manera de mandar a buscarte —dijo Vikus—. Por el momento, debes volver a casa. Allí tienes tus propios problemas, ¿verdad?

Pues sí, era cierto, Gregor tenía problemas dondequiera que estuviera.

Cerca de media hora después ya estaban abajo, en el muelle, vestidos con sus propias ropas, y montando a lomos de Ares. Los únicos que habían acudido a despedirlos eran Vikus, Andrómeda, Howard y Nerissa.

—Deséale una pronta recuperación a Mareth de mi parte —le dijo Gregor a Andrómeda.

—Sí, Gregor. Él también te desearía suerte —dijo el murciélago.

Gregor se volteó ahora hacia Howard.

—Si tienes noticias de Luxa y de los demás, avísame. La lavandería de mi edificio comunica justo con una de las entradas a las Tierras Bajas. Ares sabe cuál. Déjame una nota o algo, ¿bueno?

—Así lo haré —aseguró Howard.

Para su sorpresa, Nerissa le metió un pergamino en el bolsillo.

—La profecía. Para que puedas reflexionar sobre ella de vez en cuando. —Gregor negó con la cabeza.

—No creo que pueda olvidarla, Nerissa, pero gracias de todas maneras. —¿Qué pensaba que iba a hacer con ella? ¿Llevármela a casa y enmarcarla?

Vikus le dio una linterna, un gran paquete con forma de reloj de cuco, y una bolsita de seda que contenía un pesado frasco de piedra.

—Una medicina —le dijo—. Para tu padre. Dentro están escritas las instrucciones de administración.

—¡Hay, qué bien! —dijo Gregor. A lo mejor en las Tierras Bajas tenían algo para curar a su padre. Le dio a Vikus un gran abrazo—. Mucho ánimo, ¿eh, Vikus?

—Sí. Vuela alto, Gregor de las Tierras Altas.

—Vuela alto, Vikus —le contestó Gregor.

—¡Hasta *ponto*! —dijo Boots cuando despegaban, pero nadie respondió. La última vez, a Gregor le había horrorizado la idea de volver algún día a las Tierras Bajas. Ahora, preocupado por Luxa y los demás, no tenía muchas ganas de marcharse.

—¡Envíenme noticias! —les gritó, pero si le contestaron, Gregor no pudo oírlos.

Ares los llevó volando por encima del río, luego recorrieron el Canal, y después los túneles, hasta llegar al pie de la gran escalera que llevaba hasta Central Park. Desmontó con Boots del murciélago.

—Cuídate, ¿bueno? —le dijo a Ares.

—Tú también —contestó el murciélago—. Vuela alto, Gregor de las Tierras Altas. —Gregor levantó la mano para unirla a la garra del animal.

—Vuela alto, Ares.

El murciélago dio media vuelta y se alejó por el túnel, y entonces Gregor y Boots empezaron a subir la escalera.

Le costó un poco desplazar la losa, pues los bordes se habían congelado, pero por fin lo consiguió. Era de noche. El parque estaba vacío. La luz de las farolas iluminaba el suelo cubierto de nieve. Era muy bonito.

—¿*Tíneo*? ¿Montamos en *tíneo*? —preguntó Boots.

—Ahora no, Boots. En otro momento a lo mejor. —Si es que encontraba algún otro parque con una colina, porque no pensaba volver a traerla a Central Park nunca jamás en la vida.

Tomaron un taxi. Nueva York estaba toda iluminada, con adornos de Navidad por todas partes.

—¿Sabe qué día es hoy? —le preguntó al taxista, que le señaló con el dedo un calendario que llevaba en el salpicadero. 23 de diciembre. No era demasiado tarde. Estaban a tiempo de pasar la Navidad con toda la familia.

Y esa idea, que tan sólo unas horas antes le había parecido imposible, hizo de Gregor el chico más feliz del mundo.

Boots se acurrucó contra él y soltó un enorme bostezo. Boots..., la Destrucción..., ahora mismo se parecían tanto que era natural que todo el mundo en las Tierras Bajas hubiera malinterpretado la profecía, confundiéndolas una con otra. ¿Pero qué ocurriría cuando la cría se hiciera mayor, dentro de un año más o menos? ¿Se convertiría en el monstruo que predecía la profecía, o en una criatura totalmente distinta? Gregor esperaba que Ripred le diera una buena educación.

Aunque, por muy bien que lo hiciera Ripred, tal vez no estaba en sus manos que el resultado fuera bueno. Los padres de Gregor eran geniales, y sin embargo, él había resultado ser un enrabiado. Tendría que tener mucho, mucho cuidado de no meterse en peleas ahora que estaba de vuelta en casa. Ojalá hubiera hablado más con Ripred sobre ese tema. «La próxima vez que baje...», se dijo Gregor, e inmediatamente se sobresaltó, porque supo de pronto que habría una próxima vez. Ya estaba muy ligado a las Tierras Bajas, había allí muchas cosas importantes para él: encontrar a Luxa, Aurora y Temp si es que aún estaban vivos, proteger a Ares, y ayudar a los amigos que lo habían ayudado a él.

Gregor pagó al taxista con lo que le quedaba del dinero que le había dado la señora Cormaci.

El ascensor no funcionaba, así que tuvo que cargar con Boots escaleras arriba. Entraron en el apartamento, y antes de que les diera tiempo a dar tres pasos en la habitación, su padre se precipitó a abrazarlos. En cuestión de minutos, toda la familia se despertó. Su madre se lo comía a besos, Lizzie se colgaba de su mano, y su abuela lo llamaba desde su habitación. Lo bombardeaban con preguntas, pero debía parecer verdaderamente agotado, porque su madre tomó su rostro entre sus manos, y dijo:

—Gregor, ¿quieres irte a la cama, cariño? —Y eso era exactamente lo que necesitaba.

A la mañana siguiente les contó toda la historia. Suavizó un poco las partes más duras, pues ya los veía bastante asustados.

—Pero ya pasó. El bebé que se menciona en la profecía no era Boots, sino la Destrucción. Así que ya no hay motivo para que las ratas la persigan —concluyó Gregor.

—Boots no es un bebé. Boots es una niña *gande* —dijo Boots, sentada en el regazo de su padre, alineando animalitos de plástico en el brazo del sillón—. Boots monta en *mulcélago*. Boots nada. Temp *tene* sueño. Boots canta a *maliposas* canción de los deditos.

—¿Y qué hay de ti, Gregor? —le preguntó su madre precupada.

—Bueno, tuve oportunidad de matar a la Destrucción y no lo hice, así que no creo que las ratas vengan a buscarme. —No le dijo que tal vez sí lo perseguirían los habitantes de Regalia—. Ah, y mira lo que le traje a la señora Cormaci. Es un reloj. Se ha portado muy bien con nosotros y ya sabes cuánto le gustan los relojes antiguos.

Gregor abrió el paquete y entonces salió despedido un puñado de billetes. Confundido, vació el paquete sobre el sofá. Dentro estaba el reloj, sí, pero Vikus había ordenado que lo envolvieran en dinero. Todos esos monederos y carteras que había en el museo debían de estar vacíos ahora, porque allí había literalmente miles de dólares en billetes.

—Oh, Dios mío —dijo la abuela—. ¿Y qué vamos a hacer con todo esto?

—Vamos a pagar las facturas —contestó la madre de Gregor muy seria. Luego sus facciones se dulcificaron—. Y luego vamos a celebrar la Navidad.

Y así lo hicieron. Tuvieron que darse una prisa loca, pues al día siguiente era ya Navidad, pero, ¿qué importaba? Gregor, Lizzie y su madre se fueron de compras. La abuela y Boots se quedaron en casa viendo la programación especial de Navidad, mientras su padre limpiaba el reloj de cuco de la señora Cormaci.

Después de apartar el dinero necesario para pagar las facturas, todavía sobraba un montón para celebrar la Navidad. Primero fueron al supermercado y llenaron el carro. Por lo menos tendrían comida para varias semanas. Gregor ya no se angustiaría al abrir la despensa. Luego el tipo de la esquina que vendía árboles de Navidad les dio uno a mitad de precio, de los últimos que le quedaban ya. Lizzie se quedó en casa para ayudar a decorarlo, mientras Gregor y su madre salían a buscar regalos. Le resultó muy difícil comprarle una sorpresa, pues su madre no quería perderlo de vista ni un segundo.

—Mamá, tranquila, no va a venir ninguna rata gigantesca a raptarme en pleno centro —le dijo—. ¡Pero si esto está abarrotado de gente!

—He dicho que no desaparezcas de mi vista, y no hay más que hablar —le contestó su madre.

Por fin consiguió comprarle un par de aretes mientras ella estaba ocupada en elegir calcetines para toda la familia.

Esa tarde, cuando la señora Cormaci vino a verlos cargada de regalos para todos, le abrió la puerta Gregor.

—Vaya, jovencito, por fin te has puesto bien —le dijo al saludarlo.

Al principio Gregor no entendía de qué estaba hablando, pero luego recordó que se suponía que había tenido gripe.

—Sí, la gripe me ha dejado fuera de combate varios días.

—Quedaste hecho un fideo —le dijo, dándole un plato de galletas caseras.

A Gregor le hubiera gustado hacer una foto de la cara que puso cuando abrió el regalo. Saltaba a la vista que se había quedado de a cuatro.

—¡Caramba! ¿De dónde sacaste esto?

Silencio.

—De una de esas tiendas donde venden cosas antiguas —contestó Lizzie.

—¿Un anticuario? —indagó la señora Cormaci llena de curiosidad.

—Oh, no, una tienda de objetos de segunda mano —contestó su padre. En cierta manera, era verdad.

Cuando decidió marcharse, Gregor se ofreció a acompañarla hasta su casa. La señora Cormaci se puso a hablarle de sus hijos, que llegaban en avión al día siguiente, y de que había sacado unas entradas para un musical de

Broadway, cuando de repente se quedó callada. Estaba mirando los pies de Gregor.

Gregor bajó la mirada. Sus botas estaban destrozadas. Arañadas por las garras de Ares, manchadas de sangre y de baba de calamar, y con la puntera abollada. Antes de que le diera tiempo a inventarse una excusa, la señora Cormaci le dijo:

—Parece que estás utilizando mucho estas botas.

Gregor no le contestó. No podía volver a mentirle. Se había portado demasiado bien con ellos.

—¿Sabes, Gregor? Un día te darás cuenta de que puedes confiar en mí —le dijo ella.

—Ya confío en usted, señora Cormaci.

—¿En serio? Conque la gripe, ¿eh? ¡Ja! —le contestó ella—. Hasta el sábado que viene. —Sacudió la cabeza en un gesto de reproche y cerró la puerta.

El árbol de Navidad estaba decorado, la nevera llena hasta el tope, los calcetines que luego se llenarían de regalos, colgados en la pared, y todo el mundo en la cama salvo Gregor y su madre. Estaban en su habitación, envolviendo regalos. Cuando sólo les quedaban unos cuantos, dejó que su madre los terminara, y se fue de puntitas a ordenar la sala. Su padre roncaba plácidamente en el sofá. Tal vez la medicina de Vikus sirviera de algo. Sus abrigos estaban apilados en el suelo, allí donde los había dejado Lizzie para liberar los percheros y colgar en ellos los calcetines para los regalos, pues no tenían chimenea. Cuando fue a recogerlos, se le cayó el celular del bolsillo del abrigo. Volvió a meterlo donde estaba, y notó algo con los dedos.

Allí, al fondo del bolsillo, estaba la profecía que le había escrito Nerissa. Llevaba ahí todo el día, pero Gregor no se había dado cuenta hasta entonces. ¿Qué le había dicho, que se suponía que tenía que reflexionar sobre ella? Gregor no sabía muy bien qué había querido decir con eso.

Desenrolló el pergamino y lo acercó a las lucecitas del árbol para leerlo. Había algo que no entendía. Tardó un momento en darse cuenta de que estaba escrita al revés. Siguió el título con los dedos, de derecha a izquierda, para ir descifrando las palabras. «La... Profecía... de... la... Sangre».

Gregor soltó uno de los extremos del pergamino y éste se cerró inmediatamente, justo cuando entraba su madre en la habitación con una gran pila de regalos.

—¿Estás preparado? —le preguntó su madre.

Gregor se guardó el pergamino en el bolsillo de atrás y extendió los brazos para recibir los regalos.

—Sí. Bueno, más o menos.

ÍNDICE